fv Fehnland-Verlag

Schiller-Rall, Martina und Blümel, Roland (Hrsg): Sagenhaft böse. teilweise tödlich Band 5. Kurzgeschichten. Hamburg, Fehnland Verlag 2022

1. überarbeitete Neuauflage
ISBN: 978-3-947220-50-2

Dieses Buch ist auch als eBook erhältlich und kann über den Handel oder den Verlag bezogen werden.
ePub-eBook: ISBN 978-3-947220-51-9

Lektorat: Roland Blümel
Coverdesign: Tom Jay

Bibliografische Information der Deutschen Nationalbibliothek: Die Deutsche Nationalbibliothek verzeichnet diese Publikation in der Deutschen Nationalbibliografie; detaillierte bibliografische Daten sind im Internet über https://dnb.d-nb.de abrufbar.

Der Fehnland Verlag ist ein Imprint der Bedey & Thoms Media GmbH, Hermannstal 119k, 22119 Hamburg.

Martina Schiller-Rall und Roland Blümel
(Hrsg)

Sagenhaft böse

teilweise tödlich Band 5

Kurzgeschichten

Inhalt

Vorwort der Herausgeber

Bereits zum fünften Mal findet sich die Autorengruppe Tödlich zusammen und mordet oder raubt sich durch kurzweilige Geschichten, dieses Mal zum Thema »Sagenhafte Böse«. Sagengestalten, Berggeheimnisse, mystische Wälder, Wolfsmenschen, Vampire und ein Pirat tauchen in den Geschichten der 20 Autoren und Autorinnen auf. Das bietet Raum und Material für findige Kommissare, schnapstrinkende Patientinnen, agile Wandersleut' und natürlich interessierte Leser.

Begeben Sie sich in die Welt der Verbrechen und überlegen: Gibt es zu jeder Geschichte einen erklärbaren Hintergrund? Scheint das eine oder andere Märchen dahinter doch einen wahren Kern zu besitzen? Oder ist alles zusammen nur Fiktion. Nach Tradition sind die Geschichten natürlich wieder nur teilweise tödlich!

Viel Freude beim Lesen wünschen die Komplizen der Autorengruppe Tödlich.

Spannende Informationen, auch zum Hintergrund der einzelnen Geschichten und zu unseren Autoren erhalten Sie zusätzlich auf unserer Homepage www.autorengruppe-toedlich.de

Rache für Klaus Störtebeker

Roland Blümel

Mit einem gezielten Hieb trennte er den Kopf vom Körper und steckte Rumpf und Kopf in seine große Tasche. Die Terrassentür ließ sich leicht aufhebeln. Der Mann mit der Augenklappe grinste, als er die Tür aufschob und das vollgestopfte Wohnzimmer betrat. Im Haus stank es förmlich nach Reichtum. Er hatte beobachtet, wie sie die Wohnung verlassen hatten, um irgendwohin zu fahren. Er hoffte nur, dass sie sich und ihm Zeit lassen würden.

Lautlos stieg er die Treppe hoch, wo sich nach seiner Vermutung Schlafzimmer und Arbeitszimmer des reichen Paares befanden. Richtig, da war das Schlafzimmer. Er konnte sein Glück kaum fassen. Die Dame des Hauses hatte anscheinend diverse Schmuckstücke ausprobiert, bevor sie sich entschieden hatte. Zum Wegräumen war keine Zeit mehr geblieben. Da würde er der Dame helfen.

Im Arbeitszimmer des Gatten hatte er bereits nach wenigen Sekunden die Schubladen aufgebrochen. In einer davon entdeckte er ein Bündel Geldscheine. Lächelnd steckte er es auch ein. Ohne große Eile ging er hinunter, öffnete seine Tasche und hinterließ seinen Gruß: Eine Piratenpuppe mit abgeschlagenem Kopf und einen kleinen Zettel mit der Aufschrift »Schönen Gruß, Rache für Klaus Störtebeker«.

»Unser Freund hat wieder zugeschlagen.« Kommissarin Cornelia Schubert knallte den Bericht ihrem Kollegen Hans Weller auf den Tisch.

Der Kommissar blickte von seinem Bildschirm hoch. »Unser Pirat?«

Sie nickte. »Ganz genau: der neue Klaus Störtebeker.«

»Das war jetzt seine achte Tat?«

»Seine neunte, genau genommen. Der Kerl tanzt uns auf der Nase rum. Er hinterlässt keine Spuren, nur sein geköpftes Piratenpüppchen und einen Hinweis auf Klaus Störtebeker.«

»Und man weiß nicht, woher er diese Puppen bekommt?! Dass er nicht langsam genug hat. Da ist einiges zusammengekommen. Wofür braucht er so viel Geld?«

Cornelia Schubert schüttelte erst den Kopf und nickte dann. »Nein und Ja.« Sie trank einen Schluck ihrer Apfelschorle. »Nein, woher er diese Puppen hat, haben wir noch nicht herausbekommen. Wir suchen intensiv weiter. Aber das Geld scheint er nicht alles für sich zu behalten. Gerade hat sich eine Hartz-4-Empfängerin gemeldet, dass sie in ihrem Briefkasten einen Umschlag mit 1.000 Euro gefunden hat. Und einen Gruß von K.S.«

»Klaus Störtebeker!« Er sah seine Kollegin erstaunt an. »Der beklaut reiche Leute, um es an Bedürftige zu verteilen?!«

»So sieht es aus. Und das ergibt für mich die Fragen: Woher weiß er, wer wann zuhause ist? Und viel wichtiger: Woher weiß er, wer Hartz-4-Empfänger ist?«

»Gute Frage: Der Mann muss recht gut informiert sein oder gut beobachten können. Wissen wir noch von mehr Leuten, denen er etwas hat zukommen lassen?«

»Bisher nicht. Die meisten werden sich nicht melden, wenn er ihnen etwas gibt. Und sie werden hoffen, dass wir ihn nicht so schnell schnappen.«

»Vielleicht klappern wir mal ein paar Obdachlosentreffs ab. Möglicherweise war er da ja auch schon.«

»Du kannst richtig gute Ideen haben«, sagte sie lachend. Weller boxte sie in die Seite.

»Ganz schön frech, junge Frau.« Sie nahmen sich ihre Jacken und machten sich auf den Weg.

Wie der Pirat herausgefunden hatte, gab es in der City Nord, dort wo größere Firmen ihren Sitz hatten, verödete Bereiche, in denen sich Obdachlose niedergelassen hatten. Er fuhr gegen Abend, wenn die meisten Firmenangehörigen Feierabend gemacht hatten, mit seinem Wagen dorthin. Vor Ort angekommen stieg er aus, stülpte sich seine Piratenmaske über, griff sich seine Tasche und blickte sich suchend um.

Hinter einer Art Fußgängerzone, die bereits sehr heruntergekommen war, entdeckte er einige Personen, die sich zur Nachtruhe niedergelassen hatten. Der »Pirat« näherte sich der Gruppe, schwenkte seine Tasche und rief halblaut:

»Hallo Freunde, ich habe hier etwas für euch.«

Einer der Männer, der anscheinend der Anführer der Gruppe war, zuckte zusammen und erwiderte: »Was willst du? Wir haben nichts.«

»Noch nicht, aber gleich.« Der Pirat öffnete seine Tasche, nahm ein Bündel mit Geldscheinen heraus und wedelte damit.

»Einen schönen Gruß von Klaus Störtebeker und den reichen Hamburgern.«

»Ich denke, Klaus Störtebeker ist schon lange tot.« Der Mann sah den Piraten verdutzt an.

»Ich bin der neue Störtebeker. Ich nehme es den Reichen und gebe es den Armen.«

Mit den Worten warf er dem Mann das Bündel zu. »Aber schön teilen und nicht alles versaufen, hörst du?«

Der Obdachlose konnte das Geld nicht fangen, bückte sich danach und starrte fassungslos darauf. »Das sind bestimmt …«

»Das sind genau 1.500 Euro. Ich wünsche noch einen schönen Abend.« Er drehte sich um und verschwand. Die Obdachlosen blickten ihm staunend hinterher.

»Es gibt doch noch Menschen hier in der Stadt. Männer schaut mal. Echtes Geld.«

»Was machen wir damit?«

»Erst mal feiern«, antwortete ein anderer. »Wir gehen zur Bude und kaufen richtig ein«, schlug er vor, was begeisterte Zustimmung fand.

Die Männer rappelten sich auf, um zum nahegelegenen Supermarkt zu gehen, als ihnen zwei Personen entgegenkamen, eine Frau und ein Mann.

»Wo soll es denn hingehen?«, fragte der Mann.

»Einkaufen und feiern«, antwortete der Anführer der Obdachlosen.

»Was gibt es denn zu feiern?«

»Sterntaler«, erwiderte der Mann und die anderen brüllten vor Lachen.

»Geld vom Himmel gefallen?«, fragte der Mann.

»So ungefähr.« Der Obdachlose grinste.

»War Klaus Störtebeker hier?«

»Bei dir auch?«

»Nein, aber wir suchen ihn. Kommissare Schubert und Weller. Meine Herren, dann begleiten Sie uns zur Dienststelle. Wir hätten da ein paar Fragen. Conny, rufst du mal Verstärkung«, bat er seine Kollegin, die sofort zu ihrem Telefon griff.

»Sch…, ich wusste gleich, dass das Ärger gibt«, raunte einer aus der Runde. »Die Feier können wir wohl knicken.«

»Bei uns können Sie mit Kaffee oder Tee feiern«, erwiderte Weller. »Und zumindest haben wir es bei uns warm.«

Laut murrend stiegen die Obdachlosen in die Polizeiwagen, nachdem die angeforderten Kollegen eingetroffen waren. Um zu flüchten, waren sie zu angetrunken. »Wie gewonnen so zerronnen«, stöhnte einer, als sie losgefahren waren.

Wellner grinste seine Kollegin an. Schon der dritte Treff, den sie besucht hatten, war ein Erfolg. Nur hatten sie hier den Piraten leider knapp verpasst.

»Besonders gesprächig waren die Herren ja nicht gerade«, seufzte Weller, als sie einige Zeit später mit der Befragung der Obdachlosen durch waren.

»Was hast du erwartet?«, fragte Kommissarin Schubert. »Für die ist er ein Wohltäter, der ihnen Geld zusteckt. Von daher haben sie kein Interesse, dass wir ihn fangen.«

»Ja, so eine Art Robin Hood oder eben Klaus Störtebeker. Unser Freibeuter beraubt reiche Leute und schenkt es Bedürftigen. Hat Störtebeker das eigentlich auch gemacht? Aber ob er wollte, dass die Männer seine Kohle gleich verflüssigen?«

»Keine Ahnung. Aber da sie sich mit dem Geld gerade aufmachen wollten, als wir kamen, war er wohl kurz zuvor da.«

»Das ärgert mich am meisten.« Weller schlug mit der Faust auf den Tisch. »Wir müssen den Kerl ganz knapp verpasst haben.«

»Ruhig, Brauner.« Cornelia Schubert strich ihm beruhigend über den Arm. »Wir werden ihn schon noch bekommen.«

»Hoffentlich. Langsam werden die Leute hier in der Stadt unruhig, gerade die in den reichen Stadtvierteln.«

»Klar, aber was sollen wir tun? Die Stadt ist zu groß, um überall vor Ort zu sein.«

»Wir können ja auch mal Glück haben.«

»Feierabend!«, verkündete sie.

»Dein erster geistreicher Vorschlag.« Sie packten zusammen und hofften auf einen ruhigen Abend.

Das war ein befriedigendes Gefühl, die Reichen zu bestehlen und das Geld an die Bedürftigen weiterzugeben, zumindest das, was er selbst nicht brauchte. Denn er empfand sich selbst als jemand, der zu wenig davon hatte. Es war schon erniedrigend, immer wieder um Geld betteln zu müssen, seit er seine Lehrstelle verloren hatte.

Ich hole mir nur das, was mir zusteht, nehme es denen, die zu viel davon haben und gebe es denen, die wie ich nichts haben, sagte er zu sich selbst. Berauscht von seiner Selbstlosigkeit beschloss er, heute Nacht noch einmal zuzuschlagen. Die Elbchaussee war dafür eine gute Adresse. Zwar hatte er nicht wie üblich vorher ein paar Tage die Bewohner nach deren Gewohnheiten ausgespäht. Aber bisher hatte er immer Glück gehabt. Er würde schauen, in welchem Haus kein Licht brannte und dort einsteigen.

Drei unbeleuchtete Häuser lagen direkt nebeneinander. Er beschloss, das mittlere davon zu nehmen. Dabei bestand die geringste Gefahr, beobachtet zu werden. Inzwischen hatte er schon eine gewisse Routine darin, Terrassentüren aufzubrechen, und so gelang es ihm auch dieses Mal. Es kostete es ihn keine zwei Minuten und er stand im Wohnzimmer.

Bevor er das Haus durchsuchte, schlug er wie üblich seiner Piratenpuppe den Kopf ab und steckte Rumpf und Kopf in seine Tasche. Dann knipste er seine Taschenlampe an und streifte durch die Zimmer. Im Erdgeschoss schien nichts Kostbares zu sein, also stieg er lautlos die Treppe in den ersten Stock hoch.

Er öffnete eine Tür, anscheinend war dies das Arbeitszimmer. Ein großer Schreibtisch stand am Fenster. Er öffnete die Schubladen. Kein Geld! Mist, dann gab es vielleicht irgendwo im Haus einen Tresor oder sie hatten alles im Schlafzimmer. Vorsichtig schlich er durch den Flur und öffnete eine weitere Tür. Sein Blick fiel auf das Bett und vor Schreck zuckte er zusammen. Da bewegte sich etwas, es war doch jemand zuhause.

Die Person hatte ihn bemerkt und schrie auf. Der Pirat hastete auf die Frau zu, packte sie und hielt ihr den Mund zu.

»Leise«, zischte er. »Dann passiert Ihnen auch nichts. Wo ist das Geld?«

Die Frau sah ihn aus vor Schrecken geweiteten Augen an und zitterte. Er zog die Hand von ihrem Mund und wiederholte die Frage. »Wo ist das Geld?«

»Im Tresor«, stammelte sie.

»Wo ist der und wo ist der Schlüssel?«

»Der ist im Wohnzimmer hinter dem Bild und hat eine Zahlenkombination.«

»Welche?«

»Ich weiß es nicht, die kennt nur mein Mann.«

»Wo ist der?«

»Auf Dienstreise?«

»Mist. Wo sind dein Bargeld und Schmuck?«

»Bitte tun Sie mir nichts«, flehte sie.

»Wenn du keine Zicken machst, dann passiert dir nichts. Also, wo?«

»Mein Schmuck ist da im Schrank und mein Geld ist in meiner Handtasche, aber das ist nicht viel.«

»Ausziehen!«, befahl er und die Frau zögerte.

»Ich will nichts von dir, aber mit deinem Nachthemd kann ich dich schön anbinden, damit du keine Dummheiten machst.«

Die Frau zog ihr Nachthemd aus, der Pirat nahm zwei Krawatten des Mannes aus dem Schrank und fesselte sie damit. Dann ging er zum Schrank, stopfte den Schmuck in seine Tasche und legte den Piratenkörper und seinen speziellen Gruß von Klaus Störtebeker auf den Nachtschrank.

»Ich wünsche noch eine angenehme Nachtruhe«, verabschiedete er sich grinsend. Im Erdgeschoss fand der die Handtasche der Frau. »52 Euro und ein paar Cent«, knurrte er. »Das hat sich ja nicht gerade gelohnt.«

Lautlos schlüpfte er aus der Terrassentür und fluchte leise. Das wäre beinahe schiefgegangen und der Ertrag war kümmerlich. Für seinen nächsten Bruch würde er sich besser vorbereiten müssen.

Weller saß beim Abendessen mit seiner Frau Ute und der Tochter Lena. Der »Piratenfall« war auch heute wieder Gesprächsthema.

»Langsam müssen wir den Kerl schnappen, sonst machen wir uns lächerlich.« Weller schüttelte den Kopf und biss herzhaft in sein Salamibrot.

»Aber der Mann nimmt doch nur denen was weg, die sowieso zu viel haben«, protestierte Lena. »Und dann gibt er es denen, die nichts haben.«

»Lena, der Mann ist ein Dieb und ob es bei denen gut aufgehoben ist, die es dann vertrinken, wage ich zu bezweifeln.« Genervt blickte er seine Tochter an, die trotzig die Arme vor der Brust verschränkte.

»Sebastian findet auch, dass dieser Pirat etwas Gutes tut«, erwiderte sie.

»Mag ja sein, dass Ihr jungen Leute, dein Freund und du, das gut finden. Aber meine Aufgabe ist es eben,

Diebe zu schnappen und dafür zu sorgen, dass sie ihre gerechte Strafe bekommen.«

»Doof!« Lenas Gesicht war ein einziger Vorwurf. Ihre Mutter versuchte zu vermitteln.

»Kind, dein Vater hat recht. Wenn jeder das so machen würde, dann…«

Sie wurde von Wellers Telefon unterbrochen. Die Freude auf einen geruhsamen Feierabend platzte in Sekunden. Eine kurze Nachricht, dass ihr Piratenfreund wieder zugeschlagen habe, beendete Wellers Hoffnung auf einen Schlag.

Als er gemeinsam mit Cornelia Schubert am Tatort eintraf, wurden sie bereits von einem Streifenbeamten und der Spurensicherung erwartet. Die Frau des Hauses saß in der Küche und zitterte immer noch, als die Kommissare an sie herantraten.

»Ich dachte, der bringt mich um«, begann sie mit belegter Stimme, nachdem die Kommissare gegrüßt und sich vorgestellt hatten. »Das war dieser Pirat, der hatte eine Augenklappe. Oh, was war das für ein Schreck.«

»Eine Augenklappe?«, fragte Weller. »Das heißt, Sie haben den Rest seines Gesichtes gesehen?«

Die Frau nickte. »Ja, der hatte nur eine Klappe über dem einen Auge.«

»Können wir dann mit Ihrer Hilfe ein Phantombild erstellen?« Aus Wellers Stimme sprach Hoffnung, dem Piraten auf die Schliche zu kommen.

»Ich denke schon.« Die Frau nickte.

»Sehr gut, dann nehmen wir Sie gleich mit aufs Präsidium, okay?«

Wieder nickte sie.

Zwei Stunden später war das Bild fertig. Die beiden Kommissare betrachteten es zufrieden.

»Das ist ja fast wie ein Foto. Erstaunlich, dass sich die Frau trotz des Schocks das Gesicht so genau eingeprägt hat.« Weller nickte anerkennend, während seine Kollegin vor ihrem Bildschirm saß und im Internet forschte.

»Was ist?«, fragte er, als er sah, dass sie die Stirn runzelte.

»Ich habe ihn«, verkündete sie.

»Echt?« Weller stand auf, blickte auf ihren Bildschirm und stutzte.

»So ein Mist«, entfuhr es ihm.

»Tja«, erwiderte Schubert und musste unwillkürlich schmunzeln. »Es gibt schon ganz schön lebensechte Piratenmasken.«

»Dann haben wir also wieder nichts.«

»Vielleicht findet die Spurensicherung ja dieses Mal etwas.«

»Die Hoffnung stirbt zuletzt. Ich glaube, ich will jetzt nach Hause.«

»Zweiter Versuch, aber für diese Nacht war es das wohl jetzt mit unserem Piraten.«

Die nächsten Tage blieb es ruhig, aber die Kommissare hatten nicht die Hoffnung, dass der Pirat aufgehört hatte, reiche Bewohner zu bestehlen. Und tatsächlich erhielten sie eine Woche später abends einen Anruf. In Blankenese war ein Einbruch gemeldet worden. Offenbar hatte der Täter die Alarmanlage übersehen.

Schubert und Weller fuhren zu der angegebenen Adresse, wo zwei Streifenbeamte auf sie warteten.

»Hallo Kollegen, wie sieht´s aus?«, fragte Weller im Flüsterton.

»Es kann gut sein, dass er noch drin ist. Im ersten Stock war der Schein einer Taschenlampe zu sehen, als wir gekommen sind. Wir haben nicht gesehen, dass seitdem jemand aus dem Haus gekommen wäre.«

»Das klingt gut.«

»Sollen wir reingehen oder warten, bis er rauskommt?«, fragte der Polizist.

Die beiden Kommissare wechselten einen kurzen Blick.

»Wir gehen rein«, entschied Weller und gab seiner Kollegin ein Zeichen.

»Ihr bewacht den Ausgang, damit er uns auf keinen Fall entwischt.«

Der Polizist hob den Daumen. Die beiden Kommissare schlichen um das Haus und standen vor der Terrassentür, die der Täter aufgehebelt hatte. Langsam schob Weller die Tür auf. Schubert hielt den Atem an und folgte ihm.

Auf dem Wohnzimmertisch lag eine Piratenpuppe mit abgeschlagenem Kopf. Daneben der bekannte Gruß von Klaus Störtebeker.

Jetzt haben wir dich, dachte Weller und zeigte auf die Hinterlassenschaft des Piraten. Schubert nickte. Die beiden schlichen zur Treppe und blickten nach oben. Es war still im Haus, zu still. Langsam stieg der Kommissar die Stufen nach oben und gab seiner Kollegin ein Zeichen, dass sie unten bleiben und auf die Kellertür achten sollte, falls sich der Räuber dort aufhielt.

Oben angekommen lauschte er. Nach wie vor war nichts zu hören. Sollte der Störtebeker-Verschnitt schon wieder fort sein? Der Kommissar blickte in jedes Zimmer. In einem Raum war eine Schreibtischschublade aufgebrochen. Offensichtlich hatte der Pirat gefunden, wonach er gesucht hatte, denn die Geldkassette war offen und leer.

Weller wollte sich gerade umdrehen, als er von hinten gestoßen wurde und auf den Schreibtisch fiel. Er konnte gerade noch sehen, dass eine Gestalt aus der Tür huschte und die Treppe herunterstürzte. Mühsam rappelte er sich auf und lief zur Tür, als er von unten Gepolter hörte.

Conny, ging es ihm durch den Kopf. Hoffentlich ist ihr nichts passiert!

Er stolperte die Treppe nach unten und sah zu seiner Erleichterung seine Kollegin, die sich über eine Person beugte, die auf dem Boden lag und vor Schmerzen stöhnte.

»Alles okay bei dir?«, fragte Weller.

»Klar, bei dir auch?«, erwiderte sie und sah ihn ernst an.

Weller nickte. »Was ist passiert?«

Schubert grinste triumphierend. »Eigentlich wollte ich unseren Piraten ja köpfen, wie es Tradition ist. Und danach ein Bein stellen, wie es der Sage nach dem Herrn Störtebeker passiert ist.«

Sie beugte sich über den Mann, der am Boden lag.

»Aber dann habe ich es abgewandelt, ihm erst ein Bein gestellt und, statt ihn gleich zu köpfen, ihm nur eines auf den Kopf gegeben.«

Der Räuber hielt sich den Kopf und sah Schubert hasserfüllt an. »Das tut ganz schön weh, Sie blöde Kuh.«

»Oh Beamtenbeleidigung, das gibt noch eine Strafe obendrauf. Aber nun würden wir gern mal unseren jungen Klaus Störtebeker in natura sehen.« Schubert zog ihm die Piratenmaske vom Kopf, wobei der Pirat vor Schmerzen aufschrie.

»Also ich habe mir Piraten furchterregender vorgestellt, wobei ich natürlich nicht weiß, wie der »echte« Klaus Störtebeker aussah, wenn es ihn denn gegeben hat.« Conny Schubert lächelte.

»Aber gut, dann werden wir ihn mal in den Kerker werfen, damit er dort auf seine Hinrichtung warten kann«, nahm Weller den Ball auf, bevor er einen Blick auf den Mann warf. Plötzlich stutzte er.

»Sag mal, du bist das, Sebastian? Was hast du dir dabei gedacht?«

Cornelia Schubert sah ratlos von Sebastian zu Weller. »Du kennst den jungen Mann?«

Weller sah den Piraten immer noch fassungslos an. »Allerdings, er geht bei uns ein und aus. Das ist der Freund meiner Tochter.«

»Holy Shit«, entfuhr es der Kommissarin.

»Übrigens, deine Obdachlosen wollten die Beute verflüssigen. Ich denke, deine Hilfe ging zumindest bei denen in die falsche Richtung.« Weller beugte sich über den Räuber.

»Mist«, brummte der neue Störtebeker.

»Na dann aufstehen, du Pirat.« Weller zog ihn hoch. »Jetzt wirst du dann wohl erst mal auf Staatskosten vor Anker gehen. Eine Frage noch: Wusste Lena von deinen Beutezügen?«

Sebastian schüttelte den Kopf.

»Na zum Glück ist sie dann keine wirkliche Piratenbraut. Und jetzt ab, deine Koje wartet schon auf dich. Köpfen werden sie dich aber sehr wahrscheinlich nicht.«

Der Pakt

Ulrike Braune

Vorsichtig drückte Hans den Türhebel nach unten. Dieser knarrte verräterisch. »Pscht!«, tadelte der junge Mann das Stück Metall. »Wir müssen doch leise sein! Oder willst du etwa, dass Lisbeth uns hört?«

 »Ha!«, erklang eine Stimme neben ihm und ließ ihn zusammenzucken. »Ich habe dich schon gehört, als du draußen herumgestolpert bist«, erklärte seine Frau und zündete eine Kerze an.

 Er lächelte verlegen.

 »Warst du schon wieder im Wirtshaus?« Die Wut in ihrer Stimme war unüberhörbar. »Wie kannst du nur immerzu dein Geld versaufen? Unser Geld! Weißt du überhaupt, wie schwer es ist, mit den paar Münzen zu wirtschaften? Und was macht mein feiner Herr Gemahl? Er geht ins Wirtshaus, betrinkt sich und verspielt auch noch den kläglichen Rest!«

 »Manchmal gewinne ich auch …«, versuchte sich der junge Mann zu rechtfertigen und fing dafür eine Ohrfeige.

 »Nur, um das Erspielte gleich wieder einzusetzen! Ich sollte dich hinauswerfen, wie einen räudigen Hund!«

»Lisbeth, mein Liebling …«, begann er und wollte nach ihrer Hand greifen. Sie schlug seinen Arm beiseite.

»Spar dir die Säuseleien!«, zischte sie, wandte sich um und ging zurück ins Bett.

Hans seufzte. Er hatte mit Vorwürfen gerechnet, nur nicht heute Abend und nicht so heftig. Im Grunde verstand er seine Frau sogar. Doch mit den Bergmännern zusammen zu sitzen, zu lachen und zu spielen, bedeutete ihm viel. Auch, wenn er sich das nicht ansatzweise leisten konnte.

Da er es nicht wagte, sich zu Lisbeth zu legen, streckte er sich vor der Glut der Feuerstelle aus und schloss die Augen. Wenigstens war es hier warm.

Als Hans am nächsten Morgen aufstand schlief sie noch, oder sie tat so, um einem Gespräch zu entgehen. Er legte die wenigen Münzen, die er vom Lohn noch in der Tasche trug, auf den Tisch und nahm sich dafür einen Kanten trockenes Brot. Das würde ihm für den heutigen Tag reichen müssen.

Mit einem letzten Blick auf seine schlafende Frau verließ er die Hütte und ging zur Schicht im Berg.

Die Arbeit an der Haspel half ihm kaum, sich von den trüben Gedanken abzulenken. Länger als sonst schien ihm die Zeit, bis der Korb gefüllt war und er den Männern an der Oberfläche das Signal geben konnte, damit sie ihn heraufzogen. Als endlich der Feierabend herangerückt war und er zurück ans Tageslicht kam, lag die Aussicht, nach Hause zu gehen und sich erneut vor seiner Frau rechtfertigen zu müssen, schwer auf ihm.

Seinem Freund Jakob, der sich ihm auf dem Heimweg angeschlossen hatte, entging das nicht. »Was ist los mit dir?«, fragte er ihn. »Du siehst aus wie sieben Tage Regenwetter.«

»Ich hatte Streit mit Lisbeth«, gestand Hans unumwunden.

Den Grund dafür brauchte er seinem Begleiter nicht zu erklären. Er schüttelte nur den Kopf. »Ich hatte dich gewarnt, diesen letzten Einsatz zu machen.«

»Aber ich hatte die ganze Zeit so eine Glückssträhne!«, rechtfertigte sich der Bergknecht. »Hätte ich gewonnen, hätte ich sogar meine Schulden abbezahlen können.«

»Hast du aber nicht«, erinnerte ihn sein Freund.

»Nein«, musste Hans zugeben. »Es scheint, als ob das Glück einen großen Bogen um mich macht.«

Der andere klopfte ihm freundschaftlich auf die Schulter. »Sieh nicht gleich alles schwarz. Ich bin sicher, irgendwann kommt das Glück auch zu dir.«

Sein Begleiter nickte, doch konnte nicht so recht daran glauben.

»Ich muss hier abbiegen«, erklärte er kurz darauf. »Ich soll für Lisbeth ihre Bestellungen abholen. So knapp das Geld bei uns auch ist, dafür kann sie anscheinend immer etwas zusammenkratzen.«

Jakob grinste schief. »Ja, so sind sie, die Frauen.«

Sie verabschiedeten sich und Hans machte sich missmutig auf den Weg in Richtung Stadt.

Seit jeher hatte ihm Lisbeth solche Botengänge aufgetragen, doch in letzter Zeit häufte es sich. Dabei sehnte er sich nach einem langen Arbeitstag nur nach einer warmen Mahlzeit und Ruhe. Aber da er seine Frau nicht weiter verärgern wollte, widersprach er ihr in der Regel nicht und erfüllte ihre Wünsche. Zumindest war die Ware, die er holte, immer schon bezahlt. Gott allein wusste, wie sie das machte.

Ein plötzlicher Schrei riss ihn aus seinen Gedanken. Als Hans sich umsah, rauschte in dem Moment ein Schatten über ihn hinweg. Der Bergknecht warf sich auf den Boden. Erst allmählich traute er sich aufzusehen und erblickte einen großen Raben, der sich ganz in der Nähe auf dem Ast eines abgestorbenen Baums niedergelassen hatte. Das Tier saß seltsam regungslos, fast wie eine Statue.

Langsam und ohne den Vogel aus den Augen zu lassen, rappelte sich der junge Mann auf. Noch immer starrte der Schwarze auf einen fernen Punkt und schien ihn nicht zu bemerken.

Hans ging vorsichtig auf das Gehölz zu. Vom Baum war nicht mehr viel übriggeblieben: Ein hohler Stamm und zwei große Äste, die sich nach links und rechts streckten. Die Rinde war abgeplatzt und das helle Holz darunter glich einem ausgeblichenen Skelett.

Plötzlich drehte der Rabe ruckartig den Kopf und starrte ihn an. Hans erschrak und wich einen Schritt zurück. Der Blick der schwarzen Augen schien ihn zu durchdringen, bis ins Innerste seiner Seele zu reichen.

Der Bergknecht ging in die Knie, nicht fähig, sich von dem Vogel abzuwenden. Mit einem Krächzen erhob sich dieser in die Luft, nur um gleich wieder auf dem Stamm des Baums zu landen.

Hans bemerkte eine Öffnung im Holz direkt vor ihm. Eine kleine Kerze, ein Pfenniglicht, brannte darin und daneben befand sich eine Kiste, kaum größer als ein Brennscheit. Wer mochte das hier draußen, weit außerhalb der Stadt platziert haben?

Unsicher blickte er zum Raben auf, der ihn noch immer anstarrte. »Kann ich es mir mal ansehen?«, fragte er das Tier und kam sich gleichzeitig unglaublich dumm vor. Erwartete er etwa, dass es ihm antwortete?

Er schüttelte den Kopf und griff nach der Schatulle. Sie war nicht einmal verschlossen. Vorsichtig sah er sich um, doch niemand schien in der Nähe zu sein. Mit zitternden Händen öffnete er den Deckel. Der Mund blieb ihm offen, als er die Silbermünzen sah, die sich im Inneren befanden.

Unwillkürlich suchte er den Blick des Raben. Bildete er es sich nur ein oder nickte ihm der Schwarze zu? »Das … das ist für mich?«

Aufgeregt begann das Tier zu krächzen und mit den Flügeln zu schlagen.

»Natürlich!«, dämmerte es Hans. »Du willst eine Gegenleistung.«

Augenblicklich beruhigte sich der Vogel und sah ihn abermals durchdringend an.

Er überlegte fieberhaft. Was hatte er schon zu bieten?

Hektisch sah er sich um, als ihm der Hohlraum im Inneren des Stammes ins Auge fiel. »Ich zünde ein Pfenniglicht an«, schlug er vor. »Jeden Tag, wenn ich in den Berg fahre, zünde ich ein Licht für dich an.«

Wind kam plötzlich auf, der das Haar des Mannes und das Gefieder des Raben zerzauste. Dennoch rührte sich das Tier nicht und schien auf etwas Bestimmtes zu warten.

Hans konnte seinem Blick kaum noch standhalten. Der Wind nahm ihm die Luft zum Atmen. »Ich schwöre es!«, rief er aus lauter Verzweiflung in die stärker werdenden Böen hinein. »Ich schwöre es, bei meinem Leben!«

Mit einem Schrei breitete der Schwarze seine Schwingen aus und erhob sich in den Sturm. Hans klammerte sich an die Schatulle und beobachtete den Vogel, bis er in den Wolken verschwunden war.

Langsam flaute der Wind wieder ab. Was war hier gerade geschehen?

Das Pfenniglicht im hohlen Stamm hatte sich in Luft aufgelöst. Hätte es nicht die Kiste in seinen Händen gegeben, Hans hätte an seinen Sinnen gezweifelt.

Unsicher öffnete er abermals den Deckel. Die Menge der Silbermünzen war auf den ersten Blick nicht zu erfassen. Er war ein reicher Mann.

Der Gedanke brauchte eine Weile, um in die Tiefen seines Verstands vorzudringen. Er war reich! Er würde seine Schulden abbezahlen können und müsste nie wieder welche machen. Er würde ohne schlechtes Gewissen ins Wirtshaus gehen können und seiner Frau endlich ein besseres Leben bieten.

Ein leises Lachen drang aus seiner Kehle, das schnell lauter wurde. Seine Probleme waren mit einem Schlag gelöst. Er war reich!

Noch immer singend erreichte er die kleine Hütte. »Lisbeth!«, rief er schon von weitem. »Lisbeth, komm, das musst du dir ansehen!«

Wider Erwarten kam seine Frau nicht aus der Tür, sondern tauchte hinter dem Gebäude auf. Sie schien außer Atem und ihr Haar war zerzaust.

»Ist alles in Ordnung mit dir?«, fragte Hans besorgt.

»Ja, natürlich«, erklärte sie. »Ich habe nur gerade versucht, die Sträucher hinter dem Haus herauszureißen. Die stören mich schon seit langem …«

»Welche Sträucher meinst du?«, wollte ihr Mann wissen und versuchte, sich an ihr vorbeizuschieben.

Sie stellte sich ihm in den Weg. »Das spielt doch jetzt keine Rolle. Sag mir lieber, wo du meine Bestellungen hast.«

»Ich war nicht in der Stadt«, gestand Hans, sprach jedoch schnell weiter, damit sie ihm nicht erneut Vorwürfe machen konnte. »Aber ich habe etwas viel Besseres!«

Er drückte ihr die Schatulle in die Hand und beobachtete voller Vorfreude, wie sie den Deckel anhob.

Lisbeth schaute ungläubig zwischen den Münzen und ihrem Mann hin und her. »Ist das …? Aber wie …? Ich meine woher …?«, stammelte sie.

»Das ist schwer zu erklären: Da war dieser Rabe und der Baum, in dem ein Licht brannte …«

»Du hast doch niemanden umgebracht?«, fiel ihm seine Frau ins Wort.

»Nein!«, widersprach er heftig. Wie konnte sie ihm nur so etwas zutrauen? Dennoch hatte er Mühe, das Erlebte in Worte zu fassen.

Ein trockener Zweig knackte in der Nähe. Hans war sich sicher, dass das Geräusch von hinter der Hütte kam. Er starrte Lisbeth an. »Ist da jemand?«, fragte er halb an seine Frau, halb in den Garten gerichtet.

»Sei doch keine misstrauische Matrone!«, neckte sie ihn, beeilte sich jedoch, ihn in Richtung Tür zu ziehen. »Komm, ich koche dir drinnen eine schöne Suppe und du erzählst mir, was passiert ist.«

Einen Moment lang war Hans versucht, sich ihrem Griff zu entwinden und seinen Zweifeln nachzugehen. Als er aber ihr Lächeln sah, das sie ihm so lange schon nicht mehr geschenkt hatte, beschloss er, den Augenblick einfach zu genießen.

In den Wochen danach war Hans wie verwandelt. Statt des üblichen Gejammers über zu wenig Geld und den Streit mit seiner Frau, sah man ihn nun scherzend und lachend im Wirtshaus sitzen. Manchmal begleitete ihn Lisbeth sogar.

Unter den Bergleuten wurde darüber getuschelt, was diese plötzliche Veränderung ausgelöst haben könnte. »Er hat einen Schatz gefunden«, hieß es bei den einen. »Seine Frau hat reich geerbt«, vermuteten die anderen. Die meisten gönnten dem Bergknecht jedoch sein neues Glück und erklärten schulterzuckend: »Der Berggeist meint es gut mit ihm.«

Dafür sprach auch die Tatsache, dass Hans nun jeden Tag ein Pfenniglicht unter Tage anzündete. Manch einer tat es ihm sogar gleich, in der Hoffnung ebenfalls belohnt zu werden.

Hans und Lisbeth wirtschafteten vorbildlich mit ihrem unverhofften Reichtum. Hans blieb auch weiterhin im Berg und arbeitete an der Haspel. Sie kauften sich etwas Land, drei Kühe und kleinere Tiere. Sie hatten sogar noch ein paar Münzen übrig, die sie sicher verwahrten, denn nun konnten sie von ihrem Einkommen bequem leben. Wie der Bergknecht zu dem Schatz gekommen war, erzählten sie jedoch niemandem, um nicht den Neid der anderen zu wecken.

»Nun bist du ein gemachter Mann!«, bemerkte Jakob, als sie zum Stollnbier, einem Bergmannsfest, zusammensaßen. Er hob seinen Bierkrug und stieß mit Hans an.

»Scheint, als ob das Glück diesmal keinen Bogen um mich gemacht hat«, erwiderte sein Freund lachend und leerte seinen Becher.

Der andere beobachtete ihn genau. »Wie bist du nur zu dem vielen Geld gekommen?«

Hans wischte sich den Schaum vom Mund. »Ich habe dir doch schon gesagt, dass ich nicht darüber reden will.« Er rülpste geräuschvoll.

Sein Begleiter ließ sich damit nicht abspeisen. »Es wird erzählt, dass es mit einem Vogel und einem Baum zu tun hätte.«

Das Lächeln des anderen erstarb. »Wer sagt so etwas?«
»Also ist es wahr?«

In diesem Moment tauchte eine Gruppe Bergmänner bei ihnen auf. »Hans, mein Guter, komm spiel mit uns!«, forderte ihn einer auf. »Das heißt, wenn dich die lächerlichen Summen noch reizen, die wir auf den Tisch legen.«

Glücklich über die Möglichkeit, dem Verhör seines Freundes zu entkommen, stimmte der Bergknecht zu. Er holte sich ein weiteres Bier und setzte sich zu den anderen.

Jakob erhob sich ebenfalls und gesellte sich zu ihnen. Wenn Hans spielte, gab es stets etwas zu holen.

Spät in der Nacht führte Jakob seinen völlig betrunkenen Freund nach Hause. Es war wieder einmal ein lohnender Abend gewesen. So reich Hans jetzt auch sein mochte, beim Würfelspiel fiel er wie eh und je auf die alten Tricks herein. Aber das sollte Lisbeth bei ihrem jetzigen Einkommen nicht mehr stören.

»Ich könnte wetten …«, lallte Hans, »ich bin mir sicher …« Er stoppte und musste kurz verschnaufen.

Der andere zog ihn vorwärts. »Komm weiter, mein Guter. Bis nach Hause ist es noch ein Stück.«

Ungelenk setzte sich der Bergknecht in Bewegung. Erst nach einer Weile griff er seinen Gedanken wieder auf. »Weißt du … ich denke, da bescheißt mich einer.«

»Wie meinst du das?«, fragte Jakob und zog seinen Freund zurück in die Mitte des Weges.

»Beim Würfelspiel«, erklärte Hans, »irgendwie verliere ich immer.« Er musste aufstoßen und sein Begleiter ging sicherheitshalber einen Schritt zur Seite. Doch der Betrunkene schüttelte sich nur und setzte seinen Weg fort. »Wie kann es sein, dass ich nie gewinne?«, philosophierte er weiter. »Ich meine jetzt, wo das Glück auf meiner Seite ist …«

Beinahe wäre er über eine der Wurzeln gestolpert, die den Pfad zu seiner Hütte säumten. Nur Jakobs rasches Eingreifen verhinderte seinen Sturz. »Du solltest dich lieber auf den Weg konzentrieren.«

Doch der Gedanke ließ Hans nicht los. »Da bescheißt mich einer …«, wiederholte er trotzig.

Sein Freund lachte. »Sei doch keine misstrauische Matrone!«

Der Bergknecht blieb stehen wie vom Donner gerührt.

»Was ist denn jetzt schon wieder?«, seufzte Jakob.

»Das hat Lisbeth auch gesagt … Am Tag, als ich den Schatz gefunden habe …«

Hans gelang es nur mühsam, seine Gedanken zu ordnen. »Als ich nach Hause kam … Da war jemand bei unserer Hütte …« Langsam erinnerte er sich, was ihn hatte aufhorchen lassen. »Ich bin mir sicher … jemand war bei Lisbeth.« Er sah seinen Freund direkt in die Augen. »Du warst bei Lisbeth!«

Jakob lachte auf. »Wie kommst du denn darauf?«

Doch der andere ließ sich nicht abbringen. »Deshalb wusstest du von dem Raben und dem Baum!«, ging es ihm auf. »Niemand hat dir davon erzählt … Du hast es selbst gehört … Du hast hinter der Hütte gestanden … Du hast meine Frau … während ich in die Stadt gehen sollte.«

Schwankend und mit erhobenen Fäusten stürmte er auf seinen Begleiter zu. »Du geiler Bock!«, schleuderte er ihm entgegen. »Wie kannst du dich mein Freund nennen?«

Der andere wich den langsamen Bewegungen mit Leichtigkeit aus. Hans stolperte nun doch über eine

Wurzel und fiel. Er rappelte sich auf alle Viere hoch, aber übergab sich an Ort und Stelle. Kraft und Wut schienen ihn augenblicklich verlassen zu haben.

Jakob griff seinem Freund unter die Arme. »Komm, ich bringe dich nach Hause.« Widerstandlos ließ sich der Bergknecht mitziehen. »Hoffen wir, dass du dich morgen an nichts mehr erinnerst.«

Der nächste Tag war ein Sonntag und zum Glück arbeitsfrei. Zwar erwachte Hans kurz vor dem Mittag, doch Übelkeit und Kopfschmerz hielten ihn davon ab, das Bett zu verlassen. Gegen Nachmittag trank er zögerlich ein paar Schlucke verdünntes Bier, das Lisbeth ihm reichte. Auch Jakob war gekommen, um nach seinem Freund zu sehen.

»Wie geht es dir?«, fragte er besorgt.

»Gut, würde ich sagen«, erwiderte der Angesprochene, »abgesehen von meinem Schädel.« Er grinste. »Das war ein Fest! Ich weiß gar nicht, wie ich es nach Hause geschafft habe.«

»Jakob hat dich hergebracht«, erklärte seine Frau. »Ich glaube nicht, dass du allein den Weg gefunden hättest.«

»Dann schulde ich dir Dank, mein Freund!«, lächelte Hans. »Wenn wir das nächste Mal im Wirtshaus sind, geht der Abend auf mich.«

»Du weißt wirklich nichts mehr?«, hakte der andere nach.

Der Bergknecht überlegte angestrengt unter den besorgten Blicken der beiden anderen. Er schüttelte den Kopf. »Das Letzte, an das ich mich erinnern kann, ist das Würfelspiel.« Er sah reumütig zu seiner Frau. »Ich fürchte, ich habe mal wieder verloren.«

»Darüber reden wir später«, entgegnete sie sanft und schob ihn zurück unter die Decke. »Jetzt ruh› dich erstmal aus.«

Selbst am nächsten Tag fiel es Hans noch schwer aufzustehen, doch pflichtbewusst trat er seine Schicht im Berg an. Jakob und er waren die Letzten, die sich an den Leitern nach unten schwangen.

»Ich fürchte, ich bin immer noch nicht ganz ausgenüchtert«, stellte Hans fest und konnte sich ein Grinsen nicht verkneifen. »Ich wüsste nicht, wann ich das letzte Mal so betrunken war.«

»Mh«, machte sein Freund nur und zuckte mit den Schultern.

»War ein wirklich tolles Fest«, redete der Bergknecht weiter. »Ich freue mich schon auf das nächste.

»Ich auch«, erwiderte Jakob, doch in seiner Stimme schwang keine Begeisterung.

Endlich waren sie unten im Stollen angelangt. »Wenn ich mich nur an den Heimweg erinnern könnte. Es fuchst mich, dass ich so gar nichts mehr darüber weiß.«

Wieder zuckte sein Freund mit den Schultern. »So aufregend war es nicht.«

Hans wunderte sich ein wenig über die Einsilbigkeit des anderen, der sonst nie um eine flapsige Antwort verlegen war. Vielleicht plagten ihn ebenfalls noch die Nachwirkungen der Feierlichkeiten.

Wie er es sich in den letzten Wochen angewöhnt hatte, ging der Bergknecht zuerst in einen schmalen Seitengang und holte ein Pfenniglicht aus seiner Tasche. Davon trug er nun immer einen kleinen Vorrat mit sich herum, um das Versprechen an den Raben gewissenhaft erfüllen zu können. Er wollte es gerade anzünden, als er einen Luftzug hinter sich spürte.

»Es tut mir leid«, erklang eine vertraute Stimme.

Für den Bruchteil einer Sekunde sah er in seiner Erinnerung Jakob vor sich, der abwehrend die Hände hob. Er fühlte eine Wut gegen den Freund in sich aufsteigen. Doch warum?

Zu weiteren Überlegungen kam er nicht. Starke Finger schlossen sich um seinen Hals und drückten zu. In wilder Verzweiflung schlug Hans um sich, aber es gelang ihm nicht, den Angreifer zu treffen. Schließlich verließen ihn die Kräfte und Dunkelheit umfing ihn.

Als der Körper aufgehört hatte zu zucken, zog Jakob seine Hände zurück, als hätte er eine heiße Pfanne angefasst. Der Bergknecht sank leblos zu Boden. Es war vollbracht. Nun konnte Lisbeth sicher sein, dass niemand ihrer Liebschaft auf die Schliche kommen würde.

»Es tut mir leid«, murmelte er noch einmal mit Blick auf seinen toten Freund. Dann schleifte er die Leiche zum Korb, in dem sonst das Gestein transportiert wurde und wuchtete sie hinein. Er griff ins Hans' Taschen, holte die Pfenniglichter heraus und zündete sie alle an. Schließlich gab er das Zeichen für die Haspelknechte und trat zurück.

Ruckend setzte sich der Behälter mit dem Toten in Bewegung. Kurz darauf waren die Aufschreie oben zu hören.

Die Nachricht vom Tod des Bergknechts verbreitete sich rasch. Als er mit den anderen Bergmännern zusammensaß, erklärte Jakob schluchzend, was er sich mit Lisbeth ausgedacht hatte: »Es ist alles meine Schuld«, jammerte er. Auf die verdutzen Blicke hin, fuhr er fort. »Hans war am Abend des Fests so betrunken, und ich war so neugierig. Wieder und wieder habe ich ihn gefragt, wie er an seinen Wohlstand gekommen ist. Schließlich hat er mir auf dem Heimweg von seinem Pakt mit dem Berggeist erzählt. Dieser hat ihm jeden Tag etwas Silber gegeben im Austausch für ein Pfenniglicht. Doch die Bedingung dafür war, dass Hans mit niemandem über ihren Bund spricht.« Er schüttelte traurig den Kopf. »Wenn ich nur nicht so nachgebohrt hätte … Nun hat der Berggeist Rache genommen.«

Das Schulterklopfen und die tröstenden Worte der Bergmänner zeigten Jakob, dass man seine Geschichte glaubte.

Noch heute erzählt man sich im Erzgebirge die Sage vom armen Bergknecht Hans und seinem unverhofften Reichtum durch den Pakt mit dem Berggeist – und von der schrecklichen Strafe, die ihm für seine Redseligkeit widerfuhr.

Nur Jakob und dessen spätere Frau Lisbeth sind längst vergessen.

Wolfsmann

Theo Brohmer

Sein Hunger auf Fleisch war erwacht. Dieser Drang füllte sein ganzes Denken aus. Es hielt ihn nichts in seiner Wohnung. Er musste raus!

Rasch schlüpfte er in seine Joggingklamotten. Mit fetter Musik auf den Ohren lief er los. Es dämmerte bereits. Dennoch hielt er an seinem Plan fest. Bewegung würde ihm guttun und seine kreisenden Gedanken kanalisieren, fokussieren.

Sein Weg führte ihn durch den botanischen Garten von Bielefeld und den Berg hinauf. Mit dem letzten Tageslicht erreichte er die Hünenburg. Der Fernsehturm ragte wie ein mahnender Finger in den Himmel.

Den Rückweg nahm er über den Tierpark Olderdissen. In einiger Entfernung flackerte Taschenlampenlicht.

Undeutlich war eine Gruppe Menschen vor dem Wolfsgehege zu erkennen. Offenbar wurden die Tiere gerade gefüttert.

Bei dem Gedanken lief ihm plötzlich das Wasser im Mund zusammen. Sein Appetit auf Fleisch gab das Tempo an. Er beschleunigte.

Seine Wohnung lag zehn Minuten entfernt. Eine große Tüte Steaks lagerte im Kühlschrank. Gleich würde er sich zwei Stücke Fleisch braten. English. Ohne Beilagen! In diesen Novembertagen verlangte es ihn nach purem Eiweiß.

Plötzlich prickelte ein Duft in seiner Nase. Konnte er etwa das Fleisch für die Wölfe riechen? Das musste Einbildung sein! Noch gut zehn Meter trennten ihn von dem Pulk aus Besuchern. Er musste über seinen Einfall lachen.

Der Mann legte noch mehr Tempo zu. Sein knurrender Magen machte ihm Beine.

Als er auf Höhe der Umzäunung war, drehte er plötzlich ab. Er krallte die Finger in den Maschendraht und kletterte wie ein Affe den Zaun empor. Ohne zu zögern, sprang er anschließend in das Wolfsgehege.

Die Neue Westfälische gehörte zu Veit Vincens Frühstück wie sein Tee und das Müsli. Die reißerische Schlagzeile titelte:

Wolfsmann erneut gesichtet. Während Fütterung erbeutet Mann Fleisch aus Wolfsgehege in Olderdissen.

Ein Unbekannter drang gestern in das Gehege ein. Er kämpfte mit den Tieren, die zwar an Menschen gewöhnt, aber nicht gezähmt sind. Er stahl Fleisch und flüchtete.

Weiter berichtete der Artikel von der letzten Sichtung des Wolfsmanns im Jahr 1982. Damals gab es zahlreiche Beobachtungen eines fellbekleideten Mannes, der Schafe in Hillegossen tötete und Teile des Fleisches roh an Ort und Stelle verspeiste. Eine Bürgerwehr verfolgte das Wesen, das die Presse *Wolfsmann* nannte, bis in die Gipsbergwerke oberhalb des Lipper Hellwegs. Seitdem ging die Sage vom Wolfsmann in Bielefeld um.

Ein merkwürdiges Gefühl beschlich Veit Vincens. Sagen waren ihm suspekt. Er kannte nur die *Bielefeld-Verschwörung*, die jedoch keine Sage im ursprünglichen Sinne ist.

Sein Handy piepte. Der Bildschirm des Smartphones zeigte das Gesicht einer jungen Frau mit zimtfarbenem Haar: Theresa Unverfehrt.

»Guten Morgen, Resi, schön, dass du anrufst.« Mit gemischten Gefühlen dachte er an ihre letzte Begegnung zurück, die privater Natur gewesen war. Ihre Beziehung nahm langsam Fahrt auf. Vincens fragte sich, ob und inwieweit sich das auf die berufliche Zusammenarbeit auswirken würde.

»Guten Morgen«, begrüßte sie ihn mit lasziver Stimme. Dann veränderte sich ihr Ton.

»Es wurden Leichenteile in Olderdissen gefunden. Ich bin in zehn Minuten bei dir.«

»Olderdissen? Aber nicht im Wolfsgehege, oder?«

»Doch! Woher weißt du das?«

Rot-Weiße Bänder flatterten im Wind. Ein abgesperrter Tatort, ein bekanntes Bild!

»Wo sind die Wölfe jetzt?«

»Im zweiten Teil des Geheges«, antwortete seine Kollegin.

Aha, wie beruhigend! An der Aussichtsplattform wartete ein Mann in grünem Outfit vom Typ »Kapitän zur See mit grauem Bart«.

Resi hielt dem Mann ihren Dienstausweis unter die Nase.

»Theresa Unverfehrt, Kriminalkommissarin vom KK11. Das ist Kriminalhauptkommissar Veit Vincens.«

»Wolfram Petersen, stellvertretender Parkleiter«, stellte sich der Bärtige vor. *Wie passend,* dachte Vincens und unterdrückte ein Schmunzeln. Er warf seiner Kollegin einen Blick zu, sie dachte offenbar Ähnliches, ihre Augen blitzten verräterisch.

Petersen schloss die Tür des Geheges auf und ließ die Kripobeamten passieren. Die Kriminaltechniker waren schon am Werk. In den weißen Schutzanzügen hoben sie sich gut von der Umgebung ab.

»Können wir auch mit dem Kollegen sprechen, der diesen *Wolfsmann* gesehen hat?«, erkundigte sich Vincens.

Resi warf ihm einen fragenden Blick zu.

»Ich habe die Fütterung selbst gemacht«, sagte Petersen.

»Wie sah der Typ aus?«

»Er trug Joggingklamotten.« Er musterte Vincens und fügte hinzu: »Er hatte ungefähr Ihre Größe. Sein Gesicht konnte ich aber nicht sehen.« Petersen entdeckte einen Verband an der Hand des Kriminalhauptkommissars.

»Was ist Ihnen passiert?«, erkundigte er sich forsch.

Vincens hob die bandagierte Hand, zuckte die Schultern.

»Ich habe mich an einer Dose Hundefutter geschnitten.« Sie erreichten den abgesperrten Bereich und blieben davor stehen.

»Vielen Dank Herr Petersen. Könnten Sie vor dem Gehege warten, falls sich weitere Fragen ergeben?« Der Tierpfleger zögerte kurz, dann nickte er und machte kehrt.

»Guten Morgen, Tina. Welche Leichenteile habt ihr schon gefunden?«, fragte Kriminalkommissarin Unverfehrt. Tina Kerrigan, die Kriminaltechnikerin, grüßte zurück.

»Wir haben bisher nur den Torso gefunden.«

»Also nichts, womit sich der Leichnam sicher identifizieren ließe?«, vervollständigte die Kommissarin. Tina Kerrigan nickte.

Die Kripobeamten traten durch die Sicherheitsschleuse nach draußen.

»Erzählst du mir vom Wolfsmann?«, bat Resi.

Vincens tat ihr den Gefallen und berichtete von dem Artikel in der Zeitung.

Vor dem Gehege wartete Petersen. Er sprach ins Walkie Talkie. Als er die Kripobeamten kommen sah, winkte er sie zu sich.

Der Bärtige drehte die Lautstärke des Funkgeräts auf, damit sie besser hören konnten.

»Bitte wiederholen, KPT«

»Wir haben hier einen grausigen Fund gemacht«, drang es krächzend aus dem Sprechfunkgerät. Würgende Geräusche im Hintergrund.

»Wo seid ihr?«

»Bei den Wildschweinen«, sagte die Fistelstimme.

»Hundertschaft?« Resi Unverfehrt sah Vincens fragend an.

»Lass uns abwarten, was wir bei den Wildschweinen finden.«

Sie passierten den Abenteuerspielplatz, der zu dieser frühen Tageszeit verwaist dalag und folgten dem Weg bergab.

Ein würziges Aroma nach Dung, feuchter Erde und Wildtier hing schwer in der Luft. Resi verzog angewidert die Nase.

»Läuft dir bei dem Duft nicht das Wasser im Mund zusammen?«, stichelte sie. Resi hatte mit ihm um ein Fünf-Gänge-Menü gewettet, dass er es nicht aushalten würde, ein volles Jahr auf Fleisch zu verzichten.

Vincens warf seiner Kollegin und Freundin einen irritierten Blick zu. Dann schüttelte er den Kopf.

»Der Duft reizt höchstens meinen Würgereflex.«

»Wusstest du, dass Vegetarier nur ein anderes Wort für ein schlechter Jäger ist?«, witzelte Resi und boxte Veit kumpelhaft in die Seite. Veit griente breit.

Sie hatten das Wildschweingehege erreicht. Zwei Tierpfleger standen vor dem Tor. Die Männer trugen grüne Kleidung und sahen ziemlich blass aus.

»Wir übernehmen«, sagte Vincens. Resi fragte die beiden Männer nach ihren Namen und notierte ihre Angaben.

»Wo finden wir es?«

Der ältere Tierpfleger, der sein dünnes Haar zu einem Zopf zusammengebunden trug, deutete zum Schlafhaus der Tiere.

»Danke«, sagte Vincens. Er sah auf seine italienischen Treter hinab. Für dieses Gelände völlig ungeeignet.

»Können Sie uns Gummistiefel besorgen?«, fragte er den Mann mit dem Zopf. Der Mann nickte und verschwand.

»Willst du wirklich da rein?«, mischte sich Resi in Vincens' Gedanken.

»Hast du Bedenken wegen möglicher Spuren?«

»Jeder Zentimeter Boden wurde von den Schweinen durchgepflügt«, sagte sie nach einem Blick über das Gelände.

»Da gibt es keine Spuren. Vielleicht in unmittelbarer Nähe des Fundorts. Obwohl ich das für wenig wahrscheinlich halte. Der Täter könnte die Leichenteile auch über den Zaun geworfen haben«, mutmaßte sie und deutete auf die niedrige Umfriedung.

KPT, der Tierpfleger, kehrte mit zwei Paar Stiefeln zurück. Stolz überreichte er seine Fundstücke.

Kindersärge beschrieb Vincens' Paar am besten.

»Was bedeutet Ihr Name?«, erkundigte sich der Kommissar.

»Nicht Captain, wenn Sie das gedacht haben«, antwortete der Lange und grinste süffisant.

»Sondern?«

»Klaus-Peter Tölke«, erwiderte der Mann mit hoher Stimme.

»Danke für die Stiefel«, sagte Veit Vincens.

»Wollen wir?«, fragte er an Resi gewandt. Eine Minute später stapften sie durch den Morast auf eine niedrige Hütte zu. Der Boden gab bei jedem Schritt schmatzende und unanständige Geräusche von sich. Das Vorankommen war für Vincens mühsam. Das lag nur zum Teil an den drei Nummern zu großen Stiefeln.

Der feuchte Boden war sehr besitzergreifend und so blieb ein Stiefel im Morast stecken, während Vincens' Fuß aus dem Schuh herausglitt. Im nächsten Moment steckte sein Strumpf bis zum Knöchel im sumpfigen Boden.

Er fluchte lautstark. Resi wandte sich zu ihm um und begann zu lachen. Seine Kollegin kam besser und offenbar leichter voran, denn sie befand sich schon ein gutes Stück vor ihm.

»Vielen Dank für dein Mitgefühl«, keuchte er, als er sie erreichte. Resi dämpfte ihre Heiterkeit. Sie hauchte ihm einen Kuss auf die Wange. Dann wandte sie sich wieder ab.

Im nächsten Moment stieß sie ein Keuchen aus. Sie hatte den Gegenstand gefunden, der die Aufregung ausgelöst hatte.

Veit fischte ein Paar Latexhandschuhe aus der Jackentasche und stülpte sich diese über.

Im ersten Moment war es schwer zu erkennen, um was es sich bei dem Fundstück handeln mochte, denn es war mit Lehm überzogen.

Resi atmete tief durch, nahm einen Bleistift und rollte das Ding auf die Seite. Plötzlich wurde etwas Helles sichtbar.

Als sie erkannten, um was es sich dabei handelte, machten sie einen Schritt rückwärts. Vincens musste würgen.

Vor ihnen lag ein Kopf. Ein bleiches Gesicht und daraus starrte sie ein kornblumenblaues Auge an.

»Carla!«, wisperte Resi Unverfehrt erschrocken.

Resi und Veit verließen das Wildschweingehege und trafen draußen auf Petersen und Tina Kerrigan von der KTU.

Resi reichte Tina einen schweren Beweismittelbeutel.

»Bitte sehr. Verstoß gegen die Dienstvorschriften. Aber ich wollte nicht, dass die Schweine weiter damit spielen.«

»Hast du meinen Job gemacht?«

Resi wischte sich mit dem Ärmel über die Augen, vermied den Blick der Kriminaltechnikerin.

»Carla ist tot!«, hauchte die Kommissarin.

Tina riss die Augen auf. Sie schüttelte vehement den Kopf. Ihre Augen füllten sich augenblicklich mit Tränen. Resi nahm sie in den Arm, tröstete die Kollegin.

Die Streifenpolizistin Carla Morris wurde seit einer Woche vermisst. Nun besaßen sie die traurige Gewissheit, dass die junge Frau einem Gewaltverbrechen zum Opfer gefallen war.

Petersen räusperte sich. Er hielt sein Sprechfunkgerät hoch.

»Meine Leute haben noch mehr Leichenteile gefunden.

Kommen Sie, ich bringe Sie hin.«

Eine Stunde später war die Inventur beendet. Im Gehege der Kolkraben fanden sie die linke und im Rattenhaus die rechte Hand. Beide bereits durch Nage- und Hackspuren verstümmelt. Von den Beinen fanden sich nur noch angenagte Knochen. Jule und Max, die beiden Braunbären, hatten sich daran gütlich getan.

Joggerinnen zu verfolgen fühlte sich an, wie Rehe jagen. Sein Herz schlug kräftig und regelmäßig und versorgte jede seiner Zellen mit Sauerstoff. Er spürte die Bewegungen seiner Muskeln unter der Kleidung. Die Freude über die wilde Jagd flutete sein Fleisch mit Adrenalin und Dopamin. Das Töten hatte ihn auf den Geschmack gebracht. Sein Appetit war geweckt.

Er setzte geschickt über Baumwurzeln hinweg und verkürzte die Distanz. Den hüpfenden Pferdeschwanz zu betrachten hatte etwas Meditatives. Im Kaleidoskop aus Baumstämmen verschwand ihre rote Trainingsjacke für Sekunden.

Die Frau hatte offenbar noch nichts von ihrem Verfolger bemerkt oder interpretierte ihn nicht als Gefahr. *Ein Fehler*, dachte er und gluckste vor Lachen.

Als er den befestigten Pfad erreichte, erhöhte er sein Tempo. Hier kam er leichter und schneller voran. Der Mann setzte der Frau nach.

Ungezügelte Freude und der Hunger nach ihrer Angst trieben ihn an. Sie trennten jetzt noch etwa fünfzig Meter. Der Duft ihres Parfüms hing in der Luft. Er atmete das köstliche Aroma tief ein. Sportliche Leichtigkeit vermischt mit einem Hauch Exotik.

Auch seine Geduld kannte Grenzen. Er setzte zum Sprint an.

Der Geruch von Blut lastete schwer in der Luft. Seine Hände klebten vom Fleischsaft, seine Kiefermuskeln schmerzten. Sie waren die ungewohnte Kost nicht mehr gewöhnt. Doch das war nur eine Frage der Zeit! Das kannte er bereits.

Er legte das lange Messer zur Seite und sah sich das zerteilte Fleisch an. Sein Blick wanderte einen Moment in Richtung Wald. Kein Lüftchen ging. Mit gespitzten Ohren stand er da. Nichts. Niemand hatte die Schreie gehört.

Veit Vincens war gerade dabei, Chianti in ein Weinglas einzuschenken, als es an seiner Wohnungstür klingelte. Marley, sein Border Collie bellte und wedelte mit dem Schweif. Er hatte den Besucher bereits gewittert. Veit ging öffnen. Es war Resi. Sie begrüßten sich mit einem langen Kuss.

»Mhm, du schmeckst nach Wein. Hast du auch ein Glas für mich?«

Veit lächelte. Dann wies er mit dem Kopf in Richtung Wohnzimmer.

Resi folgte dem Hund durch den Flur. An der Garderobe entledigte sie sich ihrer Jacke. Plötzlich stieg ihr ein eigentümlicher Geruch in die Nase. Sie blieb vor der Küchentür stehen.

Neugierig geworden drückte sie die Tür auf und warf einen routinierten Blick in den Raum. Schnell hatte sie die Ursache erkannt. Ein Lächeln huschte über ihr Gesicht.

Im Wohnzimmer nahm sie Veit den Weinkelch aus der Hand. Lächelnd blickte sie ihn an.

»Ich freue mich schon sehr, wenn du mich ins Restaurant entführst«, sagte sie und stieß mit ihm an.

»Wovon redest du?«

»Fleisch verdirbt schnell. Du solltest es wieder in den Kühlschrank legen.« Resi sah ihn liebevoll an. Veit wandte den Blick ab. Irgendetwas scheint ihn zu beschäftigen, dachte sie.

»Hey, Süßer, es macht nichts, eine Wette zu verlieren.«

»Das ist es auch nicht«, antwortete Veit Vincens und wandte sich ihr wieder zu. Er legte einen Arm um ihre Hüfte.

»Bleibst du über Nacht? Ich würde auch noch gerne mit dir über den Fall reden.«

Nachdem sie sich geliebt hatten, legte Resi ihren Kopf auf seine Brust.

»Habe ich dir erzählt, dass ich heute gestalkt wurde.«

Veit, der bereits gedöst hatte, öffnete überrascht die Augen.

»Erzähl mir davon.« Sie berichtete von ihrem Training und dass ihr plötzlich ein Mann gefolgt war.

»Ich habe ihm keine Chance gelassen! Aber er war schnell!«

»Wo war das?«

»Oberhalb von Olderdissen«, antwortete Resi schläfrig.

»Der Tierpark ist die Konstante dieses Falls. Bist du sehr müde?«

»Willst du schon wieder?«

»Ich will jetzt in den Tierpark«, erwiderte Veit Vincens.

Es gruselte ihm. Zu dieser Nachtzeit war Vincens noch nie in Olderdissen gewesen. Er war froh, dass ihn Resi begleitete. Es hatte nur ein wenig Überredungskunst bedurft.

Die Dunkelheit nagte an den Rändern der Lichtinseln der spärlichen Laternen. Im Tierpark war es still. Die meisten Geschöpfe schliefen. Nur hin und wieder raschelte es im Laub.

Sie wanderten ziellos umher, bis sie ein erleuchtetes Fenster sahen. Resi deutete darauf.

Für Besucher war dieser Bereich gesperrt. Doch darum kümmerten sich die beiden Kripobeamten nicht. Sie kletterten über das Tor und traten näher an das Fenster heran.

Es war nicht leicht, hineinzusehen, da der untere Teil mit Folie beklebt war. Ein Mann stand vor einem Tisch und kehrte ihnen den breiten Rücken zu.

»Petersen ist da drin«, flüsterte Resi. Veit nickte seiner Kollegin zu und machte ihr Zeichen, dass er reingehen wolle.

Veit drückte langsam die Klinke. Die Tür war unverschlossen. Er huschte hinein, Resi folgte.

»Guten Abend, Herr Petersen«, begrüßte Veit Vincens den stellvertretenden Tierparkleiter.

Der Mann erschrak heftig und begann am ganzen Leib zu zittern. Er wandte sich langsam zu ihnen um. Petersen war leichenblass. Er biss sich auf die Unterlippe und schüttelte den Kopf.

»Ich … habe sie hier … nur gefunden«, stammelte er.

»Treten Sie bitte vom Tisch zurück, Herr Petersen«, ordnete Theresa Unverfehrt mit erhobener Stimme an. Doch der Mann rührte sich nicht. Er schluckte unablässig. Resi wiederholte ihre Aufforderung, schließlich gehorchte der Mann.

Endlich gab er den Blick auf den Edelstahltisch frei. Resi stockte der Atem. Ein nackter Frauenkörper lag darauf. An manchen Stellen wies der Leib getrocknetes Blut auf.

»Was machen Sie hier um diese Zeit?«, fragte Vincens.

»Hier werden die Futtertiere vergast«, antwortete Petersen, nachdem er sich wieder gefasst hatte.

»Und das müssen Sie machen?«

Petersen zuckte die Schultern. Personalmangel sei schuld daran, behauptete er. Sein Job bestünde nicht nur aus Schreibtischarbeit.

Der Kommissar trat an den Tisch heran. Er sah sich den Körper an. Offenbar hatten sie den Mörder gestört, bevor er die Frau zerhacken konnte.

»Herr Petersen, Sie sind vorläufig festgenommen.«

»Ich bin das nicht gewesen«, brüllte Petersen panisch. Vincens fesselte den Bärtigen mit Handschellen an ein Heizungsrohr.

»Resi, ruf bitte einen Streifenwagen für Petersen.«

Plötzlich sah er, wie die Augen seiner Kollegin groß wurden. Ein Lufthauch streifte ihn überraschend. Ihn schauderte. Bevor er reagieren konnte, hielt ihm jemand von hinten ein langes Messer an die Kehle.

»Keine Bewegung oder ich lasse dich ausbluten, Veit!«

Sie hörten es alle gleichzeitig. Pfeifend näherte sich jemand dem Futterhaus. Die Melodie klang furchtbar schief.

Kurz darauf wurde die Tür aufgestoßen.

»Baby, dein Liebhaber ist da!« Ein Mann trat ein. Das einzige, was er trug, war eine Axt. Sonst war er nackt.

Das schreckliche Pfeifen verstummte, als er die kleine Versammlung bemerkte. »Tina! Du hast die Bullen in die Falle gelockt! Fantastisch!«, rief er mit hoher Stimme aus.

»Waffe fallen lassen, Resi!«, donnerte Kerrigan, die Kollegin von der Kriminal-Technischen-Untersuchung.

»Ganz ruhig, Tina!« Resi hob abwehrend die Hände.

»Mach schon. Oder du brauchst einen neuen Partner!«

Resi legte ihre Dienstwaffe auf den Boden und stieß die Pistole mit dem Fuß an. Die Waffe rutschte einen Meter weit.

»KPT, bring mir ihre Knarre«, wies Kerrigan barsch an.

Der Tierpfleger setzte sich in Bewegung. Resi stellte ihm ein Bein. Der Mann strauchelte, stürzte. Die Axt polterte zu Boden.

Für Ablenkung war gesorgt. Vincens tauchte unter der tödlichen Klinge ab. Resi sah ihre Chance gekommen, denn Tina stand ungedeckt da. Sie ließ sich zu Boden fallen, packte ihre Waffe und gab einen Schuss ab.

Das Echo des Knalls dröhnte noch immer in Resis Ohren. Die Schuld, ein Leben ausgelöscht zu haben, erdrückte sie wie ein tonnenschweres Gewicht.

Das Erlebte lief in Dauerschleife durch ihr Hirn. So sehr sie sich auch bemühte, an anderes zu denken. Resi fühlte sich ihren Gedanken vollkommen ausgeliefert. Das Leben kotzte sie gerade mächtig an!

Tina Kerrigan hatte ihre Schwester Carla doch allen Ernstes wegen einer Erbschaft von ihrem Komplizen Klaus-Peter Tölke töten lassen. Er, der verliebte Mann, hatte die Frau zerstückelt.

Das Schlimmste aber war, dass Resi eine Kollegin getötet hatte. Die Bilder würde sie niemals vergessen!

Plötzlich erhob sich Geheul. Das riss Resi aus ihren Gedanken. Die Laternen sprangen an. Der Tierpark hatte sich merklich geleert.

Sie erhob sich von ihrer Bank und trat näher an den Drahtzaun des Wolfsgeheges.

Resi kniff die Augen zusammen. *War da nicht jemand bei den Wölfen? Und wo steckte überhaupt Veit?* Sie rief nach ihm.

Sekunden später trat er aus einem Gebüsch in den Lichtkreis einer nahen Laterne.

Verwundert sah sie ihn an. Da war etwas in seinem Gesicht. Dunkle Flecken?

»Du hast da noch was auf den Lippen. Ist das Blut?«, fragte Resi erschrocken. Auf die Entfernung konnte sie es nicht genau erkennen.

»Schokolade«, antwortete Veit Vincens mampfend und wischte sich den Rest der Chilifüllung aus dem Mundwinkel.

»Wenn ich schon kein Fleisch essen darf!«

Unverhofft kommt oft

Geli Grimm

Adrian holte tief Luft, runzelte nachdenklich die Stirn. Die Sonne stand schon tief. Dem 24-jährigen Sonnyboy blieb nicht mehr viel Zeit. Noch stand er vor dem verbeulten Bauzaun, der Wanderer von dem abbruchreifen Haus Fühlingen abhalten sollte.

Zögernd starrte Adrian in Richtung der Ruine, die vor rund 130 Jahren einmal ein eindrucksvolles Gutshaus gewesen sein musste. Wie düstere Augen starrten die Fenster zurück. Ihr Anblick ließ den jungen Mann erschaudern. Aus der Nähe betrachtet hielt er die Wette gar nicht mehr für eine so gute Idee. Doch ganz Maulheld, der er war, hatte Adrian dieser Pia, einem weiteren Mädel auf der langen Liste seiner Eroberungen, unbedingt imponieren wollen.

›Weißt du, was ich cool finde? Lost-Places. Ein Freund von mir ist als Geisterjäger ständig in Abrissbuden unterwegs. Richtig unheimlich, was der mir so erzählt.‹

Adrian lachte, als er die Zeilen seiner neuen Chatbekanntschaft las. Amüsiert antwortete er: ›Du meinst wie Dr. Peter Venkman von den Ghostbusters?‹, und hängte noch einen zwinkernden Smiley dran.

›Nein, ernsthaft. Du glaubst nicht, was es alles gibt zwischen Himmel und Erde. Zwischen Leben und Tod. Die Geister können dich in den Wahnsinn treiben‹, kam es zurück.

»Pah, es wäre doch gelacht, wenn ich diesen Möchtegern-John-Sinclair nicht ausbooten kann«, spornte sich Adrian an und überlegte, wie er am besten in die Villa Oppenheim hineinkäme. Da das Gebäude als einsturzgefährdet galt, gab es Sicherheitsmaßnahmen, die ein unbefugtes Betreten verhindern sollten. Doch der Bauzaun stellte eher ein psychologisches Hindernis dar.

Im Erdgeschoss des Gebäudes offenbarte sich allerdings kein so leicht zugänglicher Eingang. Und vor den Fenstern der ersten Etage befanden sich Gitter. Um einen freien Zugang zu erhalten, müsste er über diese in die zweite Etage klettern.

›Im zweiten Stock hat sich ein ehemaliger NS-Richter erhängt. 1962 war das. Haus Fühlingen ist verflucht.‹

Adrian schmunzelte, als er seine Antwort tippte: ›Verflucht? Nur weil ein Nazi nicht mehr mit der Last seiner Schuld leben konnte? Ist das nicht ein bisschen weit hergeholt?‹

Doch Pia ließ sich von ihrer Überzeugung nicht abbringen und berichtete über weitere Todesfälle sowie geisterhafte Erscheinungen im Haus Fühlingen: ›Bis heute soll dort ein Zwangsarbeiter der Nazizeit umherspuken und nach seiner Geliebten, der minderjährigen

Tochter des Gutsbesitzers, suchen. Wegen ihr wurde er in der Nähe der Villa Oppenheim aufgeknüpft. Diesen Geist will mein Kumpel aufspüren. Am liebsten würde ich ja mitgehen. Aber ich bin ehrlich, da habe ich viel zu viel Schiss.‹

Adrian fürchtete sich nicht. Als wenn er an Geister glauben würde. Auch wenn ihm ein wenig mulmig zumute war, so allein in der Abgeschiedenheit.

Doch die Abmachung stand. Noch vor Pias Kumpel wollte er in der Villa Oppenheim auf Geisterjagd gehen, ohne Schnickschnack oder wochenlange Vorbereitung.

Die Wette würde Adrian locker gewinnen. Es galt, zwei Tage und zwei Nächte in Haus Fühlingen zu überstehen, ohne vorzeitig Reißaus oder sich gar das Leben zu nehmen.

›Es wurden schon Stimmen in den leeren Räumen gehört. Männliches Wehklagen und weiblicher Gesang, betörend wie der einer Sirene aus der griechischen Mythologie. Einige berichten von unnatürlichen Lichteffekten in der Nacht. 2007 soll sich dort jemand erhängt haben, weil ihn die Ereignisse in der Villa in den Wahnsinn getrieben haben. Pass bloß auf dich auf!‹

›Keine Sorge. So schnell lege ich mir keine Schlinge um den Hals. Und falls es doch Komplikationen gibt, kannst du ja anschließend meine Wunden versorgen und mich wieder gesund pfle-

*gen‹, tippte Adrian ein und lächelte siegesbewusst, als ein Küss-
chen hauchender Smiley zur Antwort kam.*

Adrian startete mit der Nacht von Freitag auf Samstag.
So würde er Sonntagabend wieder zu Hause sein, wohl
wissend, Pia damit beeindruckt zu haben. Dann würde
einem persönlichen Treffen, das sie bisher noch ablehnte, nichts mehr im Wege stehen.

Vorher aber musste er einen Zugang zu dem Gebäude
finden.

Der junge Mann grinste selbstgefällig, als sich ihm die
Möglichkeit erschloss, ohne großen Aufwand durch ein
Kellerfenster ins Gebäude zu gelangen. Dessen Gitter-
tür ließ sich ungehindert auf und zu schwingen. Ein
Vorhängeschloss fehlte.

Sportlich, wie er war, überwand Adrian das in seinen
Augen nicht erwähnenswerte Hindernis und fand sich
recht schnell im Inneren der Ruine wieder. Es wurde
Zeit, seine Taschenlampe zum Einsatz zu bringen.

»Wow!«, entfuhr es ihm, als er mit dem Lichtschein
den vor ihm liegenden Weg ausleuchtete. Dabei beein-
druckte ihn nicht nur, wie sich der Lichtkegel seiner
Lampe in die Finsternis fraß. Es war, als wäre er in eine
andere Welt getreten, und die Seele des Gebäudes
würde ihn mit ihrer stummen Präsenz hämisch willkommen heißen. Ein plötzlicher Luftzug ließ ihn frös-
teln.

»So ein Quatsch. Es gibt keine Geister. Und das hier ist auch nur ein bröckelndes Haus«, platzte es lauter als beabsichtigt von seinen Lippen, ehe er sich wieder in Bewegung setzte.

Es dauerte nicht lange, bis Adrian Stufen nach oben entdeckte.

Das letzte Licht des Tages ausnutzend, das durch die Fensteröffnungen einfiel, und mit Hilfe seiner Taschenlampe, erreichte Adrian über eine geländerlose Treppe die zweite Etage des Hauses. Hier sollte nach Pias Vorgabe er sein Nachtquartier aufschlagen. Ein nicht ganz so einfaches Unterfangen, wie er feststellen musste.

Neben riesigen Löchern in den Wänden wies auch die Zwischendecke beachtliche Defizite auf. Zum Teil mangelte es ganzen Zimmern an einem Fußboden.

Dennoch fand Adrian ein annähernd vertrauenswürdiges Eckchen, in dem er seinen Schlafsack ausrollen wollte.

Er seufzte, als sein Blick auf den harten Untergrund viel. Doch da musste er durch. Zum Glück hatte er noch eine Isomatte dabei.

Ehe die Sonne vollends ihren Dienst für diesen Tag quittierte, richtete sich Adrian häuslich ein. Die Isomatte schirmte ihn von den kühlen Steinen ab, weicher lag er trotzdem nicht.

»Egal, ein Luxuswochenende habe ich eh nicht erwartet«, kommentierte Adrian sein Probeliegen und überlegte, ob er überhaupt noch einmal aufstehen wollte. Es stellte sich jedoch keine Entspannung ein. Daher entschied er, sich den Sonnenuntergang anzusehen.

Über die Überreste einer Treppe erreichte Adrian den Dachboden. Und obwohl es bereits dämmerte, fiel durch die Öffnungen im Dach noch genügend Licht, um sich orientieren zu können.

Fasziniert trat er näher an eine der Luken und bewunderte das sich ihm bietende Schauspiel, nahm die Bewegung nicht bewusst wahr. Dennoch veränderte sich die Position der Sonne zusehends. Je näher sie dabei dem Horizont kam, umso beeindruckender gestaltete sich die Farbgebung des Himmels.

Als das Abendrot erlosch, starrte Adrian noch eine Weile in die Dunkelheit.

Ein Geräusch ließ den jungen Mann zusammenzucken. Ein entferntes Poltern, dessen Nachhall ihn gerade noch erreichte.

Leise vor sich hin fluchend erhob er sich und steuerte im Schein der Taschenlampe die Treppe an. In seiner Vorstellung sah Adrian sich schon einen Waschbären vertreiben, der sich über die Vorräte im Rucksack hermachte.

Doch kaum hatte Adrian den ersten Absatz hinter sich gelassen, hielt er verunsichert inne. Ein fröhliches Frauenlachen echote durch das Gebäude.

»Was zur Hölle ist das denn jetzt?«

Vorsichtig setzte er sich wieder in Bewegung, fest entschlossen, sich nicht einschüchtern zu lassen. Stattdessen wollte er den Verursacher der makabren Klangeinlage aufspüren.

Als die Stimme allerdings ansetzte, fröhlich vor sich hin zu singen, lief ihm doch ein leichter Schauer über den Rücken.

Adrian holte tief Luft, um den Kopf klarzubekommen. Irgendjemand trieb da ein mieses Spiel mit ihm, dessen war er sich ziemlich sicher. Und diesen Jemand würde er finden und ihm den Marsch blasen.

»Zum Narren halten kannst du jemand anderen«, grummelte er vor sich hin.

Einige Zeit später kam sich Adrian dann doch wie ein Dummkopf vor. Im Schein seiner Taschenlampe versuchte er, dem Echo zu folgen. Er umrundete Löcher im Boden, tastete sich an den Wänden entlang und verlor dabei fast die Orientierung. Als die Frauenstimme dann auch noch verklang und es längere Zeit ruhig blieb, steuerte er resigniert sein Quartier an.

Dort angekommen, hockte sich Adrian auf den Schlafsack. Es herrschte eine Lautlosigkeit, die ihm noch unheimlicher vorkam, als die Geräuschkulisse zuvor. Zwiegespalten lauschte er in die Stille hinein, während er es sich nachdenklich bequemer machte. Doch es blieb ruhig.

Adrian spürte, wie sich die Müdigkeit in ihm ausbreitete. Er verdrängte die Erinnerung an die Stimme und nickte schließlich ein.

Ein erholsamer Schlaf war ihm jedoch nicht vergönnt. Plötzlich brach ein Getöse los, als würde die Welt untergehen. Lautes Scheppern, markerschütternde Schreie und donnerndes Pferdegetrappel dröhnten durch das Gebäude.

Adrian schreckte auf, sprang in die Höhe und stolperte dabei fast über seinen Schlafsack.

»Verdammte Scheiße …, was ist das?«, stieß er erschrocken hervor.

›Ich sage dir: Dieser Ort ist verflucht. Dort lauert der Tod. Schon im Mittelalter wurde auf der Fühlinger Heide viel Blut vergossen. Eine der blutigsten Ritterschlachten verdanken wir dem Limburger Erbfolgestreit. Bis zur Unkenntlichkeit wurden die Opfer entstellt. Von den Hufen der Pferde zertrampelt. Es muss grauenvoll gewesen sein, was sich dort abgespielt hat.‹

Panisch schnappte Adrian nach Luft, blickte hektisch umher. Doch ehe er eine Entscheidung treffen konnte, ob er die Quelle des Lärms erkunden oder lieber abwarten sollte, brach der Tumult ab. Es herrschte wieder Stille.

Argwöhnisch blickte sich Adrian in der Dunkelheit um. Und wartete. Aber nichts geschah. Und so sank er irgendwann wieder in sich zusammen und ergab sich der Müdigkeit.

Als die ersten Sonnenstrahlen zu ihm vordrangen, blinzelte Adrian miesepetrig und zog die Kapuze seines Pullis über den Kopf. Es handelte sich unbestritten um die schlimmste Nacht seines Lebens. Ein kleiner Lichtblick bot sich da in Form seiner Thermoskanne.

Der Kaffee erwies sich als noch erstaunlich warm, wenn auch nicht schmackhaft, und beflügelte Adrians Lebensgeister: »Okay, dann sehen wir uns jetzt einmal bei Tageslicht an, wo die Geräusche hergekommen sind.«

Adrian wollte nicht an übernatürliche Ursachen glauben. Es musste jemand nachgeholfen haben. In diesem Gebäude kleine Lautsprecher zu installieren, sollte nicht schwer sein. Schwieriger hingegen war es, sie aufzuspüren.

Bis zur Mittagszeit hatte er mehrere Räume akribisch abgesucht. Erfolglos. Nicht einen einzigen Hinweis konnte er finden, geschweige denn, Bluetooth-Boxen oder ähnlich verräterische Gegenstände.

Adrian beschloss, eine Pause einzulegen. Sein Magen knurrte. Und da seine Vorräte nicht von Wildtieren einverleibt worden waren, warteten noch eine gut gefüllte Lunchbox sowie ein Energydrink auf ihn.

»Was soll's. Jetzt wird erst einmal gespeist.«

Zurück an seinem Schlafplatz nahm er seinen Rucksack und steuerte den Dachboden an. Was gab es Schöneres als ein Picknick mit dieser Aussicht?

»Ein amouröses Abenteuer mit Pia bei Sonnenuntergang, genau hier«, murmelte Adrian mit dem Anflug eines süffisanten Schmunzelns, als er es sich bequem machte.

Die heitere Stimmung verließ ihn allerdings schon bald nach dem Genuss seines Thunfischsandwichs. Eine sonderbare Benommenheit breitete sich in ihm aus, seine Gliedmaßen wurden schwer. Es fühlte sich beinahe an wie nach seinem ersten Joint. Nur das erhabene Gefühl und ein breites Grinsen wollten sich nicht einstellen. Stattdessen breitete sich Unsicherheit in ihm aus.

Mit aller Willenskraft, die er aufbringen konnte, schleppte sich Adrian in Richtung des Schlafplatzes. Der Schweiß trat ihm aus allen Poren, und für einen kurzen Augenblick drohte ihn die Angst zu übermannen.

»Never… Nein. Niemals! Ich packe das«, sprach er sich selbst Mut zu.

Die Treppe, eigentlich breit genug für mehr als zwei Personen, waberte vor seinen Augen, verzerrte sich und schlug Wellen.

»Halluzinationen. Ich bilde mir das nur ein … Alles ist gut. Hier ist eine ganz normale Treppe.«

Auf allen vieren kroch er weiter und benötigte für den Weg eine gefühlte Ewigkeit.

Schweißgebadet ließ Adrian sich auf seinem Schlafsack nieder, schloss die Augen und konzentrierte sich auf eine regelmäßige Atmung. »Alles wird gut. Einatmen. Ich bekomme das in den Griff. Ausatmen. Gleich geht es mir wieder besser. Einatmen.«

Doch Adrian irrte sich. Mit jedem Atemzug verschlimmerte sich sein Zustand. Er war kaum noch zu einer Bewegung fähig, während seine Gedanken an Zusammenhang verloren. Weder konnte er seinen Arm heben noch das Geschehen analysieren. Und als sich plötzlich ein Kopf in sein Gesichtsfeld schob, zwinkerte er ungläubig, ohne sich einen Reim auf die Erscheinung machen zu können.

»Du?«, fragte er skeptisch, und sein Gegenüber antwortete breit grinsend: »Ich wusste, du würdest darauf anspringen. Du hast es mir so leicht gemacht. So berechenbar, der gute Adrian.«

Adrian verstand die Welt nicht mehr. Er kämpfte gegen den Drang, seine Augen zu schließen und sich der Kraftlosigkeit zu ergeben. Aus irgendeinem Grund glaubte er, wach bleiben zu müssen. Sein Blick schweifte umher und suchte etwas, auf das er sich fixieren konnte. *›Da! Eine Hand, die ein Seil hält. Das baumelt aber ulkig umher. Spielen wir jetzt Cowboy und Indianer? Ich liebe Fesselspiele!‹, schoss es ihm noch durch den Kopf.*

∗ ∗ ∗

Nora pfiff wohlgelaunt vor sich hin. Nie wieder würde Adrian einer Frau wehtun können. Seine Zeiten als Herzensbrecher und Frauenvernascher waren vorbei.

»Schade um das junge Glück. Ein süßes Paar wären sie ja geworden«, lachte Nora spöttisch auf. »Wenn Pia real wäre.«

Mit wenigen Klicks an ihrem Mobiltelefon, das einzig diesem Zweck diente, löschte sie lächelnd das Facebook-Profil von Pia. Beschwingt schaltete sie ihren bevorzugten Radiosender ein und machte sich zu den Klängen von Gotyes ›Somebody that I used to know‹ an die Arbeit.

Nora musste dringend für Ordnung sorgen, ehe Markus heimkam. Es würde sie in Erklärungsnot bringen, wenn ihr Lebensgefährte mehr über all die Gegenstände wissen wollte, die vor ihr lagen. Ein Neoprenanzug samt passender Sturmhaube, dank dessen Einsatz die Wahrscheinlichkeit, Haare oder ähnlich genetisch verräterisches Material am Tatort hinterlassen zu haben, minimiert wurde. Auch kleine Bluetooth-Lautsprecher höchster Qualität und andere technische Spielereien gehörten nicht zu den Dingen, mit denen sich Nora normalerweise beschäftigte.

»Du, mein lieber Markus, darfst am Allerwenigsten erfahren, was es mit diesen Sachen auf sich hat. Ich möchte doch nicht mein sorgfältig aufgebautes Alibi gefährden«, säuselte die junge Frau, während sie die verräterischen Gegenstände in einem großen Jutesack verstaute.

»Und wieder einer mehr. Warum überrascht mich das jetzt nicht? Ein Toter in Haus Fühlingen. Erhängt«, vernahm Nora die Stimme der Radiomoderatorin, als sie den Beutel verschloss.

»Das Ding ist verflucht. Aber das begreifen diese Abenteurer nicht. Halten sich für die Größten und fordern das Schicksal unnötig heraus. Es wundert mich eh, dass es so lange still war um den alten Kasten«, antwortete der Moderatorenkollege und hakte nach: »Dieser anonyme Anrufer, von dem in den Nachrichten berichtet wurde … Meinst du, der hat etwas damit zu tun?«

Nora kicherte: »Na was glaubst du denn, du Depp? Wie lange hätte ich warten sollen, bis sie ihn zufällig finden?«

Die Moderatorin schien Noras Meinung zu sein: »Vermutlich. Gewöhnliche Wanderer umrunden die Ruine. Sie gehen nicht hinein.«

»Oder es war ein zu neugieriger Unglücksrabe, der es sich in Zukunft zweimal überlegt, ob er einen ›Lost Place‹ aufsucht.

Ich frage mich, ob es sich wirklich um einen Suizid handelt. Oder ob es an diesem Fluch liegt, wie die Verschwörungstheoretiker behaupten.«

Nora verpasste die Spekulationen der beiden Moderatoren, als sie die Überreste ihrer Tat zu ihrem Auto trug. Sie durfte sie nicht einfach nur irgendwo entsorgen. Sie mussten verschwinden.

»Auf zum Höhenfelder See!«

Bestückt mit einigen Pflastersteinen hatte Nora die verräterischen Spuren am Mord ihres Ex-Lovers im Höhenfelder See versenkt. Ein See, der einzig als Angelgewässer diente. Mit seinen bis zu 14 Meter tiefen Stellen oblag er einem Badeverbot. Und war damit wie geschaffen für ihr Vorhaben.

Als geübte Ruderin erreichte Nora mit ihrem Schlauchboot diese tiefen Stellen recht schnell. Niemand würde zufällig über das Beweismaterial ihrer Tat stolpern. Und auch, wenn sie als Adrians Exfreundin in den Focus der Ermittler geraten würde, so war sie sich sicher, dass sie kein Motiv bot.

Ihren Rachefeldzug hatte Nora langfristig vorbereitet. Und sich Markus als Alibi zugelegt. Niemand in ihrem Umfeld zweifelte an der Aufrichtigkeit ihrer Gefühle für ihren Freund. Und dank desselben Mittelchens, mit dem sie Adrian außer Gefecht setzen konnte, hatte sie ihrem Liebsten zu einem Tiefschlaf verholfen, an den er sich gewiss nicht erinnern würde. Er, der dafür bekannt war, durch das kleinste Geräusch aus dem Schlaf gerissen zu werden, würde Stein und Bein schwören, dass Nora zur Tatzeit bei ihm gewesen ist.

»Nie wieder wirst du einem Mädchen ihre Unschuld rauben und sie anschließend verspotten. Nie wieder wirst du die Liebe mit Füßen treten. Du hast dich mit der Falschen eingelassen, mein Freund …«

- 73 -

Richtig gutes Zeug

Sabine Gröne

»Der Junge gefällt mir nicht. So nervös und blass, das ist nicht seine Art. Seit neulich nach seinem Unfall mit dem Rad ist er so. Aber der war doch gar nicht so schlimm, oder?« Torges Mutter Rita steht mit Opa Hansen auf dem Hofplatz und runzelt besorgt die Stirn.

»Villicht dat Studiern?«

»Die Klausuren hat er hinter sich und gut abgeschnitten. Irgendetwas scheint ihn zu bedrücken.«

In dem Moment schießt ein gelber Blitz auf den Hof. Der Kies spritzt.

»Knud allwedder! Kunnst du ni fohrn wie annere Lüt ouk?« ruft Opa dem Postboten zu, der in Cimbernrallye-Manier zum Stehen kommt.

»Dat geiht ni. Ick mutt öven!«

»Egal, wofür du üben musst Knud, nicht auf unserem Hofplatz!« ermahnt ihn Rita streng. Knud grinst frech und schüttelt seine Rastalocken. Aber für seine koketten Anflüge hat Rita gerade keinen Sinn. Sie will von ihm wissen, was mit ihrem Sohn los ist. Schließlich ist er Torges bester Freund.

»Weißt du vielleicht, ob irgendetwas mit Torge nicht stimmt? Der ist so komisch in den letzten Tagen.«

»Stimmt, am Samstag wollte er noch nicht mal meine neue Ernte probieren. Das ist richtig gutes Zeug. Hat mich auch gewundert.« Er reicht Rita die Post.

»Knud! Du sollst ihn mit deinen Drogen in Ruhe lassen. Das sag ich dir nicht zum ersten Mal.«

»Ja, ja, ich denk dran, nun muss ich aber weiter. Tschüss!«

»Ja, ja. Dat heet: Leck mi an Mors« brummelt Opa Hansen und verschwindet im Stall. Rita schaut kopfschüttelnd die Briefe in ihrer Hand durch und geht zum Haus hinüber.

»Ich glaub ich weiß, was mit Torge ist. Der schaut in letzter Zeit echt wie 'ne Kuh wenn's donnert.« Karlchen, der kleine orangeweiß geringelte Kater mit dem Puschelschwanz kichert vergnügt.

»Woher willst ausgerechnet du das denn wissen, du wohnst doch noch gar nicht so lange bei uns auf dem Hof. Außerdem ist das nicht lustig. Er sieht wirklich nicht gut aus. Das Metall in seinem Gesicht fällt viel mehr auf als sonst« entgegnet Finchen. Die hellgrau getigerte Katze erhebt sich vom Gartentisch, streckt sich und schaut Karlchen auffordernd an. Auch ihr Bruder Rom ist gespannt auf dessen Antwort.

»Ich glaube, das hat mit Rayk zu tun« gluckst Karlchen.

»Wer ist Rayk?« fragt Finchen leicht ungeduldig.

»Was? Den kennt ihr nicht? Ich denke, ihr lebt schon so lange hier auf dem Hof.«

Finchen und Rom sehen sich verwundert an. Wovon spricht der kleine Klugscheißer?

Karlchen schaut ungläubig von einem zum anderen und fragt: »Hallo? Euer Hof-Elf? Könnt ihr ihn nicht sehen?«

»Wovon sprichst du?« Rom wird langsam sauer. Wie kann es sein, dass der lütte Schieter etwas weiß, von dem sie nichts wissen?

»Ich ruf ihn mal!«

Ein paar Minuten später fragt Karlchen erwartungsvoll: »Na, hab ich zu viel versprochen?«

»Verdammt noch mal, wovon redest du?«

»Ihr könnt ihn echt nicht wahrnehmen, oder? Rayk steht hier neben mir. Sag mal was.« Er spricht mit der Luft neben sich.

»Das Bürschchen hat wohl Langeweile und will uns verarschen« raunt Rom Finchen zu. Na, das fehlt gerade noch, dass der Lütte uns was voraushat und hier das Kommando übernimmt, denkt er.

Plötzlich quietscht Finchen und schießt ein Stück vorwärts.

»Wer war das?« Sie schaut die beiden Kater erbost an.

»Oh, du kannst aber zumindest hellfühlen. Rayk hat dich in den Schwanz gekniffen. Zur Probe« erklärt Karlchen.

»Du kannst aber zumindest hellfühlen!« äfft Finchen den Kleinen nach »Ja vielen Dank auch! Er kann so viel probieren, wie er will, aber nicht an mir!«

Langsam wird es ihr etwas unheimlich. Das war nicht eingebildet. Die Stelle schmerzt immer noch. Hellfühlen: so ein Scheiß. Spökenkiekerkram!

»Hier riecht es etwas komisch. Nach Vanille und Kiefernzapfen« sagt Rom verwundert.

»Dann kannst du anscheinend hellriechen« jubelt Karlchen. »Ich dagegen kann die Naturwesen sehen und hören. Und offensichtlich kann Torge das seit seinem Unfall auch. Er denkt, dass was mit seinem Kopf nicht stimmt und er verrückt wird. Deshalb ist er so komisch. Dabei sind bloß ein paar Kanäle freigeworden, und er kann jetzt Andersweltwesen wahrnehmen.«

Finchen wird das zu viel, und sie beschließt, sich zu Rita in die hoffentlich naturwesenfreie Küche zu verdrücken.

Torge ist inzwischen von der Uni nach Hause gekommen und holt bekümmert seinen Laptop aus dem Auto, als plötzlich der Elf vor ihm auftaucht.

»Du musst sofort mitkommen!« ruft der aufgeregt.

Opa Hansens Enkel versucht, ihn wie immer zu ignorieren.

»Nein! Diesmal hörst du mir zu! Du *musst* mitkommen. Schnell!« Rayk lässt sich nicht abwimmeln und fängt an, den jungen Mann zu schubsen. Der setzt eine entschlossene Miene auf. Ja, ja stur sein, das können die Hansens.

»Bitte! Es geht um Nis. Er ist überfallen worden!«

Torges Kopf ruckt hoch. »Am helllichten Tag?«

Endlich kommt Leben in ihn, er stellt seine Tasche ab und läuft hinter dem Elfen her, über die Koppel, am Knick entlang. Finchen schießt aus der Küche, als sie hört, dass auf dem Hof etwas vor sich geht.

Von den drei Katzen hat natürlich nur Karlchen mitbekommen, was genau passiert ist, und er klärt Rom und Finchen auf. Sofort rasen sie hinter Torge her und haben ihn und den Elf bald eingeholt.

Man sieht schon von weitem, dass bei Nis die Tür sperrangelweit aufsteht. Die Fünf stürzen ins Haus und finden den alten Mann bewusstlos und mit einer blutenden Platzwunde am Kopf vor.

»Nis! Ich bin es, Torge. Wach auf!« Torge klopft seinem Nachbarn auf die Wangen, bis dieser die Augen aufschlägt und alarmiert dann Krankenwagen und Polizei, obwohl Nis mit einem schwachen: »Bruk wi ni« abwinkt.

Aber Opa Hansens Enkel ist unerbittlich.

Während sie warten, versucht er herauszufinden, was genau passiert ist. Da Nis von hinten niedergeschlagen wurde und eben erst wieder zu sich gekommen ist, kann er nicht viel dazu sagen.

»Fehlt etwas, so auf den ersten Blick?«

»Nee, glöv ick ni. Ich hab doch gar nichts Wertvolles. Schau dich doch mal um.«

Nis versucht, den Kopf zu schütteln, hält aber schnell damit inne und verzieht das Gesicht vor Schmerz.

Aber dann scheint ihm etwas einzufallen: »Moment mal, etwas Wertvolles könnte ich möglicherweise besitzen und habe neulich sogar jemand davon erzählt: Eine Briefmarke. Die wollte ich schon immer mal schätzen lassen. Guck mal im Regal ob alle sechs Alben noch da sind. In dem kleinsten ist sie drin.«

Alles noch da. Unterdessen schnüffelt Rom intensiv an der Kommodenunterkante. Wonach riecht das? Er wischt mit der Pfote unter dem Schränkchen und fördert etwas Grünes zutage: eine unreife Haferähre. Aufgeregt spielt er damit, schmeißt sie ein paar Mal in die Luft wie ein kleines Kätzchen. Sie landet auf Nis.

»Mensch Rom! Was ist denn in dich gefahren? Wo kommt denn der Hafer her?« fragt der alte Mann den Kater leise.

»Also von uns war heute keiner am Haferfeld und du?« will Torge von ihm wissen.

»Nee, ick ouk ni.«

»Die ist noch ganz frisch. Dann muss die wohl von deinem Angreifer stammen, oder? Gut gemacht Rom!«

»Nu dämmert mir was. Neulich war ich mit meinem Wagen drüben in der Schmiede zum TÜV und da haben wir uns über Briefmarken unterhalten.«

»Aber die Sörensens von der Schmiede sind doch ganz ehrliche Leute.«

»Jo, aber die haben einen neuen Lehrling, der stand etwas abseits und he het so scheel keeken.«

»Und du meinst …« fragt Torge nach, aber da kommen die Sanitäter und nehmen Nis gleich mit, nachdem der seinem Nachbarn noch die Haustürschlüssel und den Auftrag, die Briefmarke zur Aufbewahrung mit zu sich zu nehmen, gegeben hat.

»Wenn ich wieder da bin, lasse ich sie schätzen und wenn die wirklich was wert ist, kommt sie ins Schließfach von meiner Bank.«

Nachdem auch Helmut Nissen von der Polizeidirektion Schnarup-Thumby wieder gefahren ist, ruft Torge nach dem Elf.

»Erst hältst du mich für die Ausgeburt der Hölle oder was weiß ich, und dann soll ich für dich Handlagerdienste übernehmen und das Haus im Blick behalten? Seh ich so aus?« fragt Rayk empört.

»Mit dem doofen Elf kann man es ja machen oder wie?«

Torge ist es sichtlich unangenehm, ihn darum zu bitten. »Ich verspreche auch, dich nie wieder für eine Wahnvorstellung zu halten.«

»Aber nur, weil es für Nis ist« knurrt der Elf.

»Wenn der Dieb es nochmal versuchen sollte, jetzt wo Nis weg ist und er freie Bahn hat, sag mir sofort Bescheid, dann schnappen wir ihn uns.«

»Ach auf einmal heißt es wir.«

Torge macht sich auf den Weg nach Hause, um die Briefmarke sicher zu verwahren. Die Katzen machen noch einen Abstecher zum Haferfeld. Dieses Getreide ist auf den Feldern so selten geworden, dass nur ein Acker infrage kommt. Bingo, sie finden eine frische Spur, die quer durch das Feld direkt bis zur Schmiede führt.

»Da hatte Nis wohl den richtigen Riecher«, sagt Rom zu den beiden anderen. Schließlich ist Rom ja nun derjenige, der fürs Riechen in allen Welten zuständig ist.

Mitten in der Nacht schlägt der Elf Alarm. Torge springt in seine Klamotten, die sich nicht wie sonst auf dem Boden küngeln, sondern er hat sie in weiser Voraussicht ordentlich bereitgelegt. Dann stürzt er los. Trotzdem sind die Katzen natürlich viel schneller. Die haben schließlich auch nicht geschlafen, sondern nur ihre Augen ausgeruht. Außerdem muss er unter dem Stacheldraht durchkriechen, wo die Miezen nur durchrasen. Glücklicherweise ist fast Vollmond und er muss nicht einmal den Weg mit seinem Handy beleuchten. Die Kühe umfassen mit ihren Zungen schlürfend Grasbüschel und reißen sie gemächlich kauend ab. Sie blicken den Fünfen hinterher und wundern sich über die nächtliche Unruhe.

Etwas weiter, in Nis Haus, geht es ordentlich zur Sache. Der ungebetene Besucher nimmt das Wohnzimmer auseinander.

»Was wird das denn hier?« fragt Opa Hansens Enkel drohend. Er hat sich mit einem Baseballschläger bewaffnet. Der andere reagiert blitzschnell und bringt ihn zu Fall. Der Einbrecher hat aber nicht mit Finchen gerechnet, die sich für ihren Lieblingsmenschen todesmutig ins Getümmel stürzt. Sie beißt dem Angreifer in die Waden. Rom und Karlchen lassen sich auch nicht lange bitten und so kann Opas Enkel den völlig perplexen Dieb mit den eingesteckten Kabelbindern fesseln.

Auf die Polizei müssen sie nicht lange warten, denn die hat Torge noch vorm Loslaufen benachrichtigt. Allerdings hat er sich nicht an seine Zusicherung gehalten, keinesfalls allein ins Haus zu gehen.

»Ich war ja nicht allein, sondern mit drei Katzen und einem Elf unterwegs, ne? Was hätte mir da schon passieren sollen?« Das sagt er allerdings nur leise zu seinen Begleitern.

»Die Sörensens müssen sich wohl einen neuen Lehrling suchen« bemerkt Helmut Nissen trocken und führt den Kerl ab.

Am nächsten Tag prahlen die drei Pelznasen vor Prinz Valium, dem fetten Nachbarkater, mit ihren Erlebnissen. Der hat sich trotz vorübergehendem Futterkoma vom Sofa hochgerappelt, durch seine Katzenklappe gepresst und ist nun fast starr vor Bewunderung. Auf Fellfühlung mit den Helden!

»Findet ihr nicht auch, dass Torge viel besser aussieht, seit er den Einbrecher geschnappt hat?« fragt Finchen, als sie ihn über den Hofplatz gehen sieht.

»Nur mit unserer Hilfe natürlich« setzt Rom hinzu. »Menschen sind ja eher beschränkt in ihren Fähigkeiten.«

Man hört, dass sich Opa Hansen hinter dem Schuppen mit jemandem unterhält. Sein Enkel biegt um die Ecke, gefolgt von den Katzen, und bleibt wie angewurzelt stehen. Argwöhnisch fragt er seinen Opa: »Mit wem sprichst du? Da ist doch keiner?«

Der erwidert: »Wieso, seit wann ist Rayk denn keiner?«

»Was? Du kannst Elfen sehen? Davon hast du noch nie was erzählt!« sagt Torge vorwurfsvoll.

»Ich werd ja wohl wissen, wer alles auf unserem Hof wohnt. Aber deine Mutter hat solchen Spökenkiekerkram nicht so gern. Ich musste ihr bei deiner Geburt versprechen, dass ich dir nicht mit solchem Tünkram komme. Dabei weiß doch jeder, dass bei der Mühle Kobolde wohnen. Kann ich doch nichts für, wenn sie nicht das zweite Gesicht geerbt hat. Torge, mach den Mund zu, sonst kommen Fliegen rein.«

Die Weiße Frau Zwei Punkt Null

Sabine Hennig-Vogel

Es waren nur wenige Schritte von der Lokalredaktion bis zum Café. Kommissar Marco Görlitzer saß schon an ihrem Lieblingstisch in der Ecke, als Paul Schwab das Café ›BitterSuess‹ betrat. Er nickte und ging schnell zu dem Tisch. Die beiden Männer, Freunde seit Schultagen, umarmten sich zur Begrüßung.

Die Bedienung fragte nur. »Wie immer?« Wenig später standen zwei große Tassen Milchkaffee vor ihnen. Inzwischen hatte Paul das Diktiergerät aus der Tasche geholt und auf den Tisch gestellt. »Damit mir nichts entgeht!«

Marco lachte. »Ja, so manchen Geistesblitz kann man später nicht mehr reproduzieren.«

»Es soll ja kein Polizeibericht werden. Ich habe einiges gehört, und du hast offiziell vieles zu Ohren bekommen – daraus lässt sich doch eine gute Story machen!«

»Chronologisch oder so, wie ich die Geschichte erlebt habe?«

»Der Reihe nach. So ist es letztendlich auch mir zu Ohren gekommen.«

»Es fing alles vor einer Woche mit einer Unfallmeldung an. Auf dem Kurfürstenring kam im Morgengrauen ein Pkw aus der Spur und fuhr in den Gegenverkehr. Beide Fahrer wurden leicht verletzt. An und für sich nichts Besonderes. Die Fahrer schienen nicht alkoholisiert, auch für Drogenkonsum gab es keine Anhaltspunkte. Beide waren auf dem Weg zur Arbeit.

Die Kollegen von der Unfallaufnahme berichteten jedoch, dass beide Fahrer, völlig unabhängig voneinander, eine Weiße Frau gesehen haben wollen.«

»Aha, eine Weiße Frau. Okay, der Unfallort ist nicht weit vom Schloss entfernt. Im Heimatkalender war dieses Jahr eine Geschichte zur Weißen Frau, die im Schloss umhergehen soll, besonders in den Vollmond-Nächten. Ob die Lektüre dieses Heftchens wohl zu Halluzinationen geführt hat?«

»Keine Ahnung. Die Wahrscheinlichkeit, dass die Fahrer diese sagenhafte Geschichte im Heimatkalender gelesen haben, ist wohl eher gering. Vollmond war auch nicht, da bin ich ganz sicher.«

»Habt ihr die Weiße Frau denn gefunden?«

»Sie blieb erstmal verschwunden.«

»Ich habe von Lesern gehört, dass am selben Tag auf den Bahngleisen am Altstadtbahnhof ein beunruhigender Fund gemacht wurde.«

»Stimmt, die Info von der Bahnpolizei kam mit etwas Verspätung zu uns. Auf den Gleisen am Altstadtbahnhof fand man einen weißen Seiden-Morgenmantel.«

Paul warf ein: »Der Bahnhof ist doch unmittelbar neben der Straße. Und dann kommen schon die Elbwiesen.«

»So ist es. Die Frau, wir gingen davon aus, dass es eine Frau ist, kam wohl vom Luthergarten über den Kurfürstenring, lief weiter über die Gleise und dann in die Elbwiesen. Der Morgenmantel war übrigens sauber, vom Straßenstaub mal abgesehen. Aber kein Blut oder Hinweise auf Verletzungen.«

»Ihr seid also ernsthaft von der physischen Existenz dieser Frau ausgegangen?«

»Seit dem Kleiderfund auf den Gleisen – ja. Einige Kollegen haben schon gelacht. Und sie bekam den Arbeitstitel Weiße Frau.«

Paul lachte. »Na wenn schon, denn schon! Da hat sich wohl so mancher an die Gerüchte über unterirdische Gänge im Schloss erinnert und sich von der alten Sage inspirieren lassen. Wie ging es dann weiter? Hat die Polizei aktiv nach der Weißen Frau gesucht?«

»Nein. Dazu gab es zu wenige Anhaltspunkte. Ich vertraue ja gern auf den Faktor Zufall, der genau genommen doch keiner ist.« Marco grinste, nahm einen Schluck und fuhr fort: »Schon am selben Tag, kurz vor Dienstschluss, stand der Zufall vor meiner Bürotür.«

»Mann, du wieder. Wer war es denn?«

»Mein alter Deutschlehrer, Herr Roch.«

»Jetzt ist meine Neugier endgültig erwacht. Lass dich nicht so bitten!«

»Tja, manche Wendung kommt wie aus einem Kriminalroman daher. Wie gesagt, es war kurz vor Dienstschluss, da kam Roch in mein Büro. Ich war zwar kein Musterschüler, weder in seinem Deutsch-, noch in seinem Russisch-Unterricht, aber er war immer stolz darauf, dass ich es zum Kommissar geschafft habe. Er organisierte auch schon mal Berufsfindungstage im Revier. Ich dachte schon, er bräuchte mal wieder meine Unterstützung, aber nein. Er erzählte mir eine fast unglaubliche Geschichte: Im Morgengrauen fuhr Roch mit seinem Moped auf die Elbwiesen, um für seine Kaninchen frischen Löwenzahn zu holen. Seit er pensioniert ist, hat er sein Herz für Tiere entdeckt. Seine Tasche war schon fast voll, da entdeckte er hinter einem Baum im Gebüsch etwas Weißes. Er ging näher heran und erkannte eine Person. Eine junge Frau. In einem weißen Nachthemd. Er sprach sie an. Sie schwieg. Er versuchte es in allen Fremdsprachen, in denen er ein paar Brocken beherrschte. Und siehe da, als er sie auf Russisch ansprach, lächelte sie. Roch kann gut mit jungen Menschen. Er konnte ihr Vertrauen gewinnen und Tetjana, nennen wir sie mal so, überreden, mit zu ihm nach Hause zu kommen und sich aufzuwärmen.«

»Tetjana? Eine Russin?«

»Nein, eine Ukrainerin aus Charkiw. Mein alter Lehrer gab ihr seine Jacke und nahm sie auf seiner S50 mit nach Piesteritz in sein Häuschen. Dass sie ohne Helm unterwegs war, vergessen wir mal.« Marco grinste schelmisch.

»Die Weiße Frau auf einem Moped. Das hat Stil. Aber vermutlich hat die Outdoor-Jacke des Lehrers das weiße Nachthemd gar nicht zur Geltung kommen lassen«, musste Paul in die gleiche Kerbe hauen. »Jedenfalls hat bei der Redaktion niemand deswegen angerufen. Und diese Tetjana ist mit zu deinem Lehrer Roch gefahren? Hatte sie keine Angst vor ihm? Wäre es nicht besser gewesen, die Polizei zu rufen oder die Feuerwehr?«

»Offensichtlich war er nicht angsteinflößend. Und er lebt nicht allein, seine Frau war auch Lehrerin.«

»Er ist allein, ohne die junge Frau, zu dir ins Revier gekommen?«

»Ja, und hat ganz vorsichtig vorgefühlt, was nun passieren wird. Schließlich hat sie einen Verkehrsunfall hervorgerufen, und er wusste noch nicht, wie es den betroffenen Autofahrern geht. Außerdem haben Osteuropäerinnen oft kein Vertrauen zur Polizei.«

»Ja, das verstehe ich. Bist du dem Geheimnis der Weißen Frau auf die Spur gekommen?«

»So nach und nach lichtete sich das Dunkel. Roch und seine Frau sind ja nicht blöd, zumal sie bemerkt hatten, dass die junge Frau außer ihrem Nachthemd nichts anhatte. Ihre Vermutungen gingen schon in Richtung sexueller Übergriff. Doch von der Polizei wollte Tetjana nichts wissen. In der Nachbarschaft der Rochs praktiziert eine junge polnische Ärztin. Da sie die beiden Lehrer gut kennt, kam sie auf deren Bitte zu einem Hausbesuch und konnte das Vertrauen der jungen Ukrainerin gewinnen. Äußerst clever eingefädelt! Sie hat nicht nur ein paar Fotos gemacht, sie konnte auch einen Abstrich machen und anschließend ins Labor schicken.«

»Respekt! Und Roch hat dir dann den Rest erzählt?«

»Soweit er es verstanden hat, lernte die junge Frau im Internet einen Deutschen kennen. Sie fand ihn sympathisch. Er hatte sich als Geschäftsmann ausgegeben. Die neue Visafreiheit machte Besuche dann schnell möglich. Der junge Mann kam nach Charkiw, gab sich charmant und großzügig und lud Tetjana zu sich ein. Sie dachte, sie hätte das große Los gezogen und flog schon kurz darauf nach Deutschland.«

»Lass mich raten«, fiel ihm Paul ins Wort, »die Wahrheit war nicht halb so schön?«

»Der Auserwählte«, fuhr Marco fort, »nennen wir ihn mal Kevin Müller, war tatsächlich im Handel tätig, im Handel mit Chrystal, das er über Mittelsmänner aus der Tschechischen Republik bezog. Er bewohnt eine kleine Wohnung im Stadtzentrum, im 3. Stock eines Seitenflügels mit Zugang über eine externe Eisentreppe. Kaum war das junge Paar in Wittenberg, nahm Müller Tetjana den Pass ab und schloss ihn in einem Wandsafe ein. Den Schlüssel trug er Tag und Nacht um den Hals. Tetjana musste die, nach seinem Verständnis, üblichen Frauenarbeiten erledigen: kochen, putzen, waschen. Nicht zu vergessen auch seine körperlichen Bedürfnisse. Dafür ging er ab und zu mit ihr essen, kaufte ihr sexy Kleider und gab ihr jeden Monat 200 Euro, die sie ihrer kranken Mutter schickte. Sie schien sich mit der Situation arrangiert zu haben.«

»Eine Art goldener Käfig, na ja, zumindest ein Käfig. Golden sieht anders aus. Und wie kam es zum Auftritt als Weiße Frau?«

»An jenem Donnerstagabend muss Müller mit ein paar Kumpels unterwegs gewesen sein. Tetjana kannte diese Sauftouren. Sie war in der Wohnung eingeschlossen und hatte sich schlafen gelegt. Doch diesmal kam Müller nach Lokalschluss nicht allein in seine Wohnung zurück. Er brachte noch drei Freunde mit und verlangte von der jungen Frau, dass sie seine drei Mittrinker bedienen sollte. Sie brachte Essen auf den Tisch und Bier und Schnaps. Das reichte aber nicht, und Müller verlangte von ihr, seine Saufkumpane auch sexuell zu befriedigen. Als sie das vehement ablehnte — es fällt mir selbst dir gegenüber schwer, Rochs Bericht wortwörtlich wiederzugeben — also als sie ablehnte und sich in ihr Zimmer zurückziehen wollte, fielen sie alle über sie her.«

»Alle vier?«

»Ja, sie haben sie abwechselnd vergewaltigt, dabei den Slip zerrissen, den Seidenmorgenmantel hochgeschoben und sich genommen, was sie wollten. Sie wollte schreien, aber man hielt ihr den Mund zu. Erst im Morgengrauen ließen sie von ihr ab, und voll wie sie waren, schliefen die Saufbrüder ein. Tetjana nutzte die Gelegenheit und rannte in Panik aus der Wohnung.«

»Mein Gott, das ist ja kaum zu glauben! Was hast du deinem alten Lehrer geraten? Wie seid ihr verblieben?«

»Ich brauchte schon die Aussage der jungen Ukrainerin, um weitere Maßnahmen veranlassen zu können. Roch hatte übrigens auch noch das Nachthemd dabei, stilecht in einer verschlossenen Plastiktüte. Ich konnte es in die Kriminaltechnik geben und die fanden tatsächlich vier verschiedene Spermaspuren. Weil ich mir gut vorstellen konnte, wie die junge Frau sich fühlt, habe ich sie bei Roch zu Hause vernommen. Rochs Frau Martina hatte ihr inzwischen ein paar Sachen geschenkt, so dass sie normal angezogen war, in Jeans und Bluse. Du kennst das vielleicht ja auch von deiner Franka. Jede Frau hat ein paar Klamotten im Schrank, die ihr eigentlich zu klein sind, von denen sie sich aber nicht trennen will, immer in der Hoffnung, doch noch einmal hineinzupassen. In diesem Fall hat Tetjana davon profitiert. Dann lief die Maschinerie an, Müller wurde festgenommen, seine Kumpane ebenfalls, die Wohnung durchsucht. Es wurden wie erwartet größere Mengen Drogen gefunden. Und natürlich konnte auch Tetjanas Pass wieder an die rechtmäßige Besitzerin zurückgegeben werden.«

»Verfahren läuft? Was sagt der Staatsanwalt?«

»Tetjanas Aussage, das Nachthemd und die anderen Beweise haben den Staatsanwalt tätig werden lassen. Müller sitzt in Untersuchungshaft. Ich vermute aber, der Prozess wird nicht an unserem Wittenberger Amtsgericht verhandelt, die Sache ist zu groß. Sie wird wohl in Dessau am Landgericht über die Bühne gehen.«

»Das darf ich nicht verpassen. Die junge Frau musste sicher erstmal zurück in ihre Heimat? Soweit ich weiß, darf sie sich selbst bei der aktuell geltenden Visafreiheit nicht unbegrenzt in Deutschland als Tourist aufhalten.«

»Das stimmt. Nachdem Müller verhaftet worden war, hätte sie zwar noch einige Zeit in der Wohnung bleiben können, aber das wollte sie nicht. Rochs luden sie ein, bis zur Abreise bei ihnen zu wohnen, was sie auch gern annahm.«

»Ist schon komisch, wie sich da der Bogen schlägt von einem Verkehrsunfall zu mehrfacher Vergewaltigung. Zwei Fragen habe ich aber noch. Wissen die zwei Autofahrer eigentlich inzwischen, wie es zu all dem kam?«

»Wir haben sie jetzt nicht von Amts wegen aufgeklärt, aber Tetjana wollte sich gerne bei den beiden Männern entschuldigen. Das hat sie, mit Martinas Hilfe, auch getan. Und als die hörten, was ihr passiert war und weshalb sie so Hals über Kopf die Straße überquert hat, gab es keine Vorwürfe mehr. Der Rest ist eine Sache zwischen den Versicherungen.«

»Und was war mit dem seidenen Morgenmantel? Hat sie den mit Absicht auf den Gleisen positioniert, um einen Suizid oder Unfall vorzutäuschen?«

»Nein, offensichtlich nicht. Beim Rennen ist ihr erst ein Arm aus dem Ärmel gerutscht, dann war der Rest lästig und ist nach einem Schütteln vom Körper geglitten. Sie hat ihn verloren und der Wind hat ihn dann auf die Gleise gelegt. Zufall.«

»Okay. Wäre ja auch hollywoodreif gewesen, wenn sie versucht hätte, sich als Weiße Frau darzustellen. Sicher wusste sie gar nichts von dieser Sage und bei der Panik stand ihr der Sinn vermutlich nicht nach Inszenierungen. Wie geht es ihr jetzt eigentlich? Ist doch alles schon ein paar Tage her.«

»Inzwischen ist sie in die Ukraine zurückgekehrt. Zum Prozess wird man sie offiziell als Zeugin laden. Und so wie ich meinen alten Lehrer verstanden habe, steht ihr das Gästezimmer jederzeit zur Verfügung.« Marco lächelte in sich hinein.

»Komm schon, du hast doch noch was in der Hinterhand. Zeichnet sich da etwa ein Happyend ab?«

»Rochs haben einen Sohn. Ich kenne ihn, ein netter Kerl, so um die Dreißig. Er arbeitet als Ingenieur und besucht seine Eltern regelmäßig an den Wochenenden. Als ich ein zweites Mal bei den Lehrern in der Küche saß und noch ein paar Einzelheiten mit der jungen Ukrainerin besprach, war er auch im Haus. Und wie er ihr einen Kaffee hingestellt hat … – ja, mein Lieber,

Blicke lügen nicht. Die beiden mögen sich. Vielleicht wird ja noch alles gut.«

»Wie romantisch!« Paul seufzte leise und steckte das Diktiergerät in die Tasche.

»Weißt du denn schon, welche Überschrift dein Artikel haben wird?«

»Ich denke: Weiße Frau zwei Punkt Null. Obwohl bei der historischen Sagenvariante an ein Happyend nicht mal zu denken war.«

»Super! Und jetzt haben wir uns etwas Stärkeres verdient!« Die beiden Freunde gönnten sich noch einen Absacker, bevor sich ihre Wege trennten.

Der Mönch und das Mädchen

Alva Henny

640 n. Chr., im Alemannischen Raum (heutiges Südbaden) vor den Toren des Schwarzwalds.

Die Mädchen trieben Ziegen vor sich her und lachten. »Natürlich wirst du mit ihm tanzen, Alba!« rief die Jüngere gerade, während die Ältere die vorangehenden Tiere mit einer Weidenrute den Hang hinab dirigierte.

»Du willst es. Mutter will es. Eingepfercht von zwei Seiten bleibt ihm nur die Flucht nach vorn: Und da steht Vater!«

Ihr Gelächter hallte das kleine Tal hinab, zu dessen kühlem Bachlauf sie gerade hinunterstiegen. Das Wasser war nicht tief, aber die Steine für die ungeübten neuen Zicklein noch eine Herausforderung, weswegen die Mädchen konzentriert und umsichtig vorgingen.

Das frohe Gemüt und der sichere Tritt der Jüngeren ließen nicht vermuten, welch schweren Nachteil sie auszugleichen hatte, während sie zwischen die warmen Leiber der zuletzt laufenden älteren Zicken gepresst durch die Furt balancierte.

Auf der anderen Seite angekommen ließ die Ältere ihren Blick zu den ersten Gipfeln des Höhenzugs schweifen, der sich vor ihnen erhob.

»Immer noch, Albrun, sind die Spitzen weiß bedeckt. Die Schneeschmelze dauert noch an. Dabei haben wir schon lange mildes Wetter. Will der Winter dieses Jahr gar nicht weichen?«

Während die Ziegen den bekannten Weg allein zur fetten Wiese trabten, wartete sie auf die jüngere Schwester, die eben den Hang erklommen hatte und sich bei ihr einhängte.

»Ja, ich rieche und schmecke es an der kühlen Luft, die hier im Tal von oben ankommt. Auch plätschert das Wasser noch längst nicht so lustig, wie im letzten Jahr. Aber es wird werden, Alba. Wir werden den Frühling bald feiern.«

»Das beruhigt mich, Albrun. Ich weiß, dass du dich noch nie geirrt hast.«

Gemeinsam stiegen die Schwestern die letzten Meter zur Weide hinauf und ließen sich an ihrem Hirtenstein nieder.

»Auch mit dem Fest werde ich recht behalten«, nahm Albrun den Faden von jenseits des Ufers wieder auf und lächelte verschmitzt. »Ich kann die Nächte bis Beltane schon an zwei Händen abzählen, und ich weiß, dass du mit dem Sohn des Schmieds um den Stock tanzen und bald seine Frau werden wirst. Er wird es wollen und niemand dies verhindern, denn du bist ohne Zweifel das schönste heiratsfähige Mädchen weit und breit.«

Die Jüngere war aufgesprungen und hatte voll Inbrunst geschmettert, sodass Alba, die Ältere, sich prustend auf sie stürzte und mit ihr lachend über die Wiese rollte.

Als sie erschöpft zum Stillstand kamen, zankte die Ältere zärtlich: »Du dummes Zicklein, du Kindskopf, du! Plapperst dich um Kopf und Kragen. Dabei wirst du es ja noch nicht einmal sehen!«

Die Jüngere nahm es ihr nicht übel, schmunzelte weiter und presste die Lider fest zusammen, während sie erwiderte: »Oh, doch! Ich sehe es mit dem Herzen.«

Auf der anderen Seite des Tales stand eine dunkelgewandete Gestalt auf dem Hügelrücken und blickte zu ihnen herab. Er war eben vor seine Hütte getreten, die gut verborgen zwischen den Baumriesen des Waldes am Rande einer kleinen Lichtung lag. Er kannte die Töchter der Familie Edulphs nur zu gut, auch wenn viele dunkle Wintermonate seit ihrem letzten Zusammentreffen vergangen waren. Beide waren nun im heiratsfähigen Alter und sicher würden sie bald einen eigenen Hausstand gründen und womöglich das Dorf verlassen.

Ein kalter Windhauch ließ den Saum seiner Kutte flattern und er seufzte leise. Dem armen blinden Mädchen war ein schweres Los beschieden, und seinen Eltern ebenso. Die Zeiten waren rau und Eheschließung die einzige Absicherung für die Mädchen, die auch mal

gegen den Willen der Braut durch Raub vonstatten-
ging.

Nach dem Zusammenbruch des weströmischen
Reichs war die Landbevölkerung in vielen Dingen
wieder auf sich allein und althergebrachtes Wissen gestellt. Da war eine frühzeitige, gute Partnerwahl ent-
scheidend. Nur: Wer würde sich ein blindes Weib
wählen?

Der Mönch schüttelte unmerklich den Kopf. Sicher
nicht der edelste und angesehenste Freier. Dabei hatte
das Kind außergewöhnliche Gaben, das hatte er bereits
bei seinem ersten Besuch am Herd dieser Familie ge-
spürt.

Er blickte ein letztes Mal zur Ziegenherde und den
Hirtinnen herab. Und war es nicht auch ein Zeichen,
dass beide den Titel seiner alten Heimat im Namen
trugen? ›Alba‹ der bekannte keltische Klang ließ ihn
voll Sehnsucht an die schroffe Küste, die grünen Hügel
und die salzige Meeresluft seiner Heimat denken. ›Sco-
tia‹ nannten sie die Römer, die bis vor 300 Jahren auch
hier am ›Rhenus‹ ihre Villen, Bäder und Straßen errichtet hatten. 300 Jahre und noch immer hielt sich ihr
Erbe; wie im Namen der kleinen Alba, die ihn sicher
als ›Helle, Weiße‹ erhalten hatte und vom Gleichklang
mit seiner geliebten Inselheimat gar nichts wusste.

Der Ire riss sich von seinen Erinnerungen los und
wandte seine Schritte und Gedanken seiner Klause zu.
Ein Rehkitz und seine Mutter erwarteten ihn schon.

Gemessenen Schritts und mit offenen Händen näherte er sich den scheuen Tieren. Auf diesem kurzen, meditativen Weg zu seinen Gefährten des Waldes reifte ein Entschluss in ihm. Und als die schlanken Köpfchen mit ihren rauen Zungen über seine Handflächen leckten, war seine Entscheidung gefallen. Er würde die Eltern bitten, ihm das Mädchen zu geben.

* * *

Ettenheim, Baden-Württemberg, 2019.

»Hoppala, Mädle, bisch nakeie!« Ingrid war unsanft auf den Boden und gegen eines der Bücherregale geworfen worden.

»Träumsch a weng, gelt. Hehehe, jo wensd Zit hoscht!«

Verdattert starrte sie auf den grobschlächtigen älteren Mann, der sie, während sie konzentriert ein Gemälde betrachtete, die drei Stufen in den anderen Verkaufsraum hinuntergeschubst hatte.

Es war mucksmäuschenstill im Raum, obwohl der Buchladen voll war wie jeden Samstag, wie eigentlich jeden Tag, seitdem sie vor knapp drei Monaten ihr Dachzimmerchen in der eingeschworenen Kleinstadt bezogen hatte. Alles was Rang und Namen hatte, oder gern hätte, traf sich hier. Nirgends war der Gesprächsstoff frischer und die Zuhörerschaft aufmerksamer.

Vor Ingrid tauchte nun der beige gekleidet Buchhändler und Vorstand des örtlichen Schützenvereins auf. Auch seinen spöttischen Zug um den Mund kannte sie bereits.

»Hei etz, do hilf I di no ufflupfe!«

Matt ließ Ingrid es geschehen und hätte auch schwerlich verhindern können, dass der bullige Kerl ihre Hand ergriff und zwischen seinen Fingern quetschte, als gelte es, sie zu zermahlen.

Wieder auf den Füßen hielt sie die Augen zu Boden gerichtet und rieb sich mechanisch den linken Oberschenkel, der den Sturz hatte abfangen müssen. Als ihr Gesicht vor Scham nicht mehr heißer werden konnte, kam endlich wieder Bewegung in die Umstehenden. Ingrid bückte sich und begann, die heruntergefallenen Bücher aufzuheben und einzusortieren.

Der Buchhändler quittierte es mit einem genervten Stöhnen und riss ihr das Buch weg, das sie gerade in der Hand hielt. ›Schönes Ettenheim – 900 Jahre Stadtrechte‹ stand auf dem Buchrücken.

»Entschuldigung«, wisperte Ingrid mit hochrotem Kopf. Als jede Reaktion ausblieb, wandte sie sich ab und ging trotz der Schmerzen bemüht gerade und gefasst zur Ausgangstür, wo ihr Abgang vom Bimmeln der Ladenglocke begleitet wurde.

Ingrid musste sich nicht umdrehen, um zu wissen, dass sich alle Anwesenden hinter ihrem Rücken vielsagende Blicke zuwarfen. Würde dieses alte Gemälde dort im Durchgang vom Buchgeschäft in den angrenzenden Verkaufsraum für Antiquitäten nicht hängen, käme sie vielleicht gar nicht mehr wieder. Doch die Landschaft mit den Ziegenhirtinnen und dem Mönch auf dem Berg war einzigartig. Daher würde sie zurückkehren müssen. Leider!

Mit zusammengebissenen Zähnen ging sie durch die malerischen Gässchen, in denen sich die peinliche Anekdote um Giesekes alefänzige Untermieterin bald verbreiten durfte.

Im Frühjahr 640 n. Chr., auf den Ausläufern des Schwarzwalds, heutiges Ettenheim, Ortsteil Münchweier.

Sie ritten schnell. Die Spur des schweißenden Wilds war noch frisch und die Hunde schossen gierig voran, drangen durchs Unterholz immer weiter den Hang hinauf.

Gisok folgte ihnen konzentriert, er spürte die Muskelspannung des Pferdes wie seine eigene. Sein Atem ging flach und schnell, die Sinne waren geschärft. Es war die beste Zeit für die Jagd, und er war ausgeruht und bestens vorbereitet. Heute würde, nein musste, ein guter Tag werden!

Das Bellen verlor sich vor ihm. Das Gelände war so unwegsam, dass er zurückfiel. Dennoch war immer noch nichts von seinen Jägern zu sehen. Wütend riss Gisok an den Zügeln und dreht sich um.

»Heda! Wo seid ihr?!« Wo blieben die Kerle bloß? Nichtsnutzes Pack!

»Mein Graf!«, hallte es nun von weiter unten. »Hier! Zur Stelle! Wir dachten, wir hätten einen Wilderer entdeckt; doch es waren nur zwei Kinder beim Beerensammeln.«

Der eine Jäger kam schnaufend neben ihm zum Stehen. Der andere folgte in gemessenem Abstand.

»Um Wilderer kümmert ihr euch später … vor allem, wenn es keine sind!!«, brüllte der Graf. Seine Jagdgier war unbändiger Wut gewichen.

Die Hunde hätten ihm längst das Rehwild zutreiben sollen. Dass sie nicht kamen, hieß, dass sie es nicht gestellt hatten. Das durfte nicht sein! Nicht schon wieder durften sie ihm durch die Lappen gehen!

Die Jäger warfen sich heimlich vielsagende Blicke zu, aber er hatte es doch gesehen. Ohne ein weiteres Wort riss Graf Gisok sein Pferd herum und stob bergan.

»Steht nicht wie Salzsäulen, sondern folgt mir!!«, schrie er halb wahnsinnig vor Ärger. Seine Kiefer mahlten unruhig, während er das Pferd den Pfad vorantrieb. Er konnte es nicht mehr leugnen: Irgendetwas stimmte nicht! Ob es an den Hunden lag? Waren sie der Grund seines ausbleibenden Jagderfolgs?

Seit drei Generationen züchteten sie. Bisher hatten sie immer mit Jagderfolgen geglänzt, seine Abnehmer beschwerten sich nie. Oder, was kaum denkbar war, es lag doch an ihm? War ihm das Gespür abhandengekommen?

Diese Gerüchte waren schwer zu ertragen. Und wahrscheinlich drangen die deftigsten Witze seiner Untertanen noch nicht einmal bis zur Gisenburg. Gisok biss die Kiefer so fest aufeinander, dass die Zähne knirschten.

Vor ihm suchten die Hunde auf einer Lichtung. Er stoppte sein Pferd, saß ab und ging langsam zu ihnen hinüber. Hinter sich hörte er die Jäger ankommen. Oder sollte es etwa spuken, wie die Waschweiber am Fluss sich offenbar erzählten? Hexerei! Das wäre nochmal ein ganz anderes Problem. In gemessenem Abstand blieben die Männer stehen und warteten auf sein Zeichen.

»Wir haben es verloren«, sagte Gisok nur kurz. Die Jäger nickten. ›Und wieder auf dem Hügel,‹ setzte er in Gedanken nach. ›Immer hier auf dem Hügel.‹

* * *

Im April 2019, Ettenheim, Baden-Württemberg.

Ingrid wusste bereits, wer in der Leitung war, als sie den Anruf mit Rufnummernunterdrückung annahm.

»Ja, hallo?«

»Und? Hast du's?«

Ingrid wunderte sich nicht über den grußlosen und direkten Gesprächsbeginn. Telefonate waren effiziente Notwendigkeit und bargen immer die Gefahr, entdeckt zu werden. Man hielt es kurz und nannte keinesfalls Namen. Und überhaupt: Der Orden plauderte nicht.

»Noch nicht«, Ingrid sprach ihre Antwort langsam und vorsichtig. Sie war keine gute Blufferin und konnte ihre Unsicherheit schwer verstecken. Es war klar, dass dies die Anruferin noch nicht zufrieden stellen sollte. Sie würde mehr Informationen preisgeben müssen. Die Frage war aber: welche Informationen und wie viele?

Ihre Prepaid-Karte war zwar erst zwei Wochen alt, doch es gab mehrere, sehr verschiedene Personen, die sie kannten. Da die Verbindung schlecht war und Ingrid die Stimme nicht richtig einordnen konnte, musste sie vorsichtig sein. Die Ordensschwestern folgten einer klaren Arbeitsteilung und das bezog sich auch auf das damit verbundene Wissen. Dabei ging es nicht nur um Macht. Es war zu ihrem eigenen Schutz.

Die Anruferin kam ihr zu Hilfe. »Soll dich jemand holen?«

Also war die Frau keine Gelehrte, erleichtert atmete Ingrid aus. Gut, dass sie nicht mehr gesagt hatte. Eine Strippenzieherin rief sie an, die für den reibungslosen Ablauf der Mission zuständig war. Ihr Notausstieg, ihre Absicherung, falls sie in Gefahr schweben oder auf Gegner treffen sollte.

»Nein, nicht nötig«, erwiderte sie. »Aber ich habe noch zu tun.«

Ingrids Rolle hatte weder mit Beschatten, geheimen Telefonen oder Verstecken zu tun. Noch konnte sie mit einer Verkleidung und etwas Übung zu einer völlig anderen Person werden, wie sie es bei einigen Ordensschwestern schon staunend beobachtet hatte. Ingrids Bereich waren Bücher, Kirchenregister, alte Sprachen und Inschriften.

Sie reiste oft, denn was vor tausenden von Jahren geschah, das konnte man nicht online recherchieren. Außerdem, doch das wussten nur wenige, war sie ein Medium und genau damit hatte ihr Auftrag auch hier zu tun. Die anderen des Ordens zählten auf sie, ein Rätsel aus der Zeit des frühen Mittelalters zu lösen.

»Gut. Noch eine Woche, höchstens zwei.« Damit hatte die Andere aufgelegt.

Ingrid schaltete das Mobiltelefon aus und versteckte es in der Schmutzwäsche. Nachdenklich sah sie sich in der kleinen Stube um. Überall lagen Bücher und auf der kleinen Küchenzeile stiegen Dämpfe aus Töpfen empor.

Ingrid ging zum Tisch und nahm einen alten Band zur iroschottischen Mission und ihren Klostergründungen auf dem Festland zur Hand. Sie überblätterte Konstanz und Sankt Gallen und ihr Blick blieb an einem alten Stich der Klosteranlage Ettenheimmünster hängen, das auf die Zelle eines iroschottischen Wandermönchs zurückging. Darunter die lateinischen Worte »Sanctus Landelinus – ora pro nobis«.

Ingrid setzte sich im Schneidersitz auf das Sofa und sog die Dämpfe eine. Sie entspannte ihre halb geöffneten Augen und machte den Geist weit.

Den Blick auf den alten Stich gerichtet, erschien, zunächst schemenhaft dann immer deutlicher, die Szene des zauberhaften Gemäldes. Ingrid ließ sich hineinsinken und fühlte, wie sie zu schweben begann. Sie erhob sich aus dem Zimmer, hoch über die Dächer des Barockstädtchens und wurde über die Felder, den Fluss entlang, die Hügel hinauf zu der ihr inzwischen wohlbekannten Lichtung gezogen. Dort betrat der weit gereiste Mönch gerade seine selbst gezimmerte Klause und Ingrids inneres Auge folgte ihm durch die offene Tür.

* * *

Im April 640 n. Chr., auf den Ausläufern des Schwarzwalds, heutiges Ettenheim, Ortsteil Münchweier.

Im Dunklen rührte Landelin in einem Kessel, der über der rußigen Feuerstelle hing. In seiner Klause war es auch im Sommer dunkel, da er beim Bau weitestgehend auf Fenster verzichtet hatte. Ohnehin verrichtete er sein Tagwerk meist draußen. Und im Winter ließen sich die Gucklöcher nicht ausreichend abdichten.

Ach ja, die Winter. So fern der nächste auch noch sein mochte, er warf doch schon seine Schatten voraus. Wie viele Winter würde er in der einsamen Kälte noch überstehen? Er war nicht mehr jung.

Das Lachen der Mädchen hallte von draußen herein, und der ernste Mönch musste angesichts dieser erfrischenden Fröhlichkeit lächeln. Wenn die Familie des Bauern Edulph nicht gewesen wäre, hätte er sicher nicht überlebt. Den ersten Winter hier keinesfalls. Auch heute hatten die Kinder ihm wieder frische Eier und junge Küken gebracht.

Das Feuer war fast erloschen, die letzten Holzscheite glommen nur noch. Mit dem gehärteten Holzlöffel kratzte Landelin einige Kristalle aus dem Kessel und klopfte sie auf seine Handfläche. Als er aus der Hütte trat, sah er die zwei jungen Frauen mit den Rehen herumspringen, deren Bisswunden inzwischen fast verheilt waren.

Viele Tiere des Waldes kamen ihn regelmäßig besuchen. Die ungleiche Gesellschaft tollte umher und jagte sich. Es war schwer auszumachen, wer wen, sodass der Mönch nur zusehen und mitlachen konnte. Höflich unterbrachen sie das Spiel, und die Tiere liefen gleich zu ihm und leckten das Salz aus seiner Hand. Der Mann streichelte die scheuen Waldtiere zärtlich am Kopf.

Während die Mädchen aufmerksam beobachtend näherkamen, war aus der Ferne plötzlich Jagdlärm zu hören. Beunruhigt sahen sie auf.

»Das wird der Graf sein,« flüsterte die Ältere. »Wir sind ihm vorhin schon begegnet. Er wird die Rehe suchen.«

Mit einer ruhigen Geste aber ernstem Blick hieß Landelin die beiden in das Dunkel der Hütte gehen. Alba nickte und zog ihre jüngere blinde Schwester sofort in die kleine Holzhütte.

Ohne Eile maß der Ire noch einige Schritte in Richtung des gegenüberliegenden Waldsaums, wo die Rufe der Jäger und das wütende Gebell immer lauter tönten, und richtete sich dort zu seiner vollen Größe auf. Auf der kleinen Lichtung vor seiner Behausung erwartete er still die wilden Männer. Die Rehe aber wichen nicht von seiner Seite.

»Kein Wort, hörst du?!« Albas Stimme zitterte. Sie hatte sich mit der Schwester halb hinter eine Holzbank, halb hinter einen Stapel Brennholz gelegt und ein Bärenfell darüber geworfen.

Die Klause des Eremiten war winzig und fast gänzlich ohne Möbel. Kräuter hingen an dünnen Flachs- und Lederriemen überall von der Decke. Einige Bretter an den Wänden neben der Feuerstätte hielten Töpfchen, Krüge und einige von den seltenen Glasbehältern, die durchsichtig schimmernd strahlten wie das Flüsschen im Tal. Kunstvoll geschwungene Zeichen waren aufgemalt, Buchstaben, die nur Lesekundige zu entziffern wussten. Am Boden gab es außer der Bettstatt des Mannes, einem Schemel und eben dem Holzstapel und der Bank, nichts, was sie hätte verbergen können.

Dieses Versteck war nicht gut, aber besser als gar keines und wohl sicherer als draußen im Wald. Der Mönch hatte einen Grund, sie hinein und nicht nach Hause zu schicken. Er tat nichts in Eile und nie etwas ohne Grund.

Die Finger der Schwester umklammert überging Albrun nun deren Verbot und flüsterte kaum hörbar: »Es ist ernst diesmal, Alba. Ich weiß es.«

Alba biss sich auf die Lippen und Tränen der Furcht traten in beide Augenwinkel. Der Tanz, die Ziegen, die fröhlichen Rehe, mit einem Mal war alles so weit weg; wie aus einem anderen Leben. Sie nickte unmerklich. Es hatte keinen Sinn, etwas vor dem feinen Gespür der Schwester zu verbergen.

»Bitte«, setzte das blinde Kind nun flehentlich nach, »lass mich nicht allein!«

Draußen vor der Hütte tobten wild kläffend die Jagdhunde des Grafen. Die Tür war glücklicherweise geschlossen und durch die kleinen Fensterluken konnten sie nicht hineinspringen. Andernfalls hätten sie es zweifellos getan.

Die Mädchen atmeten unruhig und lagen mit zusammengekniffenen Augen, halb aus Angst, halb um die restlichen Sinne zu schärfen und besser hören zu können, was auf der Lichtung geschah. Ab und an drangen trotz des Geschreis Wortfetzen in die Hütte.

»Zauber«, »Untertan« und immer wieder »schuldig«. Es gab Gerangel und unterdrückte Schreie von Schmerz und Anstrengung, ob von einem Menschen oder einem Tier, war schwer auszumachen.

Und dann war urplötzlich aller Lärm vorbei. Eine gefühlte Ewigkeit blieben die Mädchen still liegen, mutlos und voller Angst, was sie draußen wohl erwartete.

Als Ältere fasste sich Alba schließlich ein Herz, kroch hervor, öffnete die Tür und damit den Blick auf eine schreckliche Szenerie. Aus Wut über die vermasselte Jagd, die er dem alten Iren und seiner Verzauberung der Waldtiere anlastete, hatte Graf Gisok dem Mann Kopf und Hände abgeschlagen. Und so wie aus den Wunden das Blut, sprudelten frische Quellen an der Stelle der schmählichen Tat aus dem Boden.

Alba rannte hinab ins Tal, um Geschwister, Eltern und jeden, den sie kannte, zur Bergung des Leichnams zu rufen.

Albrun aber wachte ruhig und still weinend neben dem Toten. Sie versuchte, ihn würdig zu betten, betastete die Wunden und betete dabei, wie er es sie gelehrt hatte.

Als am späten Nachmittag die Dörfler die Klause erreichten, sah die gereifte junge Frau ihnen mit blutverschmierten Augen aber klarem Blick entgegen und ein seltsames Strahlen ging von ihr aus. Jedem einzelnen Ankommenden sah sie fest ins Gesicht und wusste die Umgebung in allen Formen und Farben detailreich und kunstvoll zu beschreiben. Auch der letzte Zweifler konnte sich davon überzeugen, dass sie sehend geworden war.

Diese unglaubliche Genesung war das erste Wunder nach dem Martyrium des Heiligen Landelin, der noch viele hunderte Jahre später im Kloster Ettenheimmünster und an den Heilquellen verehrt werden sollte.

* * *

Im April 2019, Ettenheim, Baden-Württemberg.
Ingrid erwachte aus ihrer Trance und fand sich in ihrer Zeit, in ihrem Zimmerchen wieder. Ihr war übel und ein pochender Schmerz klopfte hinter ihrer Stirn, aber zugleich fühlte sie grenzenlose Kraft und Energie durch ihre Glieder strömen.

Das war es! Sie hatte es gesehen! Sie war in das Geheimnis eingeweiht worden. Nun hatte sie alles beisammen: Den magischen Ort, die Regale und Bündel mit Namen der Zutaten, das heilige Wasser und es waren nur wenige Tage bis Beltane. Die beste Zeit, den Sud anzusetzen. Die geheime Formel, die den Zugang zu den Tieren und ihrer geheimen Sprache ermöglichte.

Sie ließ sich zur Seite auf das weiche Polster des Sofas fallen und kicherte glücklich. Ein paar Tage harter Arbeit lagen zwar noch vor ihr, aber es würde gelingen. Und dann war ihre Zeit hier vorbei. Vorbei. Keine garstigen Witze, keine giftigen Blicke, kein Getuschel mehr. Selbst den Buchladen konnte sie nun meiden, obwohl es ihr um das zauberhafte Bild leidtat. Es gehörte in die Hände von Menschen, die es zu schätzen wussten.

Sie erhob sich, ging zum Fenster ihres Dachstübchens und öffnete die Flügel. Es war eine laue, stille Aprilnacht, und sie blickte über die Dächer des so schön renovierten Stadtkerns. Sandsteinbrunnen plätscherten schon vor sich hin. Die gepflasterten Wege wanden sich zur Pfarrkirche empor und dahinter erhoben sich als dunkle, schwere Masse die Ausläufer des Schwarzwalds.

Es tat gut, die frische Luft einzuatmen. Das Räucherwerk war längst verglommen und ihre Dachgaube hatte die würzigen Schwaden in die Nacht entlassen.

Ingrid sah hinüber zu den dunklen Fenstern des Buchladens. Hinter dem großen ganz links lag das Antiquariat, keine fünf Meter dahinter hing das Gemälde.

Unwillkürlich begann sie, über die Nacht ihres Verschwindens nachzudenken. Je nachdem, wer sie holte, wäre ein Einbruch durchaus möglich. Da sie nun Geheimnisträgerin war, stand ihr zudem eine Trophäe zu.

Ein durchdringendes, schmerzhaftes Geräusch riss Ingrid aus ihren Gedanken. Noch ehe sie es als Pfeifen erkannte, hatte sich das Unwohlsein in der Magengegend eingestellt. Gieseke! Gieseke, ihr widerlicher Vermieter, natürlich.

Krachend flog die Tür unten ins Schloss und die Figur des feisten Mannes schob sich in den Kegel der Straßenlaterne.

Angewidert sah Ingrid ihm nach, wie er mit falschen Tönen das Badnerlied pfeifend die Straße hinabtorkelte. Er hatte es nicht nötig, leise zu sein, wenn er nachts zu seinen Mätressen schlich. Kein Mann würde ihn stellen, keine Frau ihn abweisen. Dass sie es gewagt hatte, sich zu wehren, als er sie schon am Tag des Einzugs auf der schmalen Stiege bedrängte, hatte er ihr seitdem fast täglich heimgezahlt.

Inzwischen erzählte ein tellergroßes Hämatom auf ihrem Oberschenkel vom Sturz heute Vormittag in der Buchhandlung. Niemand, der dauerhaft hier lebte, hielt dies aus. Er war zu bekannt und einflussreich, als dass man es mit ihm aufnahm. Warum genau, das konnte Ingrid nur ahnen.

Gisok, Gieseke, der Gleichklang der Namen war mehr als auffällig, und die Alemannen heimatverbunden und reiseunlustig. Ob Graf oder nicht, Ingrid fasste in diesem Moment einen Entschluss. Sie würde ihm zum Abschied einen giftigen Denkzettel hinterlassen. Die zwei verbleibenden Wochen gaben ihr genug Zeit, neben ihrer eigentlichen Aufgabe auch noch eine weitere, eine tödliche Mischung anzusetzen. Eine günstige Gelegenheit, Gieseke das Gift zu verabreichen, würde sich finden.

Regelmäßig wurden frische Lebensmittel als Nachbarschaftsgruß im Treppenhaus deponiert. Eine weitverbreitete, nette Geste in kleinen Gemeinden, die selbst stadtbekannte Ekel miteinschloss. Das kam ihrem Racheplan sehr entgegen. Ein Stück durch sie nachträglich getränkter Apfelkuchen. Eine Flasche Most oder ein Glas Marmelade aus eigenen Früchten, ergänzt um ihren sorgfältig bereiteten Zusatz, und schon war Gieseke Geschichte.

Einen Giftmord zu lösen, war schwierig. Sollte es mit ihrer Flucht zusammenfallen, war dies zwar auffällig, aber die Polizei würde bei Gift als typischer Frauenwaffe mit Rachemotiv vorrangig im direkten Umfeld suchen. Und welche Frau im Ort wünschte den schleimigen Gieseke nicht für immer weit weg?

Ingrid mit ihrer kurzen Zeit am Ort war von allen die Unauffälligste. Niemand konnte ahnen, dass auch sie keineswegs ohne Bezug einer alten, vormals ortsansässigen Blutlinie entstammte. Die blinde Albrun war ihre Urahnin, davon war Ingrid überzeugt. Wie sonst wären ihr eigenes seherisches Talent und ihre starke Bindung zu diesem Ort zu erklären. Und an noch etwas glaubte sie fest: dass Sünden bestraft werden mussten. Auch wenn es manchmal viele Jahrhunderte dauern mochte.

Schnee auf Spiekeroog

Helga Jahnel

»So, jetzt ist Feierabend. Macht euch auf nach Hause und schlagt euch auf dem Heimweg nicht die Köpfe ein.« Tom, der Wirt der kleinen Insel Bar, hatte genug. Es war elf Uhr, seine Füße taten weh und diese ewigen Diskussionen über den Plan eines russischen Investors, der auf der Insel eine Kurklinik errichten wollte, gingen ihm langsam auf die Nerven. Vor allem, wenn Befürworter und Gegner aufeinandertrafen und er versuchen musste, neutral zu bleiben.

Natürlich klang das gut: eine Kurklinik der Luxusklasse in Strandnähe, daneben ein Golfplatz gleich hinter dem Schwimmbad und den Tennishallen. Das wäre schon ein Image-Gewinn für die Insel. Ein kleiner Flugplatz auf den Richelwiesen war doch kein Problem. Sie würden endlich unabhängig von der Tide erreichbar sein.

War nicht auch Johannes Rau regelmäßig mit dem Hubschrauber dort gelandet, wenn er in sein Haus auf Spiekeroog wollte? Jetzt sollten es eben Motorflieger sein, also brauchten sie eine Landebahn.

Aber, so verlockend die Pläne auch klangen, irgendetwas stieß ihm sauer auf. Lief das nicht auf Zwei-Klassen-Tourismus hinaus? Klang das nicht nach einer feindlichen Übernahme?

Die anderen waren vorausgegangen. Hein stand draußen allein vor der Kneipentür in dieser kalten Novembernacht. Sansibar, seine zwölfjährige Hündin, das Ergebnis der amourösen Begegnung zwischen einem Border Collie und einer Neufundländerdame, schlug bereits den Weg zum Deich ein. Ihm war das nur recht, denn er musste sich beruhigen.

Schon wieder hatten sie ihn in die Defensive gedrängt. Ja, der angebotene Grundstückspreis konnte so manchen überzeugen, lag er doch im mehrstelligen Millionenbereich. Sogar Wohnraum für die Mitarbeiter wollte dieser Zar, wie sie den Investor inzwischen nannten, schaffen. Verschiedene Fachärzte wollte er beschäftigen, zu denen auch die Insulaner Zugang haben sollten. Das alles klang wunderbar. Aber die Immobilienpreise würden gewaltig anziehen.

Es war doch jetzt schon so, dass einer allein das Elternhaus gar nicht halten konnte, wenn es mehrere Geschwister gab, die auszuzahlen waren. Dann blieb keine andere Wahl, als das Haus an vermögende Fremde zu verkaufen. Die machten ein paar Wochen im Jahr Urlaub auf der Insel und zahlten ihre Steuern ganz woanders. Die Gemeindekasse blieb leer, aber sie erwarteten den optimalen Erhalt der Infrastruktur.

Und die einheimischen jungen Leute wanderten ab. Er dachte an die vielen seltenen Vogelarten, die dringend auf das Habitat der Insel angewiesen waren. An die Ruhe, auch wenn es sie nur noch außerhalb der Saison gab. Was würde aus der Dorfgemeinschaft, dem Chor, dem Boßeln, all den kleinen Gelegenheiten werden, bei denen man sich zum Klönen traf?

Seine Hündin stupste ihn ans Bein und rannte plötzlich los.

»Sansibar, nun komm endlich her. Jetzt ist nicht die Zeit zum Spielen, altes Mädchen.« Hein ächzte ihr hinterher auf den Deich, so schnell es ihm seine 70-jährigen Beine erlaubten. Dazu kam natürlich noch das Übergewicht, dem seine Schwester Jule bereits seit Jahren ebenso energisch wie erfolglos entgegen arbeitete. Die Gewichtsprobleme waren erst nach seiner aktiven Zeit auf See aufgetreten. Daran änderte auch Sansibar nichts, obwohl sie ihn regelmäßig zu ausgedehnten Spaziergängen aufforderte.

Oben angekommen, traute er seinen Augen nicht. Dichter Nebel trieb von der See her aufs Land zu, begleitet von einem aufziehenden Sturm. Hein musste sich dagegenstemmen und kniff die Augen zusammen. Weit draußen, am Horizont, erspähte er die blutroten Segel eines Dreimasters. Der hielt auf die Küste zu.

War der Kapitän angetüdert? Schon ließen ihn das Knattern der Takelage, das Knarren des Rumpfes das Unglück erahnen. Er sah jedoch keine Möglichkeit, die Besatzung zu warnen. Wenn der so weitermacht, setzt der gleich auf der Sandbank auf, murmelte Hein. So'n

Schiet, aber auch! Er zog das Handy aus der Hosentasche und rief Claas an, den Inselpolizisten.

»Hol die Jungs von der Seenotrettung aus den Federn. Trommel die Feuerwehr zusammen. Und die Ärztin muss kommen. Hier wird gleich der Teufel los sein!«, brüllte er.

»Moin.« Verschlafen antwortete Claas, der Hein sofort an der Stimme erkannt hatte. »Bisschen viel gepichelt heute Abend?«

»Nicht mehr als sonst. Ehrlich, sieh zu, dass du Hilfe schickst.« Etwas ruhiger geworden schilderte er, was er befürchtete und gab seine genaue Position durch.

»Okay, ich mach mich mal schlau. Und du gehst am besten nach Hause.«

Hein drehte sich wieder hin zum offenen Meer und erstarrte. Weniger als 100 Meter mochten noch zwischen der Küste und den Segeln liegen, die er nun deutlicher sehen konnte, weil sie von innen heraus zu glühen schienen, wie die Kehlsäcke der Fregattvögel. Um die Masten tanzten Elmsfeuer und tauchten das Deck in ein schwaches Licht. Keine Menschenseele an Bord, selbst die Form des Rumpfes war nicht auszumachen. Sie waberte im Nebel, erschien ihm wie eine Fata Morgana.

Hein wischte sich über die Augen. Bildete er sich das vielleicht nur ein? Sansibar drehte sich laut jaulend um die eigene Achse.

Völlig verrückt, der Hund! Er beugte sich über sie, tätschelte ihren Kopf und sprach beruhigend auf sie ein.

Ein paar Augenblicke nur, dann wandte er sich wieder der See zu. Das Schiff war verschwunden. Auch der Sturm hatte nachgelassen, nur der Nebel lag schwer und dicht über der Insel. Es hatte kein Unglück gegeben, er hätte das Knirschen beim Auflaufen des Kiels, das Splittern des hölzernen Rumpfes hören müssen oder das Schreien der Matrosen. Aber da war – absolut nichts.

Er hatte sich zum Narren gemacht und das musste er Jule beibringen, bevor sie es am nächsten Morgen im Dorf von anderen hörte.

Zum Glück schlief sie noch nicht.

»Tee mit Rum?«, fragte sie, als sie sein Gesicht sah und schaltete den Wasserkocher ein.

»Hm.«

»Erzähl schon. Was hast du?«

Hein legte los. Die Stimmung in der Kneipe, das Geisterschiff. Nichts ließ er aus.

Jule lächelte, griff zu ihrem Smartphone und tippte darauf herum.

»Wen willst du denn jetzt noch anrufen?«

»Niemand. Hier: Es ist ›Der Fliegende Holländer‹, den hast du gesehen.«

»Aha. Um was geht's da nochmal?«

»Um einen Kapitän, der dazu verdammt wurde, mit seinem Gespensterschiff bis an sein Lebensende auf den Meeren herumzuirren. Ohne je einen Hafen ansteuern oder an Land gehen zu dürfen.«

»Stimmt. Aber er wurde doch gerettet.«

»Nur in der Oper von Wagner. Durch die Treue einer liebenden Frau.«

»Na, die find erst mal. Und was passiert, wenn man ihn sieht?«

»Na ja, in der Sage gilt der Fliegende Holländer als schlechtes Omen.«

»Meinst du die Klinik? Die Veränderungen? All das viele Geld?«

»Wer weiß? Es könnte doch eine Warnung vor großem Unglück sein.«

»Heute beim Stammtisch waren sie wieder alle dafür. Haben mich als ›ewig gestrigen Spinner‹ bezeichnet.«

»Mach dir nichts draus, Hein.« Sie nahm seine Hand. »Noch ist ja nichts entschieden. Allerdings wird sie der Fliegende Holländer nicht überzeugen. Da müssen schon härtere Argumente her. So. Und jetzt wird geschlafen. Morgen früh gehen wir an den Strand. Wird wieder `ne Menge Müll angespült worden sein bei dem Sturm. Schlaf gut, Hein.«

»Hm. Gute Nacht.«

Am nächsten Morgen waren bereits etliche Nachbarn unterwegs, um all den Plastikkram einzusammeln, als

Hein, Jule und Sansibar dazustießen. Das Gelb der Gummistiefel und das Blau der Müllsäcke bildeten die einzigen Farbtupfer am Strand, der sich ebenso grau zeigte, wie der Himmel über und die See vor ihnen. Sansibar jagte kurz ein paar Möwen hinterher, bevor sie sich an den Aufräumarbeiten beteiligte.

»Braves Mädchen«, lobte sie Hein und zog ihr einen alten Turnschuh aus dem Maul. »Was die Leute so alles wegwerfen …«

Die Hündin drehte sich um, lief in Richtung Düne, schaute zurück zu Hein und bellte. Zweimal wiederholte sie dieses Spiel, bis Hein begriff, dass er ihr folgen sollte. Vor einem niedrigen Gestrüpp aus Strandhafer und Heckenrosen blieb sie stehen und jaulte.

Hein wurde blass. Vor ihm lag ein dunkelhäutiger Junge in gekrümmter Haltung. Reglos. Der Bursche mochte vielleicht zehn Jahre alt sein. An der aufgesprungenen Lippe klebte vertrocknetes Blut. Ein Schuh fehlte. Den hielt Hein in der Hand. Seine Hände zitterten, als er auf der Polizeiwache anrief. Seine Stimme klang heiser. »Claas, hier liegt einer. Tot. Ganz bestimmt. Nein, kein Gespenst. Komm her – und bring die Ärztin mit.«

»Okay. Ich bin schon auf dem Weg. Pass auf, dass dein Hund nicht drangeht.« Dieses Mal hatte Claas keinen Zweifel, dass Hein ihn zu einem echten Notfall rief.

Nur wenige Minuten später näherte sich Claas' Elektromobil der Düne. Frau Dr. Schneider sprang hinaus, schnappte sich ihren Notfallkoffer und lief die letzten Meter auf Hein zu.

»Ja, der ist definitiv tot.« Sie streifte die Handschuhe über, lockerte die Hose des Jungen und führte ein Thermometer ein.

»Hat wohl Prügel bekommen.« Hein wies auf die Lippen des Toten.

»Kann er sich auch selbst aufgebissen haben. Mal sehen. Seine Sachen sind noch nass. Vielleicht ist er gekentert, bei dem Sturm.«

»Dann müssten wir sein Boot finden. Oder jemand hat ihn ins Wasser geworfen und sich davongemacht«, meinte Claas.

»Na ja, seine Kleidung spricht nicht unbedingt für einen Bootsbesitzer. Und sieh nur, wie mager er ist.« Sie zog das Thermometer aus dem After und rümpfte die Nase. »Er hatte wohl Durchfall. Wenn er direkt aus Afrika kommt … Cholera als Todesursache? Vielleicht.« Sie zuckte mit den Schultern.

»Claas, ruf mal die Kollegen von der Kripo an. Sie sollen die Spurensicherung mitbringen. Und einen Zinksarg. Der Junge muss in die Gerichtsmedizin.« Mitleidig strich sie ihm über die Stirn und schaute ihm in die Augen. »So ein hübscher Bengel. Viel zu jung zum Sterben.« Auf dem Totenschein, den sie Claas reichte, hatte sie ›Todesursache unklar‹ angekreuzt. »Er ist vor etwa zehn bis zwölf Stunden gestorben. Scheint keine Papiere bei sich zu haben. Mehr kann ich im Moment nicht sagen.«

Inzwischen war auch Jörg, der Inseljournalist und -fotograf, mit dem Fahrrad eingetroffen. Claas beendete das Telefonat. »Benutz dein Tele-Objektiv. Und komm ja keinen Schritt näher. Ich will keinen Ärger mit den Kommissarinnen aus Wittmund.«

»Schon gut, alles klar. Ich pass ja auf. Und schick dir gleich ein paar Porträtaufnahmen aufs Handy. Können deine Kollegen mit der Vermisstendatei abgleichen.«

»Guter Mann.« Claas drehte sich zur Ärztin um. »Okay, erstmal vielen Dank. Die Kolleginnen melden sich dann bei dir.«

»Bis später.« Sie nickte Claas zu und richtete einen fragenden Blick auf Jörg, dann auf sein Fahrrad. »Darf ich?«

»Aber klar. Ich laufe zurück. Hab sowieso noch ein paar Fragen an Hein. Das wird ein Artikel für die nächste Ausgabe!« Er rieb sich die Hände und überlegte, welche Tageszeitung auf dem Festland er zuerst ansprechen sollte. Oder gleich den NDR? Aber zuerst brauchte er Informationen.

»Jule, du bringst den Hund nach Hause. Jörg und Hein, ihr passt auf, dass hier keiner an den Fundort kommt, bleibt dabei aber in sicherer Entfernung, wenn ich bitten darf. Und ich organisiere die Suche nach dem Boot des Jungen. Sind ja sowieso alle am Strand.« Nachdem er die Aufgaben verteilt hatte, machte sich Claas auf den Weg. Die ersten Neugierigen kamen ihm schon entgegen. Die kleine Gruppe wusste sofort, wo sie mit der Suche beginnen würden. Und tatsächlich – dort, wo 1883 das englische Dampfschiff Verona gestrandet war, lag ein kleines Motorboot mit leerem Tank. Claas schluckte, als er den Bootsnamen an die Kollegin vom Festland durchgab: Hoffnung II.

Nun begann das Warten auf Hochwasser, denn die Wittmunder würden mit einem Polizeiboot kommen. Mit der Hauptkommissarin Michaela Fokken und ihrer Kollegin Claudia Fuchs trafen zwei Mitarbeiter der Spurensicherung, ein Zinksarg und die neuesten Informationen ein. Sie hatten inzwischen den Bootsbesitzer ausfindig machen können, einen unbescholtenen Geschäftsmann, der den Diebstahl in Wilhelmshaven gestern Morgen gemeldet hatte.

»Meine Güte sieht das hier aus«, kommentierte Frau Fokken den Fundort, stemmte die Hände in die Hüften und bog den Rücken durch. »Habt ihr eine Hundemeute hier durchgeführt?«

Frau Fuchs, genannt die Füchsin, eine strohblonde, magere Mittvierzigerin, lächelte. »Immerhin hat Claas das Terrain abgesperrt. Er hat wohl weniger Routine als wir.«

»Und sogar eine Wache aufgestellt, damit keine Tiere …«, flocht Claas ein.

»Ist ja gut«, maulte die Chefin.

»Hatte er Papiere bei sich? Ein Handy?« Claudia versuchte, ihrem Kollegen beizuspringen.

»Wir haben gar nicht danach gesucht und euch lieber gleich angerufen, bevor wir eventuelle Spuren vernichten.«

»Schon gut. Danke für die Fotos. Das war sehr umsichtig. Leider gibt es keine Vermisstenanzeige, die dazu passt.« Frau Fokken schien ein wenig besänftigt zu sein.

»Auch Interpol hat nix zu dem Jungen, er wird nicht gesucht. Also machen wir uns mal auf die Suche nach dem Handy. Hilfst du mir?«, wandte die Füchsin sich an Claas.

»Ja, klar.« So spannend er sich die Untersuchung vorgestellt hatte, so sehr erwies sie sich in der Realität als langweilige Routine. Die zwei Spurensicherer arbeiteten ruhig und wortkarg, einer schoss ein paar Fotos. Jeder Handgriff saß und zog die nächste Bewegung nach sich, wie beim Zusammenspiel gut geölter Zahnräder. Er fühlte sich überflüssig und war dankbar, sich endlich bewegen zu dürfen, wenn auch nur, um Handlangerdienste zu leisten.

Frau Fokken schien keinen Wert auf seine Anwesenheit zu legen. Sie inspizierte gerade die Kleidung der Leiche. Wortlos steckte sie den Zettel ein, auf dem

Claas die Adressen und Telefonnummern der Ärztin und des Finders notiert hatte. »Viel Spaß! Gibt's hier auch irgendwo mal einen heißen Kaffee?«

»Nachher. Wir beeilen uns mit der Suche«, versprach Claas.

Stunden später waren der Zinksarg und die eingetüteten Asservate auf dem Weg zum Polizeiboot und die Akteure konnten sich die Hände an den Kaffeetassen in der kleinen Wachstube wärmen.

»Viel haben wir ja nicht«, begann die Hauptkommissarin. »Keine Papiere, kein Handy. Ein afrikanischer Junge auf der Flucht. Eingenäht in seiner Jacke habe ich ein Foto gefunden, aber so zerknittert und nass, dass ich nichts darauf erkennen konnte. Vielleicht seine Familie. Eventuell eine Darminfektion meinte die Ärztin. Mal sehen, was der Gerichtsmediziner und die Laborleute dazu sagen. Der Junge ist also von Wilhelmshaven aus geflohen. Ich habe die Kollegen schon um Amtshilfe gebeten.«

»Wahrscheinlich hat er die Orientierung verloren – bei dem Sturm und Nebel gestern Nacht.« Claas überlegte, ob er von Heins Beobachtung erzählen sollte. Aber er sah keinen Zusammenhang und wollte den alten Seemann nicht lächerlich machen – also ließ er es bleiben.

»Und dann ist ihm auch noch der Sprit ausgegangen«, warf Claudia ein.

Wenig später verließ das Expertenteam die Insel.

Claas blieb zurück mit den offenen Fragen der Insulaner, denn der grausige Fund hatte sich blitzschnell herumgesprochen. Vorher hatte keiner den Jungen gesehen. Wieso vermisste ihn niemand? Wohin wollte er? Nachts, allein?

»Weg von Wilhelmshaven! Mehr kann ich auch nicht sagen«, kommentierte Claas die Spekulationen, die wie eine Springflut anschwollen und genauso schnell wieder verebbten, weil sie keine Nahrung bekamen.

Die Adventszeit, die Vorbereitungen auf das Fest, die Treffen rundum in der Nachbarschaft bei Glühwein und Kerzenschein brachten wieder etwas Ruhe auf die Insel.

* * *

Kurz vor Weihnachten meldete sich die Füchsin auf dem kleinen Dienstweg.

»Hallo Claas. Es gibt Neuigkeiten zu unserem Fall. Der Junge arbeitete als sogenannter Bodypacker, als Drogenkurier. Im Moment überprüfen wir, ob ein Zusammenhang mit ähnlichen Fällen bestehen. Aber hol dir erst mal einen Kaffee …«

»Moin, Claudia. Kaffee steht vor mir. Nun erzähl schon. Wir alle platzen hier fast vor Neugier.«

»Okay. Europol hat drei afrikanische Schlepper geschnappt, die in Auffanglagern nach gutaussehenden Jungen, so zwischen acht und zwölf Jahren, Ausschau halten. Denen versprechen sie eine sichere Überfahrt nach Europa, wenn sie bereit sind, ein paar Kondome zu schlucken.«

»So eine Schweinerei!« Claas hatte Mühe, sich zu beruhigen und wieder sachlich zu werden. »Und was ist da drin?«

»Kokain. Mindestens drei Beutel à vier bis fünf Gramm. Während des Transports bekommen die Kinder nur wenig zu essen und ein Mittel, das den Darm lahmlegt.«

Claas' Hände zitterten. »Und wenn sie ankommen, gibt's was, damit sie Durchfall bekommen?«

»Genau. Wenn sich einer wehrt, setzt es Prügel obendrein. Wir haben die blauen Flecken nur nicht gleich gesehen.«

»Wegen der Hautfarbe, klar.«

»Richtig. Eines der Kondome war angerissen. Er ist abgehauen, hat ein Boot geklaut und ist losgefahren. Unterwegs kam er in das Unwetter, außerdem muss ihm hundeübel geworden sein. Dazu kamen Herzprobleme und … und … und.«

Claas fand ihre Kunstpause unerträglich. »Und nu? Weiter!«

»Er ist bei euch gestrandet, wollte sich in Sicherheit bringen und ist letztendlich an einer akuten Kokain-Vergiftung gestorben. Ganz schön heftig, aber wer weiß, was ihm erspart geblieben ist.«

»Was soll das denn heißen?«, brüllte Claas ins Telefon, der sich kein schlimmeres Verbrechen an Kindern vorstellen mochte.

Claudia räusperte sich. »Wir arbeiten an einem ähnlichen Fall. Also, die Jungs, scheiden die Ware aus … Von denen stellen sie Bilder auf Pädophilen-Seiten … Man kann die Kinder ersteigern … Den Missbrauch filmen und das Ganze ins Netz stellen.«

Sie schluckte. »Wer das überlebt ist ein Wrack, ein Zombie.«

Claas' Finger, die seine Tasse umklammerten, wurden weiß. Sein Atem ging stoßweise. Er hatte selbst einen zehnjährigen Sohn. »Und die Eltern? Die lassen das zu?«

»Du machst dir keine Vorstellung von der Not, der Verzweiflung der Menschen dort. Was glaubst du wohl, weshalb sie ihr letztes Geld zusammenkratzen und sich von diesen Seelenverkäufern übers Meer schippern lassen. Und dann kommen welche, die dir versprechen, zumindest eines deiner Kinder sicher rüberzubringen. Die wollen doch glauben, dass ihre Söhne mit dem Schmuggel nur die Überfahrt bezahlen! Und sie können sich diese Grausamkeiten nicht vorstellen. Das konnte ich vorher auch nicht.«

Claas fühlte nur noch kalte Wut in sich. Er selbst wäre nicht in der Lage, in diesen Fällen zu ermitteln. Zuviel Vaterherz, zu wenig kühler Profi steckte in seiner Uniform.

»Claas, bist du noch dran?«

»Ja«, krächzte er. »Und jetzt sind sie also bei uns …«

»Tja, mein Lieber. Sie sind überall, wo es Küsten gibt. Oder Autobahnen. Skrupellosigkeit und Geldgier machen vor keiner Idylle Halt. Ach, übrigens haben die Techniker das Foto wieder einigermaßen hingekriegt. Ist wohl in Dadaab aufgenommen worden. Es zeigt unseren Toten mit zwei Erwachsenen, wahrscheinlich den Eltern, und zwei kleinen Mädchen.«

»Bitte: Wo?«

»In Kenia. Im weltweit größten Flüchtlingslager, mit rund 400.000 registrierten Menschen.«

Claas seufzte. »Da die Eltern zu finden – das klingt nach bannig viel Arbeit.«

»Ja, bestimmt. Aber es ist doch auch ein Hoffnungsschimmer. Du, ich muss jetzt zur Pressekonferenz. Ich halte dich auf dem Laufenden. Bis bald. Tschüss.«

»Danke, Claudia. Und viel Glück. Tschüss.«

Claas legte den Hörer beiseite. Sein Herz raste, er brauchte dringend frische Luft. Die Sache mit der Gier ging ihm nicht aus dem Kopf. Heins Geisterschiff spukte immer noch in seinem Hirn. Eine Warnung vor dem Tod des Jungen? Oder vor zunehmender Kriminalität, vor dem Zusammenbruch ihrer Dorfgemeinschaft, die eine Veränderung hin zu einem glitzernden Moloch mit sich bringen würde? Er schüttelte den Kopf. Das war doch alles Spökenkiekerei!

Draußen peitschte ihm ein eisiger Wind Schneekristalle, spitz wie kleine Nadeln, ins Gesicht, bis es brannte und die Augen tränten. Er schützte sie mit den Händen, wandte sich ab und blickte auf die See, so wie an jedem Abend, bevor er sich auf den Heimweg machte.

Vom Horizont her näherte sich wieder eine Nebelwand der Küste; der Sturm trieb drei blutrote, glühende Segel vor sich her. Die Gefahr war noch nicht vorbei. Noch lange nicht …

Luderplatz

Eckard Klages

Stille und Dunkelheit umgaben ihn auf dem langen Weg durch das Fintlandsmoor. Es dämmerte langsam, die Sonne war noch nicht zu sehen. Vogelstimmen drangen von allen Seiten an sein Ohr.

Er erschrak, als ein Reh direkt vor ihm aufsprang und sich in die Büsche schlug. So schnell hätte er sein Jagdgewehr nicht von der Schulter bekommen, um hier einen sicheren Schuss abzusetzen.

Er mochte es nicht, wenn Tiere leiden mussten, lieber verzichtete er auf einen Treffer. Er liebte die Bewohner des Waldes, aber sie vermehrten sich unkontrolliert und schädigten damit ihren eigenen Lebensbereich. Deshalb sah er es als seine Pflicht an, regulierend einzugreifen.

Die Schonzeiten waren jedem Jäger bekannt, keiner erschoss eine Ricke oder eine Sau, solange die Jungtiere klein waren. Robert hatte immer ein seltsames Gefühl, wenn er so früh am Morgen durch das Moor lief. Auch wenn es für einen Jäger die beste Tageszeit war und er sich dann allein wähnte.

Er bog jetzt nach links vom Weg ab und erschrak. Kleine Moorlichter tanzten, bis zu dem von ihm vor längerer Zeit angelegten Luderplatz. Er verharrte auf dem Moorpadd und beobachtete, was im Moor geschah.

Der Sage nach hatte eine Magd im »Rasteder Busch« ihr frischgeborenes Kind vergraben. Seither tanzten die Moorlichter um den im Moor vergrabenen Leichnam.

Im Fintlandsmoor gab es ebenfalls solche Stellen, auch wenn niemand wusste, wann und ob dort je ein Mensch vergraben worden war. Er ließ sich Zeit, bis die Lichter nicht mehr vor seinen Augen tanzten, näherte sich seinem Luderplatz und durchsuchte ihn.

Robert fand keine Reste seines letzten Besuches mehr, griff sich seinen Klappspaten, schaufelte ein wenig Erde beiseite und holte aus seinem Rucksack nicht zum Verzehr geeignete Reste eines Rehkitzes, das er zwei Tage zuvor an einem anderen Ort geschossen hatte.

Inzwischen war das Reh ausgenommen und das Fleisch eingefroren. Teile davon lagerten in Vakuumbeuteln im Kühlschrank. Nur beim Filet verlor er die Beherrschung. Kurz in Butter angebraten, mit einer Prise Salz und etwas Piment d'Espelette gewürzt. Das wunderbare Wildaroma kam so hervorragend zur Entfaltung und zusammen mit einem Glas Wein verspeiste er diesen absoluten Hochgenuss.

Robert grub die Rehreste nur ein wenig ein. In die Mitte des Luderplatzes legte er ein paar Kilogramm zerhacktes Fleisch von Susanne dazu. Anschließend streute er etwas Laub darüber und stapfte durch das Moor zurück zu seinem Auto. Auf dem Weg sah er sich noch einmal um, und wieder begleiteten ihn tanzende Moorlichter. Schnell setzte er sich ins Auto und fuhr den Weg zurück nach Hause. Langsam beruhigte sich sein Kreislauf. Er zog die Uniform an und fuhr zur Arbeit.

In der kleinen Zunft der Hobbyjäger war Robert sehr beliebt. Sie mochten den ruhigen und humorvollen Mann in ihrer Mitte, der immer so schöne Anekdoten aus seinem Dienst als Polizist erzählen konnte. Wenn ihm nichts Interessantes passiert war, erzählte er gern Geschichten aus anderen Dienststellen, die er dann und wann von Kollegen gehört hatte. Er drehte es so hin, dass seine Zuhörer der festen Überzeugung waren, er hätte das alles selbst erlebt.

Sie trafen sich einmal im Monat in ihrer Stammkneipe, tauschten Erlebnisse und Erfahrungen aus, erzählten sich Jägerlatein und diskutierten über Abschussquoten für den Wolf. Die zur Plage werdenden Wildschweinrudel, die sich durch die ungeheuer angewachsenen Maisfeldflächen in rasender Geschwindigkeit vermehrten, wurden von Monat zu Monat neu besprochen. Viel mehr Wildschweine als bisher konnten sie nicht erlegen. Noch mehr Wildschweinfleisch ließ sich nicht verwerten.

Robert fühlte sich wohl in diesem Kreis und blieb meistens bis zum Schluss. Um nicht in Schwierigkeiten zu geraten, fuhr er anschließend, häufig gut angeheitert, mit dem Taxi nach Hause. Robert war vernünftig. Nie würde er sich angetrunken hinter ein Steuer setzen. Das war er seinem Beruf schuldig.

»Sag mal, hast du mal was von Susanne gehört?«, fragte ihn Herbert, sein Jagdkumpel aus Linswege. Robert und Herbert waren die letzten Gäste, die in der Kneipe saßen.

»Ne, nichts. Sie hat mir den Abschiedsbrief auf den Tisch gelegt und ist mit zwei Koffern und ihrem Rucksack verschwunden. Das Auto hat sie hiergelassen, denn es gehörte ihr ja nicht, ist auf meinen Namen zugelassen. Sie ist vermutlich verschwunden, als ich zum Nachtdienst musste. Ich war an dem Tag sehr viel früher zu Hause als üblich, da war sie schon weg. Ich vermute, irgendeiner ihrer zahllosen Liebhaber hat sie abgeholt. Ich bin nicht mehr traurig. Sie hat mich jahrelang beschissen und betrogen, was bei meinen Dienstzeiten ja nicht so schwierig war. Sie hat wohl jemanden kennengelernt, der in Spanien auf dem Festland oder auf einer der Inseln ein deutsches Restaurant hat. Ich vermute, da lebt sie jetzt und arbeitet dort als Mädchen für alles.« Er zeigte ihm dazu eine obszöne Geste.

»Im letzten Jahr hat sie einen Intensivkurs Spanisch an der Volkshochschule belegt. Sie wollte den `Kopp am

Denken halten´, hat sie gesagt. Und sie wollte gern mal mit mir nach Spanien in den Urlaub. Bei uns war Urlaubssperre, so ist sie schließlich allein gefahren und hat eine Spanienrundreise mit dem Bus gebucht. Soll sie meinetwegen glücklich werden, wo immer sie sich auch rumtreibt, das verdammte Luder.«

Sie tranken einen letzten Schlenderschluck, während der Taxifahrer schon in der Tür stand und ließen sich dann nach Hause bringen.

Robert ging gern früh ins Bett, um vor dem Dienst auf die Jagd gehen zu können. Gerade hatte er großes Jagdglück gehabt. Auf dem Weg zu seinem Hochsitz stand ein Reh aus dem Gras auf und blickte sich um. Robert entsicherte vorsichtig sein Gewehr, zielte in aller Ruhe und drückte ab, als er sicher war, es mit einem Schuss töten zu können. Das Tier fiel auf der Stelle um und lag wieder dort in der Graskuhle, in der es vermutlich die Nacht verbracht hatte. Schnell zog er seine Beute zum Auto und packte es in die dafür vorgesehene Kühlbox.

Zuhause trug er die Box in seinen Hobbyraum, eine gut ausgerüstete, kleine Schlachterei. Alles gefliest, zwei Schlachterhaken an der Wand, zwei große Tiefkühltruhen, professionelle Messersets, ein Schneidetisch und mehrere Kühlboxen, um das Fleisch zu seinen Abnehmern zu bringen, oder um die Reste auf dem Luderplatz zu entsorgen.

Robert liebte diesen Anbau. Seine Frau hatte ihn nie betreten, sie ekelte sich davor, tote Tiere zu betrachten, vor allem, wenn sie gerade an der Wand hingen, um ausgenommen zu werden. An der Stirnseite standen einige Maschinen, die er einem Schlachtermeister abgekauft hatte, der seinen Betrieb aus Altersgründen aufgeben musste. So war Robert günstig an einen professionellen Fleischwolf, eine Wurstmaschine und an eine Knochenmühle gelangt.

Er zog das Reh mit den Hinterläufen an der Wand hoch, trennte den Bauchraum auf und ließ die Eingeweide in eine große Kühlbox fallen. Seine scharfen Messer leisteten ihm dabei gute Dienste. Heute Abend würde er diese Kühlbox an eine Stelle bringen, die ihm als Wildschweinplatz bekannt war. Eine Horde hielt sich in diesem Maisfeld auf und hatte häufig schon die Futterstelle erschnüffelt, bevor er wieder im Auto saß. Schon am anderen Morgen war auf den ersten Blick nichts mehr zu sehen. Die restlichen Spuren beseitigten Krähen, Würmer und Käfer.

Er zog dem Tier das Fell ab, eine etwas anstrengende Arbeit, bei der seine scharfen Messer wieder zum Einsatz kamen. Der Rest war schnell erledigt. Die besten Stücke wurden filetiert, Fleischstücke zu Hackfleisch verarbeitet, die Knochen zersägt und für den Luderplatz vorbereitet. Das Fell, die Knochen und den Schädel ließ er einmal durch seine Knochenmühle laufen, da die Bewohner des Waldes an dem Fell allein kein großes Interesse hatten.

Robert legte einige Fleischstücke des zerlegten Tieres in eine der beiden Tiefkühltruhen und musste plötzlich an Susanne denken. Wut kam in ihm auf, auf diese Frau, die ihn so heimtückisch betrogen hatte. Er war doch mit seiner Ehe so zufrieden gewesen. Hatte in der Wildschlachterei seinen persönlichen Rückzugsraum, konnte schalten und walten, wie er wollte. Seine Arbeit auf der Dienstelle gefiel ihm gut, mit den Kolleginnen und Kollegen kam er prima aus. Die Jagd und seine Jagdkumpane sorgten für zusätzliche Unterhaltung.

Susanne führte den Haushalt, arbeitete tagsüber in einem Krankenhauscafé und sah gerne Serien im Fernsehen. Sie ging häufiger mit ihren Freundinnen ins Kino oder zu diversen Kleinkunstveranstaltungen, die in der Region gerade angeboten wurden.

Robert hatte seine Frau auf seine Weise geliebt. Sie bekam alles, was sie für sich und den Haushalt benötigte, um Geld hatten sie sich nie gestritten, er vertraute ihr. Wenn sie sich sahen, wenn sie zusammen aßen, unterhielten sie sich nett, erzählten sich, was sie so erlebt hatten und kamen gut miteinander aus. Sie schliefen seit längerer Zeit getrennt, weil Robert häufiger sehr früh aufstand, um zur Jagd zu gehen. Susanne konnte nur schwer wieder einschlafen, wenn sie einmal wach war. Sein Beruf brachte es mit sich, dass er dienstlich häufig lange unterwegs war. Es kam ebenfalls vor, dass er mitten in der Nacht ins Polizeipräsidium fahren musste.

Der Alarmknopf an seinem Diensthandy signalisierte ihm einen Einsatz. Sie fuhren in eine Wohnung, die Robert schon von früheren Einsätzen her kannte. Die Frau war alkohol- und drogenabhängig, ihre Wohnung voller Müll und Dreck.

Sie lag nackt und zusammengekrümmt in der dreckigen Toilette, hatte sich erbrochen und war am ganzen Körper mit geronnenem Blut beschmiert. Die Leiche hatte schon längere Zeit dort gelegen. Ihm war schon vorher übel gewesen, jetzt musste er würgen.

Normalerweise konnte er solche Erlebnisse gut wegstecken, er war hart gesotten. Aber der Geruch, der Dreck und der fortgeschrittene Verwesungsprozess der Leiche setzten ihm heute zu, schließlich musste er sich übergeben. Als guter Polizist hatte er sich dafür das Spülbecken in der Küche ausgesucht, um die Spuren im Klo nicht zu überdecken.

Robert meldete sich beim Einsatzleiter ab und fuhr nach Hause. In diesem Zustand war er nicht dienstfähig. Susanne sieht bestimmt noch einen Film im Fernsehen, dachte er. Er wollte sie fest in die Arme schließen, um zu spüren, dass noch Leben in ihm war, dass das Leben auch schöne Seiten hatte und nicht nur die Abgründe, die er mal wieder erleben musste. Ein gemeinsames Bier, ein wenig plaudern, hoffentlich konnte er dann schlafen.

Er schloss die Haustür auf und fand Susanne in der Küche sitzend vor. Sie hatte drei Koffer bereitgestellt und war dabei ihren Rucksack zu packen, den sie so gern überall mit hinnahm, weil sie Handtaschen nicht leiden mochte.

Susanne bekam einen knallroten Kopf, ihre Hand zitterte, sie sprang auf, griff nach ihrem Handy, um ein Taxi zu rufen, packte das Handy wieder weg, weil sie spürte, dass sie so jetzt nicht mehr gehen konnte. Genau diese Situation hatte sie vermeiden wollen. Sie wollte ihn heimlich und ohne jedes Aufsehen verlassen. Einfach nicht mehr da sein, wenn er kam. Sie hatte sich gefragt, wann er überhaupt bemerken würde, dass sie nicht mehr da war, sich dann aber trotzdem für einen Abschiedsbrief entschieden. Robert begriff schnell und war geschockt. Auf der Stelle rebellierte sein Magen, und er musste wieder zum Klo.

»Ich habe dir einen Brief hingelegt«, sagte sie, als er zurück in die Küche kam, »ich kann so nicht weiterleben. Ich werde weit weggehen. Ich habe jemanden kennengelernt. Sei mir nicht böse, aber das hier ist nicht mehr mein Leben!« Roberts Gesicht verkrampfte sich zu einer Maske, er dachte daran, dass er seiner Frau ein absolut sorgenfreies Leben ermöglicht hatte und zum Dank dafür verließ sie ihn jetzt. Sie, mit der das Leben so schön und bequem war, wollte jetzt alles kaputtmachen. Er verlor die Beherrschung, schrie Susanne an, machte Schritte auf sie zu, schüttelte sie.

»Du scheiß Schlampe!«, schrie er immer wieder, »du verdammtes Luder.«

Sie schrie zurück: »Fass mich nicht an, du Schlappschwanz!«

Robert riss seinen Schlagstock aus dem Gürtel und schlug mit voller Kraft auf Susanne ein. Sie war schnell bewusstlos, außer einem »Nein!« hatte sie keinen Laut mehr herausgebracht. Er schlug immer und immer wieder zu, hatte die Kontrolle über sich verloren. Schließlich spürte er die Schmerzen in seinem verkrampften Arm.

Als er sich aufrichtete, sah er sofort, dass er Susanne totgeprügelt hatte. Das sagte ihm die Erfahrung seines langen Berufslebens. Er holte tief Luft, versuchte, seinen Atem zu kontrollieren, um sich zu beruhigen. Es gelang ihm nicht. Völlig fertig ließ er sich in der Küche auf einen Stuhl nieder.

Es dauerte lange, bis ihm allmählich bewusst wurde, was er da angerichtet hatte. Schließlich nahm er die Schnapsflasche aus dem Kühlschrank und trank daraus, als wäre es Wasser. Wohlige Wärme machte sich nach kurzer Zeit in ihm breit. Er kannte dieses Gefühl, es ließ ihn ruhig werden, sein Verstand funktionierte wieder etwas klarer. Dann griff er nach dem Brief auf dem Küchentisch und öffnete ihn.

Hallo Robert,

wenn du diesen Brief liest, bin ich schon weit weg. Ich habe und werde alle Spuren hinter mir verwischen. Gib dir keine Mühe, mich zu finden. Es würde dir sowieso nichts nützen.

Du willst sicher wissen, warum?

Wir sind schon lange kein richtiges Paar mehr. Du arbeitest, gehst zur Jagd, bist mit den Jägern unterwegs oder ziehst dich in deine Schlachterei zurück. Wir haben getrennte Schlafzimmer, du redest kaum noch mit mir, unsere einzige Gemeinsamkeit liegt darin, dass wir manchmal zusammen in die Flimmerkiste starren. Ich bin immer öfter allein ausgegangen, wenn du Nachtschicht hattest. Über das Internet habe ich einige Männer kennengelernt, es waren tolle Abenteuer dabei. Das hat mir geholfen, die Situation mit dir zu ertragen. Vor einiger Zeit habe ich mich allerdings ernsthaft verliebt und dadurch habe ich die Lust an anderen Abenteuern verloren. Zu diesem Mann werde ich jetzt gehen. Ich habe mir eine größere Summe Bargeld von unserem Sparbuch genommen. Die Kontokarten lasse ich dir hier. Weiteres Geld brauche ich nicht.

Ich wünsche dir alles Gute.

Susanne

Robert war entsetzt. Wie hatte Susanne mit ihm leben können? Ihn so freundlich begrüßen können, wenn er nach Hause kam? Sein WhatsApp-Account war voll mit Herzchen und Küsschen. Wie konnte ein Mensch derartig verlogen sein? Warum hatte er nie etwas bemerkt? Er war doch Polizist, ausgebildet und geschult.

Sie hatten so ein schönes Leben, und nun hatte sie alles zerstört. Susanne hatte mehr als den Tod verdient, davon war Robert fest überzeugt. Er war der Richter, nicht der Täter.

Vorsichtshalber löschte er das Licht im Haus, schaltete die Sicherungen für die Außenbeleuchtung ebenfalls aus und schleppte Susanne in seinen Hobbyraum. Der Knoten um ihre Handgelenke hielt, als er sie an der Wand hochzog. Mit dem Messer schnitt er ihr die Kleider vom Leib und begann sie waidgerecht zu zerlegen. Er arbeitete schnell und professionell wie immer, nahm noch ein Wasserglas voll Schnaps aus der Flasche und verstaute die zerkleinerten Teile seiner Frau, in handliche Pakete verpackt, in die unteren Fächer seiner Tiefkühltruhen.

Am Anfang ihrer Beziehung hatte er sich darauf eingelassen, Herzchen, Küsschen, Rosen und diesen ganzen Mist, mit dem er nichts anfangen konnte, per Handy auszutauschen. Das war wohl der Preis dafür, dass er zum ersten Mal so viel Sex mit einer Frau haben konnte, wie er wollte. Vor Susanne hatte er in dieser Hinsicht nicht viel erlebt. Ab und zu mal eine schnelle Nummer mit einer Polizeischülerin in der Ausbildungskaserne und eine kurzzeitige Affäre mit einer Kollegin aus dem Büro, mehr war da nicht. Susannes anfängliche Leidenschaft war allerdings schnell erloschen. Es ergaben sich kaum noch Situationen, in denen es zu Sex hätte kommen können.

Hin und wieder verspürte er Lust, mit ihr zu schlafen. Jeder seiner Versuche, sich ihr zu nähern, scheiterte aber. Mal hatte sie ihre Tage, mal war sie zu müde und letztendlich hatte Robert es einfach aufgegeben. Er war zu unbeholfen, um eine Frau zu verführen. *Frauen haben vielleicht nicht so häufig sexuelle Bedürfnisse,* hört man ja immer wieder, dachte er und gab sich damit zufrieden. Robert liebte Susanne auf seine Weise und wollte sie auf keinen Fall verlieren. Mit dem fehlenden Sex kam er schon zurecht.

Die tiefen Fächer in der Tiefkühltruhe leerten sich so nach und nach. Susannes Innereien waren bei den Wildschweinen gelandet, den Rest hatte er zu Hackfleisch verarbeitet oder zermahlen.

Die Tiere des Waldes hatten sich an die reichhaltige Nahrung auf dem Luderplatz gewöhnt. Im Moor traute sich niemand, die ausgewiesenen und befestigten Wege zu verlassen. Es standen genug Warnschilder an den Wegen. Die Jäger wussten selbstverständlich, wo sie laufen konnten und woran man morastige Stellen erkannte. Robert ging regelmäßig ins Moor, obwohl ihm dabei nicht wohl war. Immer wieder verfolgten ihn die Moorlichter oder versuchten, ihn in morastiges Gelände zu leiten.

Er war froh, wenn er den Luderplatz wieder verlassen konnte. Er wusste schließlich, dass es kaum eine bessere Methode gab, eine Leiche spurlos verschwinden zu lassen.

Robert briet in der Küche mehrere Stücke Rehfilet, öffnete ein Glas Rotkohl und schob den Kartoffelauflauf in den Backofen. Dazu hatte er sich eine Dose Birnen aufgemacht und mit Preiselbeeren gefüllt. Er war kein exzellenter Koch, aber was er zubereitete, schmeckte gut und zu Besuch kam niemand. Er dachte an die Anfangszeit mit seiner Frau und daran, wie es wohl gewesen wäre, sich eine Freundin zuzulegen. Vielleicht eine Jägerin, die mit ihm Urlaub in Osteuropa machte, wo sie dann nach Herzenslust jagen konnten.

Das Telefon klingelte. Er drückte den grünen Knopf und sagte: »Robert Gramgerber.«

Es herrschte einen Augenblick lang Stille. Dann legte der Anrufer oder die Anruferin wieder auf. Auf dem Display stand: `Nummer unterdrückt´.

Robert kannte das schon. Er wusste aus der Dienststelle, dass Einbrecher auf diesem Wege abcheckten, ob ein Haus eventuell leer stand. Vor Dieben hatte er keine Angst. Sein Haus war ziemlich sicher und vor allem seine Schlachterei war so angelegt, dass kein ungebetener Gast eindringen konnte. Rund ums Haus hatte er Leuchtmittel mit Bewegungsmeldern kombiniert und mehrere Kameras, Sicherheitsverriegelungen und Alarmanlagen, die losdröhnten, wenn Glas splitterte. Er wusste, dass Einbrecher schnell weiterzogen, wenn irgendwelche Hindernisse auftauchten, schließlich hatten sie nicht viel Zeit.

Vielleicht war es ja auch ein verflossener Liebhaber, der den Kontakt zu Susanne wieder aufnehmen wollte, vielleicht der große Unbekannte aus Spanien?

Zwei Tage später klingelte das Telefon erneut. Er meldete sich und wartete darauf, dass der Anrufer wie zuvor auflegte. Diesmal war es angeblich ein Versicherungsvertreter, der seine Frau sprechen wollte.

»Meine Frau hat mich verlassen. In ihrem Abschiedsbrief stand kein Hinweis auf ihren neuen Aufenthaltsort. Ich vermute sie irgendwo in Spanien. Wenn Sie sie finden, bestellen Sie bitte einen schönen Gruß von mir. Ich komme auch ohne sie gut zurecht.«

Robert wusste, dass ihm nichts passieren konnte, es verschwanden zu viele Menschen jeden Tag. Als er die Vermisstenmeldung zusammen mit ihrem Abschiedsbrief abgeben hatte, sagte der Kollege tröstend: »Du weißt ja, dass es nichts bringt, in diesem Fall etwas zu unternehmen.«

Robert hatte wieder einmal schlecht geschlafen, in seinen Träumen geisterten Irrlichter durch das Haus und verfolgten ihn. Er war von seinem eigenen Schrei aufgewacht, saß zitternd im Bett und war durch und durch nassgeschwitzt. Sein Puls raste, sein Repertoire an Atemübungen reichte zur Beruhigung nicht aus.

Schließlich stand er auf, um endlich alle Reste seiner Frau auf dem Luderplatz zu entsorgen. Vielleicht beruhigte es ihn, wenn nichts mehr von ihr im Haus war, um endlich mal wieder eine Nacht durchschlafen zu können.

Es war fast noch dunkel, als er durch das Moor zu seinem Luderplatz stapfte. Wieder sah er diese Erscheinungen auf seinem Weg tanzen. Die Moorlichter sahen im frühen Morgennebel besonders gespenstisch aus.

Zwar wusste Robert, dass die Irrlichter ein natürliches Phänomen waren, aber das Wissen half ihm nicht, seine Angst zu überwinden. Er gruselte sich heute ganz besonders.

Der Schlafmangel zerrte an seinen Nerven, er fühlte sich schlapp und völlig ausgelaugt. Das Bild der Magd, die ihr Kind im Moor vergrub, sah er immer wieder vor seinem geistigen Auge. Die Angst hatte ihn im Griff, obwohl er nicht wusste, warum und wovor er sich fürchtete.

Er schlug einen anderen Weg ein, um sich dem Luderplatz von einer anderen Seite zu nähern. Sein Versuch, den Moorlichtern auszuweichen, scheiterte. Wieder blieb er lange stehen, merkte, wie die Kälte sich in ihm breitmachte, ging ein paar Schritte rückwärts, blieb wieder stehen, überlegte, sich durch das Gestrüpp einen Weg zu bahnen, ging noch ein paar Schritte rückwärts, stolperte schließlich über eine Birkenwurzel und fiel nach hinten in den Moorsee.

Schnell kam er wieder hoch, ein paar Schwimmzüge auf dem Rücken hielten ihn über Wasser. Er entfernte sich dadurch aber weiter vom Ufer. Schließlich richtete er sich auf und hielt sein Gewehr über Wasser, sackte mit den Füßen im Schlamm ein, versuchte, sich zu befreien, es gelang ihm aber nicht. Wenn er ein Bein anheben wollte, sackte er mit dem anderen Fuß umso tiefer in den Morast.

»Scheiße«, schrie er laut. Wäre irgendjemand in der Nähe gewesen, hätte er ihn gehört.

»Helft mir!«, brüllte er immer wieder durch das Moor. *So schnell versinke ich nicht*, schoss ihm als Gedanke durch den Kopf, aber befreien kann ich mich auch nicht. Sein Puls raste, er zitterte vor Kälte und Angst. *Es ist so ausweglos, wie mein ganzes Leben, ich will hier nicht jämmerlich absaufen.*

Wieder schrie Robert in das Morgengrauen. Er lauschte, hörte aber nur die ersten Vögel zwitschern. Robert spürte, wie ihn die Kraft verließ, wusste, dass er bald vor Schwäche und unterkühlt zusammensinken und absaufen würde.

Ein hasserfülltes »Scheiße« schrie er mit wahnsinniger Lautstärke, es galt Susanne. Er schob sich seine Jagdwaffe tief in den Mund und drückte mit ausgestreckter

Hand gegen den Abzug. In der Ferne bellte laut ein Hund.

Frau Boll verschwindet

Michael Kracht

Dienstag, 16:50 Uhr.

Um 17:00 Uhr sollte der Termin in Klostermoor sein; Hansen würde wieder mal zu spät kommen. Aber Herr Boll würde warten, das hatten sie so verabredet, weil Hansen nie genau wusste, wann er aus dem Büro loskam.

Kriminalhauptkommissar Hansen war bei der Polizeiinspektion Leer zuständig für Vermisstenfälle, und Katrin Boll, die Ehefrau von Heinz Boll, wurde seit nunmehr 8 Tagen vermisst.

Ihr Ehemann hatte erst telefonisch und dann auch persönlich bei der Polizeiwache in Rhauderfehn eine Vermisstenanzeige gemacht. Aber da waren noch ein paar Fragen offengeblieben, die Hansen persönlich abklären wollte.

Ein leichter Fall, da war sich Hansen sicher. Und in sieben Wochen würde er mit einem weiteren aufgeklärten Fall auf seinem persönlichen Konto in Rente gehen. Klostermoor, das liegt am äußersten südlichen Ende seiner Zuständigkeit. Wenige Meter weiter fängt bereits der Kreis Papenburg an.

Eine halbe Stunde später saß er in einem kleinen, älteren Einfamilienhaus Heinz Boll gegenüber und machte sich Notizen. »Herr Boll, was machen Sie beruflich?«

»Ich bin Vertreter, Verlagsvertreter. Ich arbeite für einen kleinen Verlag in Hessen, überwiegend Schulbücher. Vier Tage pro Woche bin ich unterwegs, in ganz Westdeutschland, bis runter nach Frankfurt. Die beiden anderen Kollegen betreuen Süddeutschland bzw. Ostdeutschland. Aber diese Woche habe ich mir frei genommen, bis ich weiß, was mit meiner Frau ist.«

»Und als Sie am letzten Montag losfuhren, war ihre Frau noch da?«

»Ja. Aber als ich Donnerstagabend heimkam, war sie weg, ohne eine Nachricht.«

»Und bis heute haben Sie keine Nachricht?«

»Nein, nichts. Ich habe alle Verwandten und Freunde abtelefoniert, aber niemand weiß, wo Katrin geblieben ist. Ich mache mir große Sorgen!«

»Kann es sein, dass sie verreist ist? Hat sie Kleidung mitgenommen?«

»Also, soweit ich sehen kann, ist alles da. Aber wissen Sie: Mit den Klamotten meiner Frau kenne ich mich nicht aus.«

Das kam Hansen eigenartig vor, die Bolls waren rund 20 Jahre verheiratet, da sollte der Ehemann die Garderobe seiner Frau doch kennen. Er verabschiedete sich. Viel hatte dieser Besuch nicht gebracht, außer dem unbestimmten Gefühl, dass irgendetwas nicht stimmte.

Boll war am Montag früh gegen 7 Uhr mit seinem Kombi nach Hessen aufgebrochen, da saß seine Frau noch am Frühstückstisch. Und als er Donnerstagabend gegen 20 Uhr wieder nach Hause kam, war alles unverändert, sogar das schmutzige Geschirr vom Frühstück am Montag stand noch auf dem Tisch. Nur Katrin Boll war nicht mehr da.

18:30 Uhr

Es war schon dunkel, als Hansen sich mit seinem alten Volvo auf den Heimweg machte, und vom Klostermoor zogen leichte Nebelschwaden herauf; aber das war im November nicht ungewöhnlich.

In Gedanken ging er nochmal das Gespräch mit Boll durch: Was hatte ihn da so irritiert? Er hielt viel auf seine Intuitionen, die hatten ihn schon oft auf die richtige Spur gebracht. Aber jetzt fiel ihm nichts ein.

Er legte die CD mit Mark Knopfler ein. Musik half ihm beim Nachdenken. »Sailing to Philadelphia« – ja, das würde er auch gerne. In ein paar Wochen, wenn er endlich seinen Ruhestand genießen konnte, wollte er mit seiner Frau auf Reisen gehen, vielleicht sogar nach Philadelphia?

Als er an seine Reisepläne dachte, musste er schmunzeln. Das würde Doro, seine Frau, überraschen, davon wusste sie noch gar nichts. Aber sie wäre begeistert, da war er sich sicher. Aber bis dahin musste dieser Fall …

Aus dem Augenwinkel sah er gerade noch von rechts eine weiße Figur auftauchen, gleich musste sie auf sein Auto prallen. Hansen trat mit voller Kraft auf die Bremse. Quietschend kam der Wagen zum Stehen, Hansen konnte ihn mit großer Mühe gerade noch in der Spur halten. Einen Aufprall hatte er nicht gehört.

Einmal tief durchatmen, dann konnte er aussteigen. Die Straße war völlig leer. Er ging mit der großen Taschenlampe in der Hand einige Meter zurück, bis zur Einmündung des schmalen Weges. Da war wohl die Person gewesen, aber auch da war nichts zu sehen, außer seinen deutlichen, schwarzen Bremsspuren auf dem Asphalt. Der unbefestigte Seitenweg war zum großen Teil mit Gras bewachsen, aber auch da war nichts zu sehen. Hansen schüttelte den Kopf. Er war sich doch ganz sicher …

19:30 Uhr

Hansen war nach einem kurzen Stopp in seinem Büro zu Hause angekommen. Doro saß in ihrem Lesesessel und hatte einen historischen Roman in der Hand.

»Ich habe dir ein paar belegte Brote gemacht, du hast ja sicher noch nichts gegessen, oder? Und ein Bier steht auch im Kühlschrank!«

»Ich staune immer wieder, wie gut du mich kennst. Danke dir!«

Mit seinem Brotteller in der Hand und dem Bier auf dem Tisch saß er anschließend vor der Tagesschau und merkte, dass Doro ihn von der Seite ansah, aber nichts sagte. Als er sich zu ihr umdrehte, lächelte sie nur.

»Nun sag schon, worüber du grübelst. Du schaust schon eine halbe Stunde in den Fernseher, hast aber bestimmt kein Wort gehört. Ich kenne deinen Gesichtsausdruck, wenn dich etwas beschäftigt.«

Hansen grinste. »Nicht lachen, aber ich habe heute Abend ein Gespenst gesehen.«

Und dann erzählte er in allen Details, was er in Klostermoor erlebt hatte. Doro lachte nicht, ganz im Gegenteil. Sie hörte aufmerksam zu. Als er zum Ende kam, stand sie mit einem nachdenklichen Gesichtsausdruck auf und ging zu dem großen Bücherregal. Sie schien ein bestimmtes Buch zu suchen, griff ganz oben zu einem schmalen, weißen Taschenbuch und fing an, darin zu blättern.

»Du hast die ›Weiße Frau‹ gesehen, mein Lieber. Und das sollte dir zu denken geben.«

»Ich habe WAS …?« Hansen war fassungslos, seine Doro neigte im Allgemeinen nicht zu Spökenkiekerei.

»Die weiße Frau, eine Berühmtheit! Hier,« dabei schlug sie das Buch auf, »sie ist schon an den verschiedensten Orten aufgetreten, auch hier in Ostfriesland, unter anderem in Aurich und in Dornum.«

Dann las Doro einige Zeilen aus dem Buch vor: »Man hatte sie nach dem Tod verscharrt; ihr Geist durfte aber in der ungeweihten Erde nicht ruhen. Er kam immer wieder heraus und erschien den Leuten in einem langen weißen Gewand, meistens, wenn ein Unschuldiger zu Tode kam. Sie werde aber verschwinden, wenn man entdeckt habe, wo ihr Leichnam ruht und derselbe in geweihter Erde bestattet worden sei.«

Doro schaute auf. »Erzähl mir von deinem Vermisstenfall. Kannst du ausschließen, dass diese Frau Boll einem Verbrechen zum Opfer gefallen ist?«

»Nein, das kann ich ganz und gar nicht. Im Gegenteil, ich hatte bei der Befragung des Ehemannes heute ein unbestimmtes Gefühl, dass etwas nicht stimmt. Vor allem, als er mir sagte, dass er die Kleidung seiner Frau nicht kennt, und deshalb nicht sagen kann, ob etwas fehlt.« Und nach einigem Nachdenken: »Ich denke, ich werde morgen nochmal nach Klostermoor rausfahren und die Saskia mitnehmen. Die ist zwar noch sehr neu bei uns, hat aber gute Ideen. Und zwei Paar Augen und Ohren sehen und hören mehr.«

* * *

Am nächsten Tag, 14:30 Uhr
»Saskia, Sie fahren heute Nachmittag mit mir nochmal raus nach Klostermoor. Achten Sie auf Details. Fragen Sie ruhig, wenn Ihnen etwas unklar ist.«

Saskia war stolz. Erst seit drei Monaten als Kriminalassistentin in der Gruppe, und schon durfte sie mit dem Chef zu Ermittlungen rausfahren. Bei Herrn Boll hatten sie sich angemeldet. Der schien nicht sehr begeistert von einer weiteren Befragung zu sein, hatte aber schließlich zugestimmt.

Auf dem Weg zum Hauseingang schaute Hansen gewohnheitsmäßig in den weißen VW Passat Kombi, der in der Einfahrt stand. Der Kofferraum war leer, aber zwischen Vorder- und Rücksitzen lag ein einsamer weißer Sportschuh auf dem Boden. Heinz Boll erwartete sie schon an der Haustür.

»Herr Boll, vor allem brauchen wir ein aktuelles Foto Ihrer Frau. Das würde uns die Suche erleichtern. Hat Ihre Frau Freundinnen hier im Ort?«

Boll überlegte lange. »Da ist höchstens die Inge. Inge Verfeen, die wohnt am Ende der Straße. Katrin ist öfters mit Inge zum Jogging gegangen. Sonst wüsste ich niemanden hier.«

»Dürfte ich mal schnell Ihre Toilette benutzen, Herr Boll«, fragte Saskia plötzlich.

»Ja klar, aber wir haben keine Gästetoilette. Sie müssten im ersten Stock das Bad benutzen. Stören Sie sich aber nicht an der Unordnung, meine Frau fehlt an allen Ecken.«

Als sie wieder in ihrem Dienstwagen saßen, lächelte Hansen. »Gut gemacht, Saskia. Ich hatte dieselbe Idee, aber Sie sind mir zuvorgekommen. Und? Haben Sie etwas gefunden?«

Saskia strahlte. »Die Frau ist sicher nicht verreist, Chef. Das Bad ist zwar einigermaßen aufgeräumt, und einige typische Toilettenartikel für Frauen sucht man vergeblich. Aber im Badezimmerteppich vor der Dusche hat mich etwas angefunkelt. Schauen Sie mal.«

Damit zog sie ein kleines Plastikbeutelchen aus der Hosentasche. Darin befand sich, nur beim genauen Hinsehen erkennbar, eine einzelne Kontaktlinse.

»Ich vermute, die ist der Frau Boll heruntergesprungen, als sie von ihrem Mann angegriffen wurde. Aber ein Kontaktlinsenträger würde niemals nur mit einer Linse verreisen. Ich fürchte, Frau Boll lebt nicht mehr.«

Hansen nickte »Ja, ich bin auch immer mehr davon überzeugt, dass wir es mit einem Gewaltverbrechen zu tun haben, und nicht bloß mit einer vermissten Frau. Gut, dass wir das Foto bekommen haben. Das hilft, wenn nötig, auch beim Identifizieren. Jetzt besuchen wir noch schnell diese Frau Verfeen, wenn wir schon einmal hier sind. Das müsste ja gleich hier das übernächste Haus sein.«

16:00 Uhr

Inge Verfeen war tatsächlich zu Hause und bat die beiden Ermittler herein. »Ja, das mit der Katrin ist seltsam. Wir haben uns sehr gut verstanden. Jeden Montagmorgen, wenn ihr Mann weg war, haben wir uns hier bei mir zum Jogging getroffen. Dann sind wir immer über die Feldwege und am Moor entlanggelaufen, dann über den kleinen Moorpfad zur Hauptstraße und dann wieder hierher zurück. Alles zusammen etwa eine halbe Stunde; nicht viel, aber es tat uns beiden sehr gut. Und letzten Montag ist Katrin nicht gekommen. Ich habe extra noch ein paar Minuten gewartet, aber sie kam nicht. Dann bin ich alleine gelaufen. Erst am Freitag habe ich dann gehört, dass die Katrin verschwunden ist. Wissen Sie, ich habe mit dem Heinz sonst keinen Kontakt, ich finde ihn nicht sehr sympathisch. Deshalb habe ich auch nicht nachgefragt.«

»Frau Verfeen, ist Ihnen denn am Montag bei Ihrem Jogginglauf irgendetwas aufgefallen? Irgendwas Besonderes? Haben Sie andere Leute auf der Straße getroffen, oder sind Ihnen Autos begegnet?«

Inge Verfeen dachte angestrengt nach. »Nein, da fällt mir nichts ein. Fußgänger waren überhaupt keine unterwegs. Und Autos ... Wissen Sie, man achtet ja nicht so darauf, wenn man nicht aufpasst. Aber da war nichts ... Oder doch: Als ich am Moor entlanggelaufen bin, habe ich ein Auto gehört, das muss mit laufendem Motor auf einem der Feldwege gestanden haben. Und als ich auf die Hauptstraße kam, ist ein heller Kombi aus dem nächsten Moorweg auf die Straße abgebogen. Ich habe noch gedacht ›Was macht denn der Heinz hier am Moor?‹, aber dann ist mir eingefallen, dass der Heinz schon 2 Stunden nach Hessen unterwegs sein musste.«

»Sie meinen Heinz Boll? Hat der einen hellen Kombi?«

»Ja, einen weißen VW Passat. Aber wie gesagt, der kann es nicht gewesen sein, der war ja gar nicht in der Nähe.«

Hansen und Saskia sahen sich an; beide hatten offenbar denselben Gedanken.

»Letzte Frage, Frau Verfeen. Aus welcher Richtung ist das Auto gekommen? Können Sie das beschreiben?«

»Das ist gar kein Problem. Das ist der zweite Weg rechts, wenn Sie aus Klostermoor herausgefahren sind. Auf beiden Seiten stehen ein paar Bäume, aber nach wenigen Metern kommt man direkt an den Moorsee. Der Weg wurde früher zum Torftransport benutzt, aber jetzt fährt da eigentlich niemand mehr lang. Führt ja auch nirgendwo hin, der Weg endet nach ein paar hundert Metern.«

16:45 Uhr

»Bevor es richtig dunkel wird, Saskia, schauen wir uns diesen Moorweg an.«

Gerade zog wieder leichter Nebel auf. Aber als sie aus dem Ort kamen, konnte man die lange schnurgerade Straße noch ziemlich weit einsehen. Dreihundert Meter weiter, am zweiten Moorweg rechts, bewegte sich etwas Weißes.

Hansens Blutdruck stieg schlagartig an. Aber es war nur eine Plastik-Obsttüte, die sich wohl im Wind an einem Ast der Bäume an der Einfahrt verfangen hatte, Hansens ›Weiße Frau‹.

»Meine Güte, da hat aber einer 'ne Notbremsung hingelegt.« Saskia deutete auf die deutlich sichtbaren, schwarzen Bremsspuren auf der Straße.

Hansen verschwieg lieber, wer das war. Er ließ seinen Wagen an der Einfahrt stehen und ging mit Saskia in den schmalen Weg. Sie nahmen vorsichtshalber die starke Taschenlampe mit und leuchteten rechts und links unter die Bäume und Büsche.

Nach etlichen Metern wurden die Bäume spärlicher, und man konnte zwischen den Stämmen die spiegelnde Wasserfläche des Moorsees erkennen.

»Chef, leuchten Sie mal hier unten hin«, rief Saskia. Sie war zwischen den Birken hindurchgekrochen und stand am Rand des Sees. Im starken Licht der Lampe konnte man in dem schwarzen Moorwasser in etwa einem halben Meter Tiefe eine Leiche erkennen, eine weibliche Leiche im Jogginganzug, die mit dem Rücken nach oben im Wasser lag. Am rechten Fuß fehlte der Sportschuh.

»Ich glaube, wir wissen beide, wer das ist, Saskia. Rufen Sie bitte mal die Kollegen von der Spurensicherung hierher. Die können das übernehmen.«

* * *

Einige Tage später lag ein unterschriebenes Geständnis von Heinz Boll vor. Konfrontiert mit den umfangreichen Ermittlungen und mit den Ergebnissen der

Obduktion brach er völlig zusammen. Die Ehe war schon lange zerbrochen. Er warf seiner Frau ständig ihr verschwenderisches Leben vor, und sie revanchierte sich mit Andeutungen über seine verschiedensten Liebschaften in ganz Deutschland. An dem bewussten Montagmorgen war er aus völlig nichtigem Anlass ausgerastet und hatte seine Frau erwürgt.

* * *

Zwei Wochen später, nach Abschluss aller Untersuchungen, konnte die Leiche von Katrin Boll auf dem kleinen Friedhof von Klostermoor unter großer Anteilnahme der örtlichen Bevölkerung beigesetzt werden.

Die ›Weiße Frau‹ konnte nun Ruhe finden. Sie wurde seitdem auch nie wieder gesehen.

Wie ein Schmetterling im Spinnennetz

Svetlana Negro

Oberhalb von St. Leonardo im Passeiertal, in Südtirol, ragen die Trümmer der uralten Jaufenburg aus dem Wald empor. Sie wurde im 13. und 14. Jahrhundert von den Herren von Passeier erbaut. Zu manchen Zeiten wird in deren alten Mauern ein blasses Fräulein erblickt, das aus den Fenstern der Burg heraus weint. Sie hat blonde Haare, die ihr bis zu den Füßen reichen und geisterhaft im Wind wehen. Der Geist blickt stets nach St. Leonardo hinab, mit Gebärden, als wollte er sich hinunterstürzen und seinen brennenden Schmerz, wahrscheinlich Liebeskummer, in dem wild dahinrauschenden Waltener Bach kühlen.

* * *

Schnellen Schrittes eilte Adeline zum Fluss. In vollem Lauf prallte sie mit ihren Händen und der Brust auf die hölzernen Handläufe der Brücke, dann stellte sie die Ellenbogen auf das Holz und ließ ihren Kopf auf die Hände sinken. Die dreigeschossige Pension altehrwürdiger Architektur, in der sie mit ihrem Vater die Sommerferien verbrachte, grenzte mit dem Garten direkt an die Passer.

Im Kopf hallten die letzten Worte wider, die sie in einem unkontrollierten Anfall gegen ihren Vater ausgestoßen hatte: »Lass mich in Ruhe, sonst bringe ich mich um!«

Sie hatten sich in letzter Zeit oft gestritten. Der Grund dafür: ihr, Adelines Benehmen. Alles hatte an dem Tag begonnen, als die Mutter starb und sie allein mit ihrem Adoptivvater blieb.

»Entscheide dich!«, befahl das Mädchen sich selbst. »Jetzt …«.

Blass und bange, am ganzen Körper zitternd, kletterte sie über die Brüstung und erstarrte. Das Wasser raste dahin und seine Energie schleuderte die schäumenden Wellen auf die Steine. Eine frische Kühle stieg vom Fluss hoch. Über dem Wasser flitzten bunte Schmetterlinge und Libellen, alles so urig und unschuldig, wie es nur in der Natur vorkommt.

Vor Adelines Augen schwebte das Gesicht ihrer Mutter. Das geliebte Mütterchen war vor einem Jahr gegangen, aber der Schmerz des Verlusts ging nicht vorüber. Gespräche mit Psychotherapeuten halfen kaum. Die verschriebenen Pillen schufen nur einen Anschein von Ruhe. Adeline erinnerte sich jeden Tag an Mutters wunderschönes Gesicht und an ihre Augen, die oft besorgt und traurig schauten, als ob die Mutter das schlimme Ende ahnte.

Wie ich auch … zapple nur wie ein Schmetterling im Spinnennetz. Was hat so ein Leben? Liebe Mama, bis gleich …

Auf ihrem Gesicht zeichnete sich verzweifelte Entschlossenheit ab. Sie bemerkte nicht, wie ein Kanu am Ufer anlegte.

»He, du Verrückte! Was hast du vor?«

Eine fremde Stimme holte Adeline aus der Entrückung. Im selben Moment spürte sie, dass jemand ihren Körper anfasste. Das Mädchen schrie und in der nächsten Sekunde fühlte sie sich gepackt und in die Luft gezogen. Ihre Füße landeten auf den hölzernen Brückenbohlen. Vor ihr stand ein etwa sechzehnjähriger Junge: Er war groß, schlank, mit bronzefarbener Bräune auf dem schönen Gesicht, und aus irgendeinem Grund wirkte er sehr erschrocken. Adeline war immer noch verwirrt und blickte nur stumm in sein Gesicht. Erstaunt bemerkte sie, dass ihr der Junge gefiel.

»Was willst du?«, fragte sie verlegen.

»Was ich will?«, staunte er. »Wolltest du dich etwa im Passirio ertränken, so eine Verrückte!«

»Geht dich nichts an!« Adeline atmete schnell und flach, abrupt wendete sie sich ab, um wegzurennen, aber er umschloss schnell ihr Handgelenk. »He, du, warte …«

Adeline wehrte sich und schrie etwas. Durch ihren eigenen Schrei gedämpft, kamen seine Worte wie aus der Ferne zu ihr:

»Beruhige dich … Alles wird gut, Kleine …«

Ihre Knie wurden weich. Sie wandte ihm das Gesicht zu. Ein freundliches Lächeln spielte auf seinen Lippen. Adeline seufze und brach plötzlich in Tränen aus. Er umarmte sie und drückte sie fest an seine gebräunte Brust. Aus seiner Haut und Kleidung kam ein leiser Hauch von Minze.

Trotz Angst und Adrenalin keimte in der Brust des Mädchens ein wunderschönes Gefühl: Ein bisher unbekanntes Glück überkam sie plötzlich und damit die Lust auf Leben. Adeline ahnte, dass sie sich zum ersten Mal verliebt hatte.

* * *

Sie trafen sich insgeheim. Adeline ging neben ihrem neuen Freund Raffael die menschenleeren Wege und Straßen entlang, schaute ihn verstohlen an, bewunderte sein männliches Gesicht und den dünnen schwarzen Bart. Sie lächelte die Sonne an, genoss den Minzduft, der von ihm ausging, schaute in den blauen Tiroler Himmel und dachte: *Wie schön, dass ich nicht gestorben bin.*

Sie trafen sich an der Passer, saßen eng beieinander und unterhielten sich so, dass sich ihre Lippen fast berührten. Adeline erzählte, wie ihre Mutter starb, wie sehr sie sie vermisste, und dass sie deswegen von der Brücke springen wollte.

»Uff, ich habe Angst vor Wasserleichen«, sagte Raffael.

»Stimmt, sie sind gruselig«, nickte Adeline.

»Und letztes Jahr hat ein Mädel aus unserem Dorf sich vergiftet. Das war nur etwas älter als du.« Raffael runzelte die Stirn.

Adeline blinzelte erschrocken. »Ist sie tot?«

»Ja, sicher.«

»Weswegen?«

»Unerwiderte Liebe«, seufzte Raffael mit dem Blick eines Kenners. »Schau dort, siehst du den Strauch direkt am Wasser und die roten Beeren daran? Du darfst sie nicht anfassen. Sie sind das Gift!«

»Konnte man sie denn nicht retten?«

Raffael schüttelte den Kopf.

»Na-a-a, sie hat es idiotensicher angestellt und sich die Pulsadern aufgeschnitten, nachdem sie die Beeren gegessen hatte. Man sagt, dass sie in ihrem Bauch gefunden wurden.«

An diesem Abend, bei Sonnenuntergang, küssten sie sich zum ersten Mal. Später, Adeline in seinem Arm haltend, hatte Raffael ihr anvertraut, dass er Waisenkind sei und die Schule hinschmeiße und dass es im Dorf keine Arbeit für ihn gebe. Adeline seufzte, tröstete ihn und flüsterte mit sanfter Stimme: »Alles wird gut«, nannte den Jungen beim Kosenamen und strich ihm über sein hartes, schwarzes Haar.

Als er verstummte, erschien ein entschlossener, erwachsener Ausdruck auf ihrem zarten Kindergesicht, und sie sagte mit leicht zitternder Stimme: »Komm mit uns nach Deutschland!«

»Ist das dein Ernst?« Er war überrascht. »Was sagt dein Alter dazu?«

»Ich werde ihn überreden«, versprach Adeline und senkte den Kopf.

»Wie denn?«

»Ich werde Vati sagen, dass du niemanden hast.«

»Soll ich ihm sagen, dass ich dich liebe?«

Adeline schüttelte den Kopf. »Jetzt nicht. Es ist besser, etwas abzuwarten, bis du bei uns wohnst.«

»Prinzessin«, er hob sie hoch, drehte sich mit ihr im Kreis und ließ sie auf dem von der Sonne aufgewärmten Moos nieder. »Sei mia Principessa, sai?«

»Es ist dunkel, ich gehe jetzt lieber«, flüsterte Adeline, »sonst schimpft der Vater noch.«

»Bitte bleib …«

Sein schönes Gesicht beugte sich über ihres. Ihre Augen spiegelten sich in der schwarzen Tiefe seiner Augen wider. Sein Duft drang in ihre Nase.

»Lieber Raffael …«, flüsterte das Mädchen. Wie in eine Wasseruntiefe warf sie sich in seine Arme.

* * *

Es wurde dunkel. Walter Schulz duckte sich zu Boden und erstarrte im Dickicht. Er war sich im Klaren: Etwas bewegte sich zwischen den Bäumen. Vor dem

Abendbrot war es ihm gelungen, auf den WhatsApp-Chat seiner Tochter mit einem mysteriösen »RAFF-Smiley-Herzchen« ein Auge zu werfen, aus dem er schließen konnte, dass es sich dabei um einen neuen Schwarm der Tochter handelte: »Prinzessin, treffen wir uns heute Abend?«

»Ich werde versuchen zu entkommen.«

»An unserem Platz, neben der Brücke.«

»Aber nur kurz, während Vater Poker spielt.«

»Ich werde warten.«

Das, was er für einen Baumstamm hielt, erwies sich als Mensch, ziemlich groß und ganz in Schwarz geklei-det. Der Fremde stand still vor einem Busch mit purpurroten Beeren, dann drehte er sich um und ging langsam den Weg zum Fluss entlang, sich der Stelle nä-hernd, wo Walter auf der Lauer lag. Der Unbekannte hatte eine Kapuze auf dem Kopf, so dass sein Gesicht in der aufkommenden Dämmerung nur teilweise sicht-bar war. Walter wusste nicht, ob es ein Junge war, ein erwachsener Mann oder ein überfälliger Pilzsammler. Und plötzlich sah er seine junge Tochter, die dem Fremden entgegenging.

Ihr langes blondes Haar wehte ihr über die Schulter, gleichsam wie von einem unsichtbaren Wind bewegt. Ein Träger ihres kurzen, offenherzigen Kleides rutsch-te ihr unschuldig von der Schulter. Zarte Füße, die in geflochtenen Sandaletten steckten, berührten leise das Gras.

Der Fremde in der Kapuze, der in diesem Moment jegliche Vorsicht vergaß, eilte zu ihr. Seine starken Arme schlangen sich um ihren zarten Körper. Er hob sie leicht an und drehte sich mit ihr im Kreis. Sie lachte glücklich und, verzaubert durch die Magie der Liebe, vergaßen die jungen Verliebten alles um sich herum. Schließlich stellte der Junge Adeline wieder auf die Beine und flüsterte: »Mia cara ragazza, meine wunderschöne Prinzessin, ti amo!«

»Ti amo anche, caro. Ich bin dein, für immer.«

Walters Atmung wurde schneller, heftiger. Solch ungeheures Verlangen lag in der Stimme seines kleinen Mädchens. In seinen Schläfen pochte Blut, vor den Augen wurde es dunkel, als er die leise Stimme seiner Tochter hörte und jedes ihrer Worte wie ein Messer in sein Herz stach:

»Der Alte dreht durch, wenn ich nicht gleich zurück bin.«

»Gehst du schon? Ich sterbe ohne deine Küsse …«

»Ich habe eine Idee, hier ist etwas für dich.« Mit diesen Worten zog Adeline eine Lederschnur mit dem Schlüssel für ihr Apartment vom Hals und reichte ihn dem Jungen. »Komm heute nach Mitternacht, nachdem der Alte eingeschlafen ist.«

Er wollte gerade den Schlüssel nehmen, aber Walter kam ihm zuvor. Wie ein wilder Tiger sprang er aus den Büschen, griff grob nach dem Arm seiner Tochter und riss ihr die Schnur mit dem Schlüssel aus der Hand.

»Schamloses Stück! Geh sofort nach Hause, und wag es ja nicht, ihn zu treffen!«

»Daddy …« Adelines Stimme zitterte. »Du hast das falsch verstanden!«

»Und du, mit dir möchte ich jetzt reden!«, fuhr Walter fort und sah den Jungen an.

»Bitte, Vati, nein!«, schluchzte Adeline. »Raffael ist ein Guter!«

»Wir lieben uns!«, rief der Junge eifrig aus.

Walter musterte den Burschen mit einem langen Blick und lachte plötzlich laut.

»Na gut, Raffael, mein Guter, lass uns ein paar Schritte gehen.« Er klopfte ihm auf die Schulter.

»Wohin?«

»Hab keine Angst, ich begleite dich nur ein Stück nach Hause. Und auf dem Weg reden wir über eure Liebe.«

»Ich muss zuerst das Kanu auf das Ufer holen.«

»Wo ist dein Boot?«

»Hinter der Brücke an der Pier.«

Hastig rannte Adeline zur Pension. Dort stand sie noch lange im dunklen Garten und schaute mit verweinten Augen in Richtung Passer, da, wo die Rücken ihres Vaters und ihres Liebsten verschwanden.

* * *

Vergebens wartete Adeline am nächsten Tag auf Nachrichten von Raffael. Er ging nicht ans Handy und ignorierte ihre SMS. Adeline saß in der Pension auf der Terrasse und zum hundertsten Mal las sie die letzte Nachricht von Raffael: »Ti amo, principessa«. Sie verstand nicht, warum er verschwunden war.

Adeline wollte von den Jungen im Dorf wissen, ob sie was von Raffael gehört hatten. Am Nachmittag war sie in Signor Pietros Gelateria, sprach mit dem Besitzer, der Raffael gleichzeitig eine Art Beichtvater und Vertrauter war, unverstellt-ehrlich, sprach wimmernd mit seiner Frau und der Schwiegermutter, aber niemand wusste, wo Raffael sein könnte. Zwei Tage später tauchten Carabinieri im Dorf auf, und es verbreitete sich sofort das Gerücht, dass etwas Schlimmes passiert war.

Eines Abends stellte Adeline ihren Vater zur Rede:

»Warum hast du den Carabinieri nichts erzählt?«

»Was hätte ich ihnen genau sagen sollen, Mäuschen?«

»Dass wir Raffael vermutlich als Letzte gesehen haben!«

»Aber das wissen wir ja nicht sicher.«

»Wir hätten es trotzdem sagen sollen«, schlug Adeline unsicher vor.

»Willst du unbedingt aufs Revier? Brennst du darauf, dort allen zu erzählen, was du mit dem Kerl im Wald getrieben hast?«

Das Mädchen schüttelte den Kopf.

»Was hast du ihm denn gesagt?«, fragte sie verlegen.

»Das ist irrelevant, obwohl ...« Walter seufzte. »Was denkst du, was hätte ich ihm sagen können? Ich kann dich nicht nachts zu ihm gehen lassen. Du bist erst dreizehn. Wenn er dich weiter sehen möchte, muss er schon hierher kommen.«

Adeline schaute ihren Vater misstrauisch an. »Ist das wahr?«

»Wieso sollte ich dich anlügen? Wenn du willst, werden wir morgen zusammen mit den anderen nach deinem Romeo auf die Suche gehen. Ich bin mir aber sicher, dass er in ein paar Tagen selbst wieder auftaucht.«

Raffael tauchte jedoch nicht auf. Die Freiwilligen-Truppen durchkämmten tagelang den Wald, ohne Ergebnisse. Die Carabinieri befragten die Zeugen, die aussagten, dass sie Raffael am Abend vor seinem Verschwinden mit dem Kanu am Fluss gesehen hatten. Nach anderthalb Wochen wurde in der Gemeinde von St. Leonardo die Trauer um den Vermissten Raffael Giuliano erklärt. Das Wrack seines versunkenen Bootes wurde in der Nähe von St. Martin aufgefunden und wenige Tage später entdeckten Angler dort einen leblosen, männlichen Körper.

Die Polizei gehe von einem Unfall aus, berichtete eine lokale Zeitung. Die Staatsanwaltschaft ermittelte jedoch wegen eines Tötungsdelikts.

Da der Vermisste ein Waisenkind war, erschien niemand zur Leichenschau. Der Leichnam wurde in die

Rechtsmedizin verbracht. Die Obduktion war erschwert, da der Körper mehr als zehn Tage im Wasser gelegen hatte.

Es würde einige Wochen oder sogar Monate dauern, bis die Rechtsmediziner und Kriminaltechniker mit Gewissheit sagen könnten, ob es sich bei dem Toten um Raffael Giuliano handelte, berichtete ebenda die Zeitung. Bis dato wurde der junge Mann für vermisst erklärt.

* * *

Adelines Herz loderte vor Trauer und brennendem Schmerz. Sie saß am Ufer und schaute schweigsam auf den unruhigen und schäumenden Strom der Passer. Trost und Besänftigung wollte sie in deren kaltem Wasser finden. Der Fluss zog sie heute besonders an. Die Anziehungskraft war so stark, fast wie eine Sucht. In einer Hand hielt das Mädchen ein Büschel reifer, purpurroter Beeren.

»Adeline, was machst du hier? Ich habe mir Sorgen gemacht …« Aus dem Wald kam eilig ihr Vater gelaufen, streichelte ihre Schultern und umarmte sie.

»Ich will nicht mehr leben …«, murmelte das Mädchen leise.

Besorgt und aufgebracht, mit den Nerven am Ende packte Walter grob die Hand der Tochter.

Die Gäste, die an diesem Tag auf der Terrasse ihren Brunch aßen, wurden zu unfreiwilligen Zeugen einer ungewöhnlichen Szene: Ein imposanter, gutaussehender Mann Mitte 40 zog eine Teenagerin hinter sich her.

»Das reicht jetzt! Wir fahren heim!«, erklang es etwas später aus dem Fenster ihres Apartments.

* * *

Adeline hatte sich im Badezimmer eingeschlossen. Sie verriegelte die Tür und erstarrte vor dem Spiegel. Ein blasses und verängstigtes Mädchen schaute sie an. Mit vor Aufregung aufgerissenen Augen betrachtete Adeline ihr Abbild. Dieses führte eine purpurrote Beere an die Lippen und biss darauf. Kaum jedoch berührte der zuckersüße Saft ihren Gaumen, spuckte Adeline hektisch die Beere aus und spülte den Mund.

»Kleines, ist alles in Ordnung?«, fragte ihr besorgter Vater, nachdem sie ihm auf seine Bitte hin eine Minute später die Tür aufmachte.

Adeline nickte. Er nahm ihre Hand und sie folgte ihm gehorsam ins Schlafzimmer.

Das geräumige Zimmer mit einem Doppelbett in der Mitte, durch die heruntergefahrenen Rollos immer verdunkelt, war kühl. Der Vater setzte sich auf seiner Seite aufs Bett. Er schaute die Tochter vorwurfsvoll an. Adeline ließ sich zu seinen Füßen auf den Boden nieder und sah zu ihm auf, lächelte sanft und schuldbewusst. Ihr Gesicht wirkte blass und eingefallen. Die Stimme zitterte leicht, als sie sprach:

»Bitte entschuldige, lieber Papa.«

»Das habe ich nicht von dir erwartet.«

»Warum sagst du das?«

»Du weißt ja, wie sehr ich dich liebe. Und du wolltest mich wirklich verlassen?«

Adeline neigte ihren Kopf und flüsterte:

»Papa, früher oder später muss es sowieso passieren, weil ich erwachsen werde …«

»Ich weiß, Mäuschen, aber ich dachte, dieser Tag kommt nicht so schnell.«

»Eines Tages geht alles zu Ende, du hast mir das selbst beigebracht.«

Unter den Falten ihres kurzen Rocks konnte Walter ihren rosafarbenen Slip zwischen ihren schlanken, gebräunten Beinen sehen. Er drehte den Kopf beiseite, trotzdem konnte er nicht wegschauen. Ruckartig hob er das Mädchen hoch und setzte es auf seinen Schoß.

»Niemand weiß, dass ich nicht dein echter Daddy bin«, flüsterte er ihr ins Ohr, »und niemand wird es jemals erfahren, wenn wir unser Geheimnis weiter hüten. Deshalb ist es unklar, ob es endet und wann. Und jetzt küss mich bitte, meine Süße, ich habe dich so vermisst …«

Gehorsam küsste Adeline ihren Vater auf die Stirn, dann berührten ihre sanften Lippen seinen rauen Mund. Ihre kleine Mädchenbrust drückte sich an seine und Adeline seufzte.

Aber dieser Seufzer hörte sich an wie ein Wimmern.

* * *

Als Vater und Tochter abends in die Gelateria gingen, bemerkten die Gäste auf der Terrasse, dass der Vater zwar wieder die Hand des Mädchens nicht aus seiner ließ, aber er drückte sie nicht mehr so fest und grob wie am Morgen.

Die Kellnerin brachte ihnen zwei Becher mit weißen, gelben und roten Kugeln. Mit Himbeeren, Blaubeeren und Obststückchen geschmückt, lächelten die Kugeln sie mit lustigen Gesichtern an. Darüber wurde Sirup gegossen und Nusskrümel gestreut. Plötzlich brach Adeline in Tränen aus und schlug ihre Arme um den Hals ihres Vaters.

»Was ist mit dir?« Walter war verwirrt.

Ohne seinen Hals loszulassen, kletterte Adeline auf seinen Schoß.

»Was ist los, Mäuschen?«

»Verzeih mir, lieber Daddy«, flüsterte Adeline und küsste seine stachelige Wange.

Einige der Besucher drehten sich zu ihnen um, aber von der emotionalen Szene peinlich berührt, blickten sie wieder beiseite, sodass niemand von ihnen bemerkte, wie die purpurroten Beeren in einer der Eis-Portionen landeten.

* * *

Der am Vortag geplanten Wanderung »Jaufenburg – Sonnenrundgang« stand nichts im Wege. Am Karleggerweg Nr. 12 in St. Leonardo erreichten Vater und Tochter die Hängebrücke, wo man den Waltner Bach überquert, und von dort begaben sie sich zur Jaufenburg. Sie wanderten umher und gingen dann zu der Heilig-Kreuz-Kapelle. Von dort, der Beschilderung »Sonnenrundgang« folgend, wollten sie wieder nach St. Leonardo absteigen, als Walter sich plötzlich unwohl fühlte.

Adeline schaute misstrauisch in sein glutrot verfärbtes Gesicht, als er zu Boden sank. Sein Ausdruck veränderte sich rasch und schon verzerrte es sich zu einer Schmerzgrimasse. Er knirschte mit den Zähnen. Verängstigt trat Adeline einen Schritt zurück.

»Was ist los mit dir, Daddy?«, fragte sie mit zitternder Stimme.

Walter packte sich an den Bauch und wälzte sich auf dem Gras: »Etwas stimmt nicht mit mir … Ruf Hilfe, ruf mir einen Krankenwagen …«

Sein Gesicht wurde auf einmal blass und seine Hautfarbe wechselte ins grün-grauliche. Ein feuchter, glänzender Film, der aussah wie Schneckenschleim, bedeckte seine Haut. Schweiß lief über seine Stirn, während sich auf seinen Lippen ein weißer Schaum sammelte, den Adeline noch nie bei Menschen gesehen hatte. Sie setzte sich auf einen Stein, erstarrte in angespannter Stille und beobachte diese Szene. Plötzlich, als ob er vom Boden selbst aufgeworfen würde, sprang der Vater auf und stürmte los.

»Zu Hilfe … 'nen Arzt …« Seine Stimme klang hohl und dumpf.

Adeline rannte ihm nach. Sie hatte keine Angst. Es war nur der sportliche Eifer, der sie antrieb, ihn einzuholen und in diesem Spiel zu gewinnen. Am Rand der Klippe bremste der Vater abrupt, als wäre er zur Besinnung gekommen, und fiel schwer zu Boden. Er drehte sich mit seinem schrecklichen, blau-grün-gräulichen Gesicht zu ihr um und erstarrte. Ab und zu schnappte er nach Luft und stöhnte. Seine Arme und Beine zuckten krampfhaft wie bei einer Marionette an Fäden. Adeline näherte sich ihm vorsichtig und blieb vor seinen Füßen stehen.

Minuten vergingen. Sein Gesicht nahm zunehmend eine schmutzige, erdig-graue, dem Waldboden ähnliche Farbe an. Seine Augen schauten bereits mit dem starren Blick eines Toten an ihr vorbei. Sein Körper krümmte sich in Krämpfen. Er biss die Zähne zusammen, stöhnte, rollte mit den glasigen Augen, aber lebte immer noch. Adeline sah sich hilflos um. Es war still. Sie hörte nur das fröhliche Zwitschern der Vögel und irgendwo unterhalb rauschte leise das Wasser.

Wie von einer fremden Kraft überwältigt, sank das Mädchen zu Boden, lehnte den Rücken gegen einen Baumstamm, stemmte die Beine gegen den Rumpf ihres Vaters und stieß ihn ab. »Das ist für Raffael, lieber Papa …« Langsam rollte er den steilen Abhang hinunter, drehte sich von einer Seite auf die andere und verschwand aus ihrem Blickfeld. Irgendwo unten waren Wasserspritzer zu hören. Zitternd kroch Adeline zum Rand des Abhanges. Der Körper wurde von der schnellen Strömung aufgegriffen und über den steinigen Flussboden hinweggefegt, weg aus ihrem Leben.

Das Mädchen streckte sich erschöpft im Gras aus und drehte das Gesicht zum Himmel. Nur die Alpen blickten schweigsam herab, majestätisch, besonnen und groß. Die Dämmerung verdichtete sich langsam über ihrem Kopf. Während der Himmel noch blass war, wurden die Bäume bereits vom schwarzen Umhang der Nacht verschlungen. Adeline verlor völlig das Zeitgefühl und löste sich selbstvergessen in ihrer stillen Dunkelheit auf.

Sie kam zu sich, aufgeschreckt von einem Vogelschrei. In der Ferne hörte sie Gelächter und fröhliche Menschenstimmen. Eine verspätete Touristengruppe kehrte von der Route zurück. Adeline stand auf, schüttelte ihre Kleidung ab und machte sich einen Zopf. Die

grausame Seele einer Löwin in sich verspürend, folgte
sie der Gruppe.

Seitdem ist das Mädchen in St. Leonardo nicht mehr
gesehen worden. Einige sagen, dass sie von einem
Bergmenschen entführt wurde, andere, dass sie mit
ihrem Vater in den Bergen verunglückt sei.

Und nur die Weisen in Tirol, die sich über den Kreislauf der Dinge im Universum im Klaren sind, wissen:
Jede Geschichte neigt dazu, sich zu wiederholen.

Der Geist der Hebamme

Sabine Petersen

Bärbel tastete geistesabwesend mit ihren arthritisch — verkrümmten Fingern nach den Lockenwicklern auf ihrem Kopf.

Ihre Lieblingspflegerin Marla war heute dagewesen und hatte ihr trotz des Zeitdrucks die Haare im Eiltempo aufgedreht.

Jetzt saß sie mit ihren beiden Freundinnen auf dem Balkon ihres kleinen Zimmers und ließ sich bei einer Tasse Kaffee die Mai Sonne ins Gesicht scheinen.

Bärbel lebte schon über zehn Jahre in dem, zu einem kleinen bescheidenen Seniorenheim umgebauten Schlösschen.

Es gab gerade mal achtzig Bewohner und alles hätte so schön sein können, gäbe es diesen dämlichen Emil Neiss nicht, der im dritten Ausbildungsjahr zum Pfleger hier seine miserable Arbeit verrichtete.

Keiner der Bewohner mochte Emil. Emil war nur hier, weil er der Neffe der Pflegedienstleitung war. Andernorts hätte er niemals mit seinen schlechten Zeugnissen eine Lehrstelle bekommen.

Hier wollte er auch nicht sein. Aber sein Vater Gerd hatte ihm die Pistole auf die Brust gesetzt und ihn gezwungen, die Stelle anzunehmen, oder alle finanziellen Zuwendungen würden gestrichen.

Der junge schlaksige Mann mit dem weißblonden Bürstenhaarschnitt und der markanten Adlernase, hatte sich schon allerhand zuschulden kommen lassen. Dem Jugendknast war er gerade so entgangen. Seine Leidenschaft gehörte den Drogen. Natürlich wusste niemand davon, außer seinen Eltern und Onkel Robert Neiss, der die Pflegedienstleitung des Hauses innehatte.

Emil hatte solange die Füße stillgehalten, bis er herausfand, wie der Hase in einem solchen Heim läuft. Er war der sprichwörtlich gerissene Hund.

Alle Kollegen mochten ihn und hätten nie etwas auf ihn kommen lassen. Er war ein Charmebolzen, everybodys Darling. Dass er die Heimbewohner behandelte wie der letzte Dreck, wenn er mit ihnen allein war, bekam keiner mit.

Kalte Duschen und Nahrungsentzug waren noch harmlos. Unbemerkt entwendete er gelegentlich die abendlichen Tablettengaben, nicht bei jedem und nicht jeden Tag, damit es auch bestimmt nicht auffiel.

Wie in vielen anderen Heimen auch, litt das Schloss unter großem Personalmangel, weshalb niemand so genau auf den Auszubildenden achtete, er sogar schon Dinge übertragen bekam, die gar nicht erlaubt waren.

Damit die Leutchen ihre Klappe hielten, setzte er sehr feine Foltermethoden ein. Das fing mit einfachen Dingen an, wie zum Beispiel keine Windel anzuziehen, keine Haftcreme an die Zahnprothese, die Hausschuhe nicht zuzumachen, am Rollator die Räder zu lockern, die Sicherung am Bett nicht herunterzustellen.

Anfangs gab es Beschwerden der Betroffenen, aber ihnen glaubte niemand. Emil war der geborene Schauspieler. Außerdem war es ein Leichtes, alles auf die Tatterigkeit der Heimbewohner zu schieben.

Er hatte die Stelle lustlos angetreten, doch es war ihm schnell aufgegangen, welche unendliche, Möglichkeiten sich hier boten, an begehrte Medikamente zu kommen.

Obwohl es ihm widerstrebte, wurde er dadurch so nach und nach zum Musterschüler.

Sein Berufsziel war, der größte Drogendealer Deutschlands zu werden. Dafür nahm er fast alles in Kauf.

Mittlerweile bekam er sogar ab und an den Schlüssel für den Medizinschrank, wenn mal wieder alles drunter und drüber ging, wie zum Beispiel im Frühjahr, als die Magen-Darm-Grippe wütete und alles auf den Kopf stellte.

Doch Emil war vorsichtig. Erst mal hatte er die Finger von den Pillen gelassen, schließlich wollte er sich nicht gleich zu Anfang verdächtig machen.

Der Junge hatte eine wahrlich heftige Drogenkarriere gestartet, sich alles eingepfiffen, was möglich war und nicht lebte.

Wäre er jemals einem richtigen Amtsarzt vorgestellt worden, hätte er die Stelle niemals bekommen.

Seine Lieblingsdroge LSD hatte ihm etwas beschert, das ihm eventuell zum Verhängnis werden konnte. Extreme Angst im Dunklen.

Fröhlich versetze er weiterhin die Heimbewohner in Angst und Schrecken und tat ansonsten nichts zu deren Wohlbefinden.

Helga zog eine Flasche Doppelkorn aus ihrem gestrickten Einkaufsnetz und knallte sie so heftig auf den Tisch, dass Bärbel vor Überraschung fast das Gebiss aus dem Mund gesprungen wäre.

»Willst du mich umbringen?«, schimpfte sie nicht ganz so böse.

Die dritte Freundin, Eva, griff schon über den runden Tisch und zog die Pulle zu sich herüber.

»Den hab ich heute dringend nötig.« Bevor sie noch etwas sagen konnte, quälte Bärbel sich lahm von ihrem Stuhl. »Warte gefälligst. Ich hol diesmal Gläser. Heute trinkst du nicht aus der Flasche!«

Eva lehnte sich beleidigt zurück und zupfte mit gesenktem Kopf an ihrem braunen Polyesterrock.

»Mein Gott! Das war EINMAL! EINMAL! Wie lange willst du mir das noch vorhalten?«

»Bis du ins Gras beißt«, kreischte es aus der kleinen Küche. Sie kehrte mit drei Gläsern zurück.

Dass diese Gläser die Größe von Weinhumpen hatte, störte hier im Raum niemanden.

Sorgsam füllte Bärbel erst mal nur bis zum ersten weißen Strich am Glas auf.

»Emil hat bei Erna wieder den Stöpsel vom Katheder nicht richtig geschlossen. Heute Morgen schwamm das ganze Zimmer im Urin … und erst der Gestank. Die arme Erna. Die war doch immer so auf Sauberkeit …«.

Eva schnaufte laut auf vor Empörung. »Den bring ich um, gleich heute. Es ist nicht mehr zu ertragen, was dieser Kerl sich rausnimmt.«

Die beiden Freundinnen nickten.

»Aber wie? Ich könnte ihn nur mit meinem Rollator erschlagen, aber ich befürchte, ich bekomme die Arme nicht weit genug hoch«, überlegte Eva.

Helga hatte sich unbemerkt den dritten Schnaps eingeschenkt und blickte sinnierend in die Ferne.

»Könntet Ihr wirklich einen Menschen umbringen?«, fragt sie in die Runde.

»Wenn er ein Mensch wäre, nein. Da er ein Untier ist, ja.« Eva hob mit zittriger Hand ihr Glas und prostete den Mädels zu.

»Wir stoßen ihn vom Rundgang«, flötete Helga, schon leicht angesäuselt.

Bärbel riss sich umständlich einen Lockenwickler aus den Haaren und legte ihn andächtig auf den Tisch. Er hatte sie schon die ganze Zeit gestört, hatte gejuckt wie verrückt.

Missbilligend zeigte Eva auf das Ding.

»Wie eklig ist das denn? Also wirklich, da hängen ja noch Haare drin!« Bärbel überhörte das geflissentlich, legte ihn aber auf ein Regal hinter sich, um keinen Ärger heraufzubeschwören.

»Dazu müssten wir ihn erst mal da hochkriegen.«

Die drei sahen sich mit langen Gesichtern an. Die Idee, ihn vom Rundgang, des ganz das Schloss umfassenden Weges zu stoßen, war gar nicht so übel. War es einem gelungen die bröckeligen, gefühlten fünftausend Stufen zu schaffen, um völlig außer Atem oben anzukommen, ging es ganz schön tief, schnell und tödlich wieder hinunter, wenn man nicht vorhatte, die Treppe zu nehmen. Kantige und spitze Felsen, wohin das Auge reichte. Dafür war die Aussicht unbezahlbar.

Dichter, üppiger Wald, durch den sich über viele Kilometer, ein wilder, klarer Bach schlängelte.

Wer lange genug oben blieb, konnte auch Rehe, Wildschweine und anderes Getier beobachten. Helga hatte sogar schon einmal einen Dachs gesichtet.

Es gab einen wunderbaren Wanderweg, den allerdings nie jemand nutzte, schon gar nicht die Schlossbewohner. Neuankömmlinge, die sich mit der Idee trugen in das saftige, duftige Grün einzutauchen, wurden erst mal dezent zur Seite genommen und darüber aufgeklärt, warum es tödlich enden konnte, diesem Ansinnen nachzugehen.

Im 16. Jahrhundert lebte Eduard-Josef von Tannen mit seiner Frau in diesem Gemäuer. So weit, so gut. Im Laufe der Zeit wurde die Gute schwanger, alles verlief hervorragend, bis es zur Niederkunft kam. Es war das erste Kind, und die junge Herzogin tat sich sehr schwer. Bis tief in die Nacht lag sie in den Wehen, doch das Baby wollte einfach nicht kommen. Die hinzugerufene Hebamme erinnerte sich an ein Kraut, das am Bachlauf wuchs und der armen Gebärenden helfen sollte, sich zu entspannen. Flugs eilte sie nur mit einer spärlichen Kerze bewaffnet in den dunklen Wald. In der Aufregung achtete sie nicht auf den Weg, stolperte über eine dicke Baumwurzel, stürzte so unglücklich, dass sie mit dem Kopf hart auf einen der vielen Granitfelsen schlug und sofort tot war. Der Sage nach verließ die Seele der armen Frau verwirrt den Körper, in dem Glauben, noch am Leben zu sein. Rasch pflückte sie die gesuchten Kräuter und kam zum Schloss zurück. Dort gelang es ihr nicht, ins Innere zu kommen. Völlig verzweifelt rüttelte sie an allen Türen und Fenstern. Doch erfolglos.

Über die Jahrhunderte, so erzählte man sich, verfluchte die Hebamme aus lauter Wut, alle Lebewesen, die ihr im Wald begegneten.

Tatsächlich war es so, dass Wanderer, die behaupteten, in der Dämmerung den Geist der Hebamme gesehen zu haben, kurz darauf eines unnatürlichen Todes starben.

Bärbel strich andächtig die Tischdecke glatt. »Ich glaube, wir brauchen einen Verbündeten, der deutlich unter hundert Jahre alt ist.«

Die anderen nickten bestätigend. Sofort ging die Diskussion los, wer das sein könnte.

Da die meisten Emil sehr zugetan waren, gestaltete sich die Sache etwas schwierig.

Helgas Nase hatte sich gewaltig gerötet. Eva sah den Pegel der Schnapsflasche bedenklich sinken. Andere hätten wohl schon längst schnarchend unter dem Tisch gelegen, die drei Damen jedoch waren aus anderem Holz geschnitzt, hatten Kriege, Krankheiten und Ehen überlebt, das härtete ab. Innen wie außen.

Bärbel stand langsam auf, um sich ein Päckchen Zigarillos aus der Schublade des antiken Wohnzimmerschrankes zu holen.

Empört stützte Helga ihre Hände auf die üppige Taille.

»Mein Gott, du rauchst immer noch dieses Kraut! Ich dachte, du wolltest damit aufhören? Ich hoffe, du verschonst uns mit dem Qualm! Die Dinger stinken wie der Furz eines Chinesen, der ihm dreihundert Jahre quergesessen hat!«

Eva nutzte den Augenblick, um unbemerkt den kleinen Rest Korn direkt aus der Flasche zu lutschen.

Lachend wedelte Bärbel mit der Schachtel vor Helgas Gesicht herum.

»Meine Liebe, ich bin achtundneunzig Jahre alt, ich höre bestimmt nicht auf. Im Gegenteil, gestern habe ich mir über Internet eine Shisha bestellt, in Blau.«

Eva, leicht auf ihrem Stuhl eingesunken, richtete sich interessiert auf. Das würde sie auch gerne mal probieren.

Sie sah zu, wie ihre Freundin sich umständlich den Zigarillo ansteckte und dabei fast die Tischdecke abfackelte.

Schneller als alle gucken konnten, hatte Eva die Blumenvase über der kleinen Flamme ausgeschüttet, die vorhatte, einen Großbrand auszulösen.

Helga schüttelte Eva ehrfürchtig die Hand.

»Junge. Junge! Was bist du fix. Du solltest das mit Emil in die Hand nehmen. Du bist die unschlagbar Fitteste von uns dreien.«

Bärbel fingerte auf ihrem Kopf herum.

»Nein, deine Haare brennen nicht«, lachte Eva.

»Eigentlich hatte ich mehr Sorgen um die Plastiklockenwickler. Wenn die Dinger schmelzen und für immer mit meiner Kopfhaut verbrutzeln, brauch ich in meinem Alter noch eine Hauttransplantation. Wenn sie die Haut von meinem Arsch nehmen, sieht mein Kopf aus wie ein Waschbrett …« Vor Lachen liefen den Seniorinnen Tränen aus den Augen.

Helga schlug sich mit der Hand vor die Stirn.

»Ich hab es. Wenn wir jemandem vertrauen können, dann ist das Marla. Die zuverlässigste und verschwiegenste Frau, die ich kenne. Sie hat mit Emil nix zu tun, weil sie unten auf der Beschützenden ist.« Gleich gackerten alle durcheinander vor lauter Aufregung und

Plänen, wie man denn nun den Emildrecksack dran-
kriegen könnte.

Sie verschwendeten keine Zeit und malten direkt auf
der weißen Tischdecke mit Evas blauem Kajal mehrere
Szenarien für den perfekten Mord.

Die Zeit ging dahin, es wurde langsam Abend. In der
Ferne war leises Donnergrollen zu vernehmen und ein
leichter Wind kam auf.

Marla war eine junge Frau, die gelegentlich auf diesem
Stockwerk einsprang, wenn Not am Mann war. Sie
wurde von allen geliebt, sprühte nur so vor Humor
und hatte immer ein offenes Ohr für ihre Alten.

Gleich würde sie kommen und die Tabletten für die
Nacht bringen.

Die Pflegerin war sehr erstaunt, als sie das Zimmer
betrat und von einem gewaltigen Hauch Alkohol empfangen wurde.

Sie fand zu ihrer Belustigung drei angesäuselte Damen
auf dem Balkon vor, die mit ihren Köpfen über dem
Balkontisch hingen und irre Zeichnungen auf der vormals blütenweißen Decke malten.

Oha. Was hatten die sich denn reingezogen?

Sie hatte ihr »Guten Abend«, noch nicht mal ganz ausgesprochen, da fielen die Mädels schon über sie her.

Lang und breit wurde sie über Emil ins Bild gesetzt.
Damit bestätigte sich nur, was Marla schon seit langem
vermutet hatte, aber nicht beweisen konnte.

Seufzend lehnte sie sich an die Balkonmauer. Nur gut, dass sie am Ende ihrer Runde war, so hatte sie etwas Zeit.

»Natürlich werde ich niemanden umbringen. Und ich glaube, es wäre besser, wenn Sie die Tischdecke nicht in der Wäscherei abliefern, sondern so entsorgen, dass sie niemals mehr aufzufinden ist.« Marla sah in die enttäuschten Gesichter der Frauen.

»Was ist bloß in Sie gefahren? Sie werden doch nicht ernstlich vorgehabt haben, Emil zu töten?«, das letzte Wort flüsterte sie mit vorgehaltener Hand. Ein Blick auf die Tischdecke belehrte sie allerdings eines Besseren.

»Schade, dass es hier keine Schweinehaltung gibt.« Eva besah sich sehr genau ihre Fingernägel.

Marla war verwirrt. »Schweine?«

Unverständnis zeigte sich in den Augen der Freundinnen über ihre Dummheit.

»Fallen Sie mal morgens, wenn noch keine Fütterung stattgefunden hat, in den Schweinekoben einer aggressiven Sau. Sie brauchen sich keine Gedanken mehr über Ihre Zukunft zu machen …«

Die junge Frau schwankte zwischen einem Lachanfall und einem Nervenzusammenbruch.

»Ich bin ganz Ihrer Meinung, dass er einen Denkzettel bekommen soll, der sich gewaschen hat, sodass er für immer die Lust verliert, alte Menschen zu quälen.«

Stühle wurden gerückt und ein viertes Glas auf den Tisch gestellt. Ebenso eine Kanne starken Kaffees.

Sie tüftelten, bis die Köpfe fast sichtbar rauchten. Und tatsächlich hatten sie am Ende einen in ihren Augen perfekten Plan, den sie in der nächsten Nacht in die Tat umsetzen wollten.

Das Gewitter hatte an Stärke zugenommen. Dicke schwarze Wolken türmten sich am finsteren Himmel.

Marla brach auf, um noch vor dem Regen zu Hause zu sein.

Sie sprach den Frauen noch einmal ins Gewissen, keinesfalls etwas auf eigene Faust zu unternehmen. Aber dazu waren die eh alle viel zu betrunken.

Gegen 23 Uhr wankten alle in ihre Betten und fielen in einen tiefen Schlaf.

Emil, der wegen der hohen Krankheitsausfälle seiner Kollegen ausnahmsweise und weil er schon über 18 war, den Nachtdienst machte, war nicht ganz so wohl bei all dem Gedonner und Geblitze. Jetzt klingelte auch noch die olle Frau Jahn. Mit ihrer blöden Blasenentzündung nervte sie schon den ganzen Abend. Dumm, dass sie ans Bett gefesselt war und ihren dämlichen Urinbeutel nicht selbst leeren konnte.

In der Hoffnung, länger Ruhe zu haben, hatte er den Stöpsel beim letzten Rundgang nicht geschlossen, sicher hatte die alte Schachtel das bemerkt.

Ungerührt widmete er sich seinem Handy und ignorierte das verzweifelte Läuten.

Irgendwann würde sie schon aufgeben. Das taten sie immer. Da er alles protokollieren musste, würde er vorsorglich gegen später einen Blick in ihr Zimmer werfen, um dann so zu tun, als sei er total entsetzt und die Hilfsschwester rufen, die die Sauerei wegputzen musste.

Lustlos machte er sich drei Stunden später auf den Weg zu Frau Jahn. Das Gewitter hatte seinen Höhepunkt erreicht. Es goss mittlerweile in Strömen, heftiger Wind peitschte um das Schloss und pfiff durch alle Öffnungen. Emil war ganz schön mulmig zumute.

Leise öffnete er die Zimmertür und schlich hinein. Es brannte nur ein schummriges Notlicht, und er konnte fast nichts erkennen. Von der Alten hörte er nichts, sicher hatten die Antibiotika endlich ihren Tribut gefordert und sie war eingeschlafen.

Es roch fürchterlich nach Urin. Ganz vorsichtig setze er einen Fuß vor den anderen, schließlich wollte er nicht in die Pfütze treten.

Irgendein Idiot hatte vergessen, das Fenster im Raum zu schließen. Mist, das würde auf ihn zurückfallen.

Ganz langsam bewegte er sich darauf zu … dann ein gewaltiger, gleißender Blitz, der das Zimmer kurzzeitig komplett aufhellte, ein grauenvoller Donner folgte und ein Schatten bewegte sich in rasender Geschwindigkeit von außen auf das Fenster zu und rüttelte an dessen Grundfesten. Das war doch nicht etwa? Nein! Sollte dieser Humbug tatsächlich wahr sein?

Emil geriet in Panik und vergaß, wo er hintrat. Mit Schwung rutschte er in der Urinlache aus, die er selbst verursacht hatte und knallte mit viel Getöse rückwärts mit dem Kopf auf die Kante des Nachttisches und war augenblicklich tot.

Er wäre sicherlich ins Leere gefallen und hätte sich nur schlimm den Rücken geprellt, wäre nicht eine weibliche Gestalt aus dem Schatten hinter der Tür geschnellt, um den kurzen Augenblick des Sturzes zu nutzen und den Nachtisch mit unglaublicher Schnelligkeit in Emils Flugrichtung zu schubsen. So blieb dem Kopf gar nichts anderes übrig, als tödliche Bekanntschaft mit der metallenen Kante zu machen.

Die Gestalt warf einen kurzen Blick auf die Leiche zur Bestätigung, dass kein Atemzug mehr Emils Brustkorb hob.

Dann schlüpfte sie unbemerkt hinaus.

Am nächsten Morgen herrschte natürlich helle Aufruhr. Der arme Emil!

Es benötigte einen ganzen Tag, um die alte Trauerweide, die dem Sturm zum Opfer gefallen war, vor Frau Jahns Fenster zu beseitigen.

Die drei Freundinnen brauchten drei Tage, um wieder nüchtern zu werden. Sie waren dann doch etwas enttäuscht, ihre Idee, ihm in der Wäscherei aufzulauern, mit dem Bügeleisen eins überzuziehen und anschließend in die geräumige Waschtrommel zu bugsieren, wo er drei Stunden bei neunzig Grad grundgereinigt werden würde, nicht hatten in die Tat umsetzen können.

Übrigens brachte die Herzogin gesunde Zwillinge zur Welt.

Zum Henker

Martin Schörle

Eine saublöde Wette. Eines der drei Gläser Wein oder der anschließenden zwölf Ouzo gestern Abend musste schlecht gewesen sein, sonst hätte Jens sich nie im Leben darauf eingelassen. Seine Freunde waren doch moderne, aufgeklärte Menschen. Wieso glaubten die also, die Sage von der Königin Margarethe beruhe auf einer wahren Begebenheit? Und wieso waren sie offenbar allen Ernstes davon überzeugt, dass er, Jens, es im Hotel »Zum Henker« nicht eine einzige Nacht aushalten würde? Okay, im Unterschied zu Märchen hatten Sagen ja, angeblich, einen gewissen Wahrheitsgehalt.

Der Sage nach hatte Margarethe, zu Beginn des 15. Jahrhunderts Königin von Dänemark, Schweden und Norwegen, durch ihre List allerlei Böses angestiftet.

Heute wusste allerdings niemand mehr so recht, welche List sie angewandt hatte und worin dieses »Böse« eigentlich bestanden haben soll. Flensburg war von den Holsteinern erobert worden. Margarethe habe sodann Bürgermeister und Ratsleute Flensburgs hinrichten lassen, da diese ihren Feinden sonst treue Dienste geleistet hätten. Als Ort für die Hinrichtung wählte sie den Flensburger Hafen, auf dass jedermann im Volke sähe, wie die Königin mit Aufständischen verfuhr. Der Hafen war zudem zentraler Umschlagplatz für Schmuggelware aller Art, die überwiegend nach Osteuropa verschifft wurde. So war dieser Ort auch eine beeindruckende Warnung für die sich bevorzugt in Hafennähe aufhaltenden Schmuggler. Und Besatzungen von Schiffen, die in den Hafen einliefen, wurde vor Augen geführt, welche Strafe wohl auch Meuterer erwarten würde. Um größtmögliche Abschreckung zu erzielen, blieben die Hingerichteten so lange an ihren Stricken hängen, bis Vögel und Wasserratten von ihnen nur noch die nackten Knochen übriggelassen hatten.

An eben dieser Stelle befand sich nun in Alleinlage das 5-Sterne-Hotel »Zum Henker«. Die neuen Betreiber waren offensichtlich bemüht, den sagenhaften Mythos wieder aufleben zu lassen. Je nach Wind und Wetterlage konnte man angeblich die Schreie der Delinquenten kurz vor der Hinrichtung hören, gefolgt von dem Quietschen der Seile, deren Enden in stählernen Halterungen mündeten, wenn die leblosen Körper dem Spiel des Windes ausgesetzt waren.

Der kleine Hotel-Prospekt, den Moni aus dem Internet runtergeladen hatte, wies geräumige Komfortzimmer mit Minibar und TV aus. Da die Suite »König & Königin« zu teuer war, wählte er für die gesponserte Nacht das Zimmer »Niedertracht & Meuterei«.

Am nächsten Morgen würde er sich beim Frühstück entscheiden zwischen der »Henkersmahlzeit«, bestehend aus Spiegelei auf Speck mit Gurken und Roter Bete, und »Skorbut bei Seegang«. Das waren kleine Pfannkuchen mit Sirup und Erdbeeren. Nach dem gestrigen Saufgelage fand er es ausgesprochen reizvoll, seinen Geburtstag allein in einem Luxushotel zu verbringen.

Auf weitgehend freien Straßen verging die Fahrt von Hamburg nach Flensburg wie im Fluge …

Das sollte »Zum Henker« sein, jenes schicke Hotel, dessen Zimmer er im Prospekt gesehen hatte? Einige der Fensterläden waren aus den Angeln gesprungen. Sie hingen wie umgeknickte Segel im Wind und klapperten hin und her. Eine Stimmung wie im Western, nur fehlten die beiden sich vor dem Saloon duellierenden Cowboys. Die Farbe an den Fensterläden und am Haus selbst war fast überall abgesprungen. Ein einziger trostloser Anblick! Das am Eingang angebrachte Schild *Hotel Zum Henker* mit dem Hinweis *Betreten auf eigene Gefahr* bewies aber, dass er sich nicht verfahren hatte.

Da stieg Rauch aus dem Schornstein! Ein zartes Indiz für menschliches Leben? Er klopfte. Nichts. Ob er sich ein anderes Hotel suchen sollte? Nein, die Nacht brach schon herein, außerdem waren Zimmer und Frühstück bereits bezahlt. Was hatten sich seine Freunde nur dabei gedacht?

Er zog sein Handy aus der Tasche, um diese Frage sofort zu klären. Kein Netz, stellte er verärgert fest und trat ein paar Schritte zurück. Tatsächlich stieg immer noch Rauch aus dem Schornstein! Und … Moment mal … näherte sich da jemand? Ein schwacher, hin und her schwankender Lichtstrahl kam auf ihn zu.

Wenn das Haus gar kein Hotel mehr war, würde der Unbekannte ihn vermutlich fragen, was er hier zu suchen habe. Leichtes Unbehagen stieg in ihm auf. Vielleicht sollte er »Hallo!« rufen, damit der Andere sich nicht erschreckte oder er selbst für einen Einbrecher gehalten würde.

Die Gestalt kam näher, eine Taschenlampe in der linken Hand, in der rechten ein Gewehr? Ein Jäger? Ein Förster? Seine Atmung beschleunigte sich. *Ganz ruhig, Jens!*

Er presste seinen Körper an die Wand, bemüht, die Atmung zu regulieren. Der Fremde stand nun vor der Tür, stellte das Gewehr, nur eine Armlänge von ihm entfernt, an die Wand und ging hinein. Die Tür öffnete sich sogleich erneut und ein Arm zog das Gewehr mit hinein, das gar nicht aussah wie ein Jagdgewehr. Eher wie eine Waffe, die Beamte von Mobilen Einsatzkommandos in Krimis benutzten.

Plötzlich … Stimmen aus dem Haus. Männliche Stimmen. Also musste noch jemand da sein. Vielleicht ganz gut, dass niemand sein Klopfen gehört hatte. Das Gespräch im Haus klang zunächst wie ein freundlicher Dialog, was Jens ein wenig aufatmen ließ, auch wenn er durch das auf »Kipp« stehende Fenster nicht jedes Wort verstand.

Der Akzent klang osteuropäisch, russisch vielleicht oder polnisch. Vermutlich Männer mittleren Alters. Dann, so schien es, gab es einen Konflikt. Die Stimmen wurden lauter, der Ton schärfer, aggressiver. Er hörte Rufe, Befehle! Es ging um Geld, viel Geld. Gegenseitige Schuldzuweisungen, wer von beiden versagt habe. Zu früh geschossen? Hatte er das eben richtig verstanden? Einer von ihnen hatte zu früh geschossen?

Einen erneuten Blick durchs Fenster wagte er nicht. Sein Handy läutete. Also doch Netz? Kein Versteck in Sicht, kein Baum, kein Strauch, der in Sekunden erreichbar wäre. Verflixtes Handy, sei still!

Die Tür flog auf. Jens ließ es vor Schreck fallen und sprang mit wenigen Sätzen, die jedem Dreispringer zur Ehre gereicht hätten, an die Stirnseite des Hauses. Einer der Männer stand jetzt mit Taschenlampe und Gewehr im Anschlag draußen, hielt es hektisch und misstrauisch blickend in alle Himmelsrichtungen. Jetzt sah er das Handy, hob es auf und verschwand wieder im Haus.

»Irgendein Idiot hat sein Handy verloren«, hörte er von drinnen.

Und die andere Stimme: »Hier in der Pampa? Hierher kann man sich gar nicht verirren!«

Jens spurtete ein paar Meter vom Haus weg und warf sich auf den Boden. Schon standen die Männer in der Tür und redeten aufgeregt durcheinander. Seine dunklen Klamotten waren jetzt von Vorteil, finden würden sie ihn dennoch. Jens blickte an seinem Körper entlang nach hinten. Im Mondschein glitzerte etwas, das eine Art Plastikplane sein könnte. Tatsächlich! Um Geräusche zu vermeiden, wickelte er sich wie in Zeitlupe darin ein. Dann schloss er die Augen und atmete durch die Nase ein und durch den Mund aus, wie er es beim autogenen Training gelernt hatte.

»Hier ist keiner. Das Handy kann doch schon seit Wochen hier liegen«, drang an sein Ohr. Dann Stille. Plötzlich ein Schrei! Ein verzerrter, kurzer, quälender Aufschrei, der nach keinem der beiden Männer klang und von dem Jens nicht sagen konnte, aus welcher Richtung er kam. *Die Schreie der Delinquenten kurz vor der Hinrichtung.* Bloß einen kühlen Kopf bewahren und Fantasie und reale Gefahr strikt trennen! Nase ein, Mund aus! Pffffftt ... Waren nach dem Schrei nur wenige Minuten oder mehr Zeit vergangen? Ein anderes Geräusch unterbrach die Stille. Ein leiser, aber schleifender, heller und unangenehmer Ton ... wie schlecht geölte Scharniere. *Die leblosen Körper waren dem Spiel des Windes ausgesetzt.*

Bloß nicht durchdrehen! Eine zufällige Häufung von Belanglosigkeiten, die er normalerweise kaum beachtet hätte, die nur an diesem speziellen Ort und vor dem Hintergrund dieser abstrusen Wette Ängste in ihm auslösen konnten.

Um etwas bequemer zu liegen, ließ er seine über der Brust verschränkten Arme vorsichtig zu den Seiten auf den Boden hinabgleiten. Seine rechte Hand ertastete etwas Weiches, eine geschmeidige, bewegliche und auch etwas knorpelige Fläche, von der einzelne Stränge abgingen. Es fühlte sich nicht nur so an. Es war eine menschliche Hand! Sie war noch warm, der Tod war also erst kürzlich eingetreten. Ging es im Streit der Dreckskerle nicht darum, dass einer von ihnen zu früh geschossen hatte?

Jetzt ergab es einen Sinn. Neben ihm lag dieser Tote, vielleicht auch nur dessen abgetrennte Hand. Ganz langsam führte er seine zitternden Arme wieder über der Brust zusammen.

Als er nach einer gefühlten Ewigkeit aufblickte, war niemand zu sehen. Er könnte sich unbemerkt entfernen. Aber sein Handy! Unter »Kontakte« stand Monis Nummer. Ihr gegenüber könnten die beiden sich beispielsweise als Polizisten ausgeben. Der Besitzer des Handys habe einen schweren Unfall gehabt. Sie müssten jetzt die Identität klären. So würden sie seine Adresse erfahren. Selbst wenn Moni die nicht rausgab, da standen so viele Namen … Zwei Schwerverbrecher, die schnell, zu schnell, von der Schusswaffe Gebrauch machten!

Mit dem Mut der Verzweiflung schlich er wieder an die Vorderseite des Hauses und wagte einen zaghaften Blick durchs Fenster. Im Kamin, den er erst jetzt wahrnahm, loderte ein Feuer.

Die Männer saßen in leicht gebeugter Haltung am Tisch und fingerten an etwas herum. Moment mal! Er hatte doch noch das »Notfall-Handy« seiner Mutter, mit dem sie ihn in ihren letzten Lebensjahren jederzeit erreichen konnte. Ob es noch funktionierte? Ob überhaupt noch Guthaben drauf war? Ja, tatsächlich lag es immer noch in der rechten Seitentasche seines kleinen Rucksacks. Der Ladezustand des Akkus wies noch einen Strich aus. Also schnell weg und die Polizei rufen!

Erst ganz leise, aber dann schnell lauter werdend: Volksmusik riss ihn aus seinen Gedanken. Als stünden die Wildecker Herzbuben direkt neben ihm.

Oh, nein! Es war das Handy, das er in der Hand hielt! Als Name des Anrufers erschien auf dem Display: sein eigener! Gewollt oder ungewollt: Die Kerle hatten mit seinem Handy einen Anruf an seine, noch als Kontakt gespeicherte, verstorbene Mutter ausgelöst!

Im Wegrennen nahm er das Gespräch an, damit bitte, bitte die Töne aufhörten. Rums! Er war gestolpert und lag am Boden. Atmete ins Handy, sagte kein Wort. Der andere auch. Zwei schwer atmende Menschen an beiden Enden der Leitung.

Liegend drehte Jens sich um, hatte so wieder Sicht auf das Haus. Einer der Burschen stand mit Handy am Ohr in der Tür, in der anderen Hand das Gewehr. Das Durchladen sah Jens. Und er hörte es auch durchs Handy. Jetzt kam auch der andere. Sie liefen mit Taschenlampen in einem Abstand von etwa zehn Metern auf ihn zu, wie Polizisten bei der akribischen Suche nach einer Leiche. Dabei schwenkten sie die Lampen so, dass sie das zwischen ihnen liegende Areal lückenlos mit erfassten. Kein Zweifel, das waren Profis.

»Stopp«, keuchte Jens leise ins Handy, »keinen Schritt weiter.«

NEIN! Fehler! Riesenfehler! Jetzt wussten sie, dass er in der Nähe war. Und dass sie in die richtige Richtung liefen. Beide waren jetzt so nah, dass Jens schemenhaft ihre Gesichter erkannte. Zumindest einer von ihnen grinste.

»Aufstehen, Bürschlein!«

Einer packte ihn, zog ihn hoch. Sie trieben ihn vor sich her und stießen ihn ins Haus. Der Korpulentere von beiden tastete ihn routiniert ab und nahm alles an sich, was Jens mitführte. Dann redeten sie auf ihn ein: Ob er etwas gehört und was er hier zu suchen habe?

»Ich bin Urlauber. Hier sollte ein Hotel sein.«

Seine Antwort versetzte die beiden endgültig in Rage.

»Ein Hotel? Hier?!«

Sie glaubten ihm kein Wort, so viel stand fest.

»Ja. Draußen hängt noch das Schild »Hotel Zum Henker«. Sehen Sie nach. Ich wusste nicht, dass es kein Hotel mehr ist. Meine Freunde, die es für mich gebucht haben, auch nicht. Draußen steht mein SUV. Da finden Sie meine CDs, ein paar Bücher, eine halbe Kiste Bier ...«

»Ich sehe nach«, sagte der andere, nahm Jens' Autoschlüssel und verließ das Haus.

Als er kurz darauf zurück war, traute Jens seinen Augen nicht, denn der Kerl legte eine Pistole auf den Tisch:

»Urlauber, hä? Eine Glock 17, Kaliber 9 x 19 mm!«

Der Boden unter Jens' Füßen gab nach. Er schwitzte wie noch nie in seinem Leben.

»Meine Herren«, brachte er mühsam hervor, »ich schwöre, die gehört mir nicht. Und ich habe nichts gehört. Nichts! Ich fahr einfach wieder. Niemand wird etwas erfahren. Ich schwör's ... Und das ... dieses Schild?«

Einer packte ihn, zerrte ihn vor die Tür und rief stakkatoartig »Wo?! Wo?! Wo?!«

Das Schild war weg! Offenbar vernebelten die Tabletten, die er seit seinem Burnout regelmäßig nahm, die Wahrnehmung doch stärker als bisher angenommen.

»Er hat nichts gehört, soso«, sagte der etwas Schlankere, »aber er hat eine Waffe. Und er kennt unsere Gesichter.«

In Windeseile waren seine Hände auf dem Rücken gefesselt und seine Augen verbunden. Jetzt flüsterten sie aufgeregt durcheinander. Und … nein, das konnte doch gar nicht sein! … Betraten etwa weitere Leute den Raum? Wo kamen die plötzlich her? Kaum zu deutende Geräusche … hier ein Rascheln, da ein schabendes Geräusch, als würden Möbel verschoben. Was hatte das alles zu bedeuten? Die Nervosität, die in der Luft lag, war fast körperlich greifbar. Jens hatte die Dimension dessen, was sich hier abspielte, offenbar völlig unterschätzt. Dann: Stille! Er schloss die Augen, versuchte, seine Atmung zu kontrollieren.

»Jetzt«, sagte jemand.

Augenblicklich waren seine Hände von den Fesseln befreit und die Augenbinde abgenommen. Er blickte in grinsende Gesichter: Moni und die ganze Bande lachte und schmetterte »Happy Birthday«. Als jeder ein Glas Sekt in der Hand hielt, dankte sie den beiden Unbekannten:

»Ein Hoch auf unsere russischen Gangster! Jungs, ihr wart klasse!«

Applaus brandete auf und es gab Pfiffe als Beifallsbekundung!

»Spasiba. An dem russischen Akzent sind wir anfangs verzweifelt«, sagte der eine, der jetzt eher nach St. Pauli klang. Mit einem Augenzwinkern gab er Jens seine Karte mit der Aufschrift *Erlebnisgeschenke, die Männerherzen höherschlagen lassen:*

»Wenn Sie es mal richtig krachen lassen wollen.«

Dann nahm er die Glock 17, 9 x 19 mm, zielte auf Jens und drückte ab. Ein Fähnchen schnellte hervor, auf dem das Wort »Prost« stand. Der Mann bog sich vor Lachen und gab ein letztes Mal den Russen:

»Komm, Brüderchen, trink!«

Zu Jens' aufrichtiger Überraschung setzte Moni ihre Danksagung fort:

»Einen ganz fetten Dank auch an das Kamerateam Jockel und Dietmar. Bestimmt nicht einfach, aus dem Schrank heraus zu filmen.«

Ein ganz in schwarz gekleideter Mann winkte beim Applaus freundlich in die Menge. Ebenso der neben ihm stehende, der die Szene gefilmt hatte. Jetzt spulte er das Video auf Anfang zurück und zeigte an Jens gewandt auf den Schrank:

»Das war mein Arbeitsplatz. Ich bin Jockel. Der Film muss noch bearbeitet und geschnitten werden. Aber wenn Sie schon mal reinluschern wollen. Allerdings ohne Ton.«

Jockel hielt ihm die Kamera vors Gesicht und drückte auf »Start«. Der Mann, der sich im Haus aufhielt, war von hinten zu sehen. Aus dem Fenster blickend sprach er einige Sekunden ins Handy. Durchs Fenster sah Jens nun sich aus seinem SUV steigen und aufs Haus zulaufen. Im Dunkel zunächst nur schemenhaft erkennbar, tauchte jetzt der andere hinter ihm auf. Der Anruf aus dem Haus war vermutlich die Anweisung, die Verfolgung aufzunehmen. Dabei hatte der freche Hund sichtlich Spaß, winkte er doch mit der Taschenlampe in Richtung Kamera! Nun stoppte er, betrachtete die Taschenlampe und das mitgeführte Gewehr, setzte eine mürrische Miene auf, die ein wenig an Rambo erinnerte, und ging zügigen Schritts weiter. Kurz darauf trat er ein und schloss die Tür, um sie sogleich wieder zu öffnen und die draußen abgestellte Waffe mit hineinzunehmen.

Der schwarz Gekleidete gesellte sich hinzu, stellte sich Jens als Dietmar vor und sagte: »Die Außenaufnahmen taugen sicher wieder nichts.« »Sie haben draußen gefilmt?«, wollte Jens wissen. »Hab es versucht. Eigentlich ein Wahnsinn bei der Dunkelheit. Außerdem wissen wir nie, wo und wie lange sich jemand draußen aufhält. Und wenn die Kamera entdeckt wird, ist eh Schicht im Schacht. Aber was der Kunde wünscht und bezahlt, wird natürlich gemacht.« Plötzlich beugte Dietmar sich vor und flüsterte Jens etwas ins Ohr. Dieser glaubte, sich verhört zu haben. »Wie bitte?« Dietmar wiederholte: »Sind Sie noch zu haben?« »Sorry, bin bi … äh … hetero«, flüsterte Jens irritiert zurück. Dietmars Augen sprühten Funken. Das war noch nicht alles. Der Bursche hatte noch eine Überraschung in petto, da war Jens sich sicher. Sie sahen sich an. Um keine falschen Hoffnungen zu wecken, wendete er seinen Blick abrupt ab und lächelte verlegen Moni an. Endlich ließ Dietmar die Katze aus dem Sack: »Mein Arbeitsplatz war unter der Plastikplane. So wie Sie hat noch kein Mann meine Hand gestreichelt.«

* * *

»Jens? – Jeenns! – Je-heeennnss!!«

»Ja?«

»Los! Und wenn du zurück bist, wollen wir einen lückenlosen Bericht.«

»Los? Wohin?«

»Wohin?«

Monis weit aufgerissene Augen offenbarten eine Mischung aus aufrichtiger Empörung und Erstaunen.

»Nee, nee, mein Lieber. Alkoholbedingte Amnesie läuft hier nicht. Der Henker ruft, du Held! Sorry, dass ich einfach so in deine Wohnung bin, aber du bist nicht ans Handy gegangen und wir haben uns langsam echt Sorgen gemacht. Der Hausmeister hat mich reingelassen.«

Er war also gar nicht in Flensburg, sondern lag in seinem Bett! Das ganze Drama mit den Russen, das unheimliche Hotel … die Todesangst … war nur ein – Alptraum! … Aber wendete sich darin nicht noch alles zum Guten? … Jaha: Geburtstagsüberraschungsparty! Unfassbar, was man sich manchmal zusammenträumte!

Der komatöse Tiefschlaf nach drei Gläsern Wein und unzähligen Ouzo war hingegen real! Ebenso die ver-

lorene Wette! Nach einer Dusche, zwei Aspirin und
reichlich Kaffee machte er sich auf den Weg …

Nanu, war die Straßenlage seines Wagens anders als
sonst? Hatten die Reifen keinen vollen Kontakt mit
dem Asphalt? Die staubtrockene Fahrbahn wies doch
nicht die geringsten Unebenheiten auf! Jens schaltete
einen Gang runter, um nicht aus der nächsten Kurve
geschleudert zu werden. Zum Henker, was war nur
los? Erst dieser irre Traum und jetzt … Um diese Zeit
wollte er längst mit einem Sex on the Beach Cocktail
auf dem Balkon seines Zimmers sitzen. Vielleicht sollte
er bei der Rezeption anrufen, dass er sich verspäten
würde. Sendete das Schicksal Signale aus, um seine Ankunft zu verhindern? Die Antwort folgte auf dem
Fuße, als die Musik im Radio durch eine Meldung
unterbrochen wurde: »… kam es bei der Festnahme
der beiden russischen Gangster, die sich im Flensburger Nostalgie-Hotel, ›Zum Henker‹ verschanzt
hatten, zu einem Schusswechsel. Dass dabei niemand
verletzt wurde, ist laut dem Inhaber des Hotels einem
sehr besonderen Umstand zu verdanken: Ein für heute
Mittag erwarteter Gast hatte noch nicht eingecheckt.
Er hatte offenbar einen Schutzengel, denn die Tür des
von ihm gebuchten Zimmers wurde von einer Maschi-
nengewehrsalve durchlöchert.«
Jens stoppte den Wagen und schaltete das Radio aus.
Auf der Wiese neben der Straße spielten zwei Kinder
mit einem Bernhardinerwelpen. Er schloss die Augen,

atmete durch die Nase ein, durch den Mund aus und war von tiefer Dankbarkeit erfüllt.

Kreuzritter der Wandersleut´

Martina Schiller-Rall

**Ist dein Herz rein,
bringt er dich heim …**

Wie lange dauerte das denn, bis es denn endlich wirkte? Raimund verging die Lust, durch diesen vermaledeiten Wald zu latschen. Das ging nun schon über Stunden so!

Wütend trat er gegen eine Wurzel, bereute es aber gleich wieder. Nun tat auch noch sein Fuß weh. Seine Begleitung, einst Freundin, jetzt lästiges Anhängsel, huschte fast elfengleich über den unebenen Boden und hielt bald bei jedem Blatt an, um es ausgiebig zu begutachten. Das nervte!

Dabei war sie es doch, die immer gesundheitlich angeschlagen und auf seine Hilfe angewiesen war. Sie hatte sogar die Arbeit aufgegeben, wollte sich wohl auf die faule Haut legen und ihn schuften lassen. Aber nicht mit ihm!

Vorsorglich hatte er ihre verschriebenen Herzmedikamente mit eigens aus dem Darknet besorgtem, fiesem, aber gleich aussehendem Zeug ausgetauscht. Wann fiel das Weib endlich um?

Wieder stieß es ihm bitter auf. Ihm war schlecht. Seit dem Frühstück rumorte sein Magen, es war kaum auszuhalten. Jetzt schienen sie wirklich die Rollen zu tauschen. Ihm war auch noch heiß, der Schweiß stand ihm auf der Stirn. Dazu schlug sein Herz viel zu schnell, er kam mit der Atmung kaum hinterher. Eine große Wurzel wuchs direkt vor ihm aus dem Boden. Die kam gerade recht, er brauchte eine Pause. Dann, plötzlich, wie aus dem Nichts, wurde ihm eiskalt …

»Was für eine Nebelsuppe heute Morgen«, murmelte Kommissarin Walburga Waggershausner. »Wird Zeit für den Frühling.«

Ihr alter Benz ruckelte unbeeindruckt davon einen kleinen Waldweg entlang, immer weiter weg vom lauten Geräusch der großen Bundesstraße. Das Navigationsgerät zeigte nur noch grün.

»Idyllisch.« Die Zahl der verfügbaren Satelliten sank. Kurz darauf wurde das Signal zu schwach, was ihr eine blechern klingende, weibliche Stimme verkündete.

»Ganz klar, dann eben wie früher.« Während der Fahrt kramte sie in ihrer Tasche nach der Wegbeschreibung, die ihr ihre Assistentin Ulrike Eisele, genannt Uli, durchgegeben hatte.

»Wanderparkplatz vorbei zum Hochseilgarten, dann ein Stück …« Etwas blinkte in ihrem Augenwinkel, sie schaute erschreckt hoch.

»Scheiß …« Sie riss das Lenkrad gerade noch rechtzeitig herum, sonst hätte sie den kleinen Verkaufsstand an der Straße erwischt. Entschuldigend hob sie die Hand, hielt aber nicht an. Dann, endlich, sah sie das Polizeiaufgebot am engen Waldweg parken.

Ausgestattet mit der obligatorischen Schutzkleidung schritt sie über einen abgesperrten Pfad direkt zum vermeintlichen Tatort. »Was haben wir?«, fragte sie. Vor ihr lag eine Plane auf dem Boden.

»Leiche. Männlich.« Die Antwortende sah nicht einmal von ihrem Klemmbrett hoch.

»Doch so viel?«, hakte die Kommissarin nach.

Ihre Assistentin trat hinzu. »Servus Walburga. Darf ich vorstellen?« Sie deutete mit lässiger Handbewegung auf die Dame mit Klemmbrett. »Annetraut Rexer, unsere neue Forensikerin im Außeneinsatz. Rexi, das ist unsere Kommissarin.«

Nun lächelte die Dame und schob sich ihre Brille mit dem Kugelschreiber zurecht.

»Ihren Namen kenne ich. Nur nicht zu viel Geplänkel, so früh am Morgen. Was ich noch habe? Er war Gelegenheits-Wanderer.«

»Woher?« Rexi hob die Plane an und zeigte es ihr. »Ach so.«

Unter der Plane lugten nagelneue Wanderschuhe hervor, modisch bunt und für das Waldgelände völlig übertrieben, fast schon ungeeignet. »Plante wohl eine Gletscherüberquerung«, feixte Rexi und kassierte dafür sofort einen tadelnden Blick der Kommissarin. »Na, Ahnung hatte der keine«, setzte Rexi sofort hinterher. »Solche Schuhe, aber so eine billige Regenjacke tragen, die mehr Schwitzwasser innen hält, als sie Wassersäule von außen abhalten kann.«

»Todesursache?«

»Es gibt auf den ersten Blick keine Gewalteinwirkung. Von der Temperatur her liegt er hier schon seit der Nacht, könnte erfroren sein. Aber Genaues werden uns die Kollegen der Gerichtsmedizin sagen können. Womöglich hat jemand nachgeholfen. Er hat erbrochen und es hinten auch nicht halten können, da …«

»Verstanden!«, unterbrach Waggershausner sie, mehr Details vor dem ersten Kaffee waren nicht ihr Ding. Rexi fuhr fort.

»Es gibt zig Spuren von anderen Leuten. Nicht verwunderlich. Hier im Burrenwald ist viel los. Das wird schwer, alles ordentlich zu sichern.«

»Ein Jogger hat ihn gefunden. Seine Aussage haben wir bereits«, mischte Uli sich ein und tippte dazu fleißig auf ihrem Smartphone. »Ein paar Kilometer weiter ist eine Wirtschaft. Die Wirtsleute müssten bald aufmachen. Vielleicht war der Wanderer ja dort und sie erinnern sich an ihn. Außerdem gibt es dort mit Sicherheit Kaffee.«

Kurze Zeit später fuhren beide im Benz Richtung besagter Gaststätte.

»Ein Hofladen-Stand! Da halten wir«, beschloss Uli kurzerhand.

»Muss das?«, versuchte Walburga, dies zu umgehen. Ihr schlechtes Gewissen von vorhin drückte. »Den hab ich vorhin fast umgenietet.«

»Du Raser!«, lachte Uli, ließ sich aber nicht von der Idee abbringen. Der Verkäufer, ein alter, weißhaariger Mann schien auch nicht nachtragend zu sein. Er verkaufte den Frauen sein leckeres Bärlauch-Pesto, frisch gesammelt von seiner Frau, hier aus den heimischen Wäldern, wie er stolz erzählte. Dazu empfahl er ihnen das frisch und selbst gebackene Holzofenbrot vom Gasthaus.

Dieser Empfehlung folgten die beiden Frauen und erfuhren, dass der Tote wirklich dort eingekehrt war. Den Namen wusste natürlich niemand, da die Rechnung bar bezahlt wurde. Uli gab alles an ihre Dienststelle weiter. »Er war in Begleitung unterwegs. Eine Frau, um die 40. Auffällige, rote Funktionsjacke. Softshell.« Uli schwieg kurz, ehe sie am Telefon weitersprach, »Genau, fürs Wandern. Abgesteppt, atmungsaktiv und wasserdicht. Zum Essen hatten beide Brot, sie ein Radler und er eine heiße Milch.«

Schließlich kam die Bestellung der beiden Damen und die Kommissarin hatte endlich ihren Kaffee. Etwas zupfte an ihrem Ärmel: »War das das Burrenmännle?«

Ein Mädchen sah die Kommissarin mit riesigen Augen an.

»Wer?«

»Das Burrenmännle. Sein Herz war wohl nicht rein.«

Fragend schaute Walburga zu ihrer Assistentin.

»Das ist eine hiesige Sage«, erklärte ihr diese. »Das Burrenmännle lebt hier im Wald und hilft verirrten

Wandersleut, nach Hause zu finden. Aber nur, wenn deren Absichten rein sind.«

Das Mädchen hüpfte über die Steinfliesen der Terrasse, dazu reimte sie: »Ist dein Herz rein, bringt es dich heim. Doch sieht es da nur Flecken, …« Den Rest verstanden die beiden Frauen nicht. Walburga nahm einen Schluck Kaffee. »Was wir bisher haben, ist etwas dürftig für eine Fahndung.«

Uli jedoch grinste wie ein Honigkuchenpferd.

»Neuigkeit für dich. Wir konnten die Identität des Toten klären. Über dessen Mobiltelefonnummer. Raimund Maierle. Kommt aus dem Alb-Donau-Kreis. Die Kollegen dort unterstützen bereits. Dauert wohl ein paar Stunden, ehe ich wieder Info bekomme.« Triumphierend hob sie ihr Smartphone hoch. Walburga grinste, Uli und ihre Technikaffinität. Das musste ihre Assistentin bei jeder Gelegenheit demonstrieren.

Sie vesperten zu Ende und kurze Zeit später standen beide vor der Gebietskarte, auf welcher sämtliche Sektoren, inklusive Wanderwege des Waldes, eingezeichnet waren. »Der blaue Rundweg. Der führt an allen wichtigen Sehenswürdigkeiten vorbei«, schlug Uli vor und fotografierte die Tafel ab.

Nach einigen Kilometern pausierten die beiden Frauen auf einer bemoosten Holzbank mit Blick auf eine Lichtung, darauf gab es allerlei überwachsene, alt aussehende, behauene Steine. »Ein römischer Gutshof, Kunstwerke von irgendwem und lauter alte Felsen«, fasste Walburga zusammen, was sie alles gesehen hatten.

»Hab´s!«, freute sich Uli und machte es mächtig spannend. »Du stehst hier auf geschichtsträchtigem Boden. Bauers-Eheleut´ aus dem vorherigen Jahrhundert haben hier eine Kapelle errichtet. Dem Burrenmännle geweiht, da es ihre Verbindung möglich gemacht hat. Vermählung Knecht mit Bauerstochter war damals nicht so üblich.«

»Also hilft das Burrenmännle nicht nur verirrten Wanderern, sondern auch unglücklichen Liebenden?«

»So ungefähr. Jeder, der einen vermeintlich unmöglichen Wunsch hatte, kam einst hierher, sprach ihn aus, und wenn dessen Herz rein war, fand derjenige wieder heim. Der Wunsch erfüllte sich. Möglicherweise.«

»Was für ein …« Walburga schüttelte den Kopf.

»Was auch immer du denkst, die Leute glaubten daran. Der Wald ist uralt, die Wege sind uralt und mit Sicherheit hatte der damals noch keine so gut ausgeschilderten Wander … Oh,« Ulis Telefon vibrierte. Walburga schaute sich die alten Steine an und wünschte sich, die Frau doch lebendig zu finden. »Neueste Meldung: Die Frau ist nirgends aufgetaucht bisher. Eine Nachbarin sagte aus, dass sie viel mit ihrem Begleiter gestritten habe. Ein Spieler und immer die Nase in zwielichtigen Geschäften. Sie musste es ausbaden. Es habe sie am Herzen krank werden lassen. Kurz gesagt, wir müssen davon ausgehen, dass sie noch abgängig ist.«

Beide Frauen wussten, was das hieß. Ein Suchtrupp musste auf die Beine gestellt werden.

Kurz darauf trafen sie sich mit dem Hundestaffelführer der hiesigen Bereitschaftspolizei.

»Das Gebiet ist ziemlich groß, das Gelände unübersichtlich. Wird es dunkel, müssen wir aufhören«, erklärte dieser.

»Verstanden.« Die Kommissarin nahm zwei Suchstöcke an sich.

»Gehst du jetzt echt nochmal mit?«, fragte Uli ihre Chefin ungläubig, sie selbst hatte jetzt genug vom Wald.

»Ja, es gibt Ausfälle wegen Krankheit. Da helfe ich, und ich laufe gerne durch den Wald, wie du weißt.«

Walburga durchkämmte systematisch mit den anderen die Sektoren. Allmählich wurde es Abend.

»Wie befürchtet. Wir brechen ab. Bei Sonnenaufgang geht es weiter«, verkündete der Staffelführer am Treffpunkt.

»Wieso? Haben Sie keine Leuchtstrahler?« Walburga wollte nicht aufgeben.

»Doch, aber bringt nichts bei dem weit verzweigten Gebiet. Außerdem gibt es Dolinen. Ich möchte nicht, dass mir einer der Hundeführer in so eine Sinkhöhle reinfällt.«

Unzufrieden setzte sich die Kommissarin in ihren Benz und fuhr los. Nach kurzer Strecke war ihr, als sähe sie jemanden zwischen den Bäumen verschwinden. »Das war doch … die rote Jacke?« Überzeugt davon stieg sie in die Eisen und sprang aus dem Wagen.

»Hallo?«

Keine Antwort. Abgebrochene Zweige wiesen darauf hin, dass wirklich jemand vorbeigekommen war. Die Kommissarin folgte der Spur, meinte dann, Stimmen zu hören. Dazu erkannte sie tanzende Lichtkegel. »Habt ihr das nicht gesehen? Da lief gerade …«

Die Stimmen entfernten sich. Vermeintliche Suchscheinwerfer huschten durch die immer dunkler werdende Nacht und verblassten. Geräusche drangen nur noch gedämpft zu ihr. Perplex stand sie da.

Schließlich hörte sie nur noch die nächtliche Sinfonie des Waldes. Überall Bäume. Ihrem Bauchgefühl nach sollte die Straße nur knappe hundert Meter hinter ihr liegen. Doch der Wald sah in der Dämmerung überall gleich aus, und wer wusste schon, wie oft sie bei der Verfolgung die Richtung gewechselt hatte.

»Scheiße!«

Fluchend nahm sie ihr Mobiltelefon aus der Tasche und klickte auf ihre Navigationsapp. Diese lud und lud. Wie hypnotisiert schaute Walburga auf den kreiselnden Ladebalken. Schlussendlich hängte sich das Telefon auf. Weder Daten- noch Funknetz funktionierten.

Nach dem routinemäßigen Neustart hatte sie nur noch vier Prozent Akkuleistung.

Allmählich kroch ihr die Kälte in die Glieder. Bodennebel bildete sich. Nächtliche Jäger suchten aktiv nach ihrer Beute. Wohin also? Ziellos durch den Wald zu irren, würde ihr nicht helfen. Sie brauchte Wegpunkte. Frustriert lehnte sich die Kommissarin an einen Baumstamm. »Während des Sucheinsatzes im Wald verlaufen. Das war … gekonnt!«

Immerhin hatte sie ihre warme Jacke an, wenn auch die restliche Ausrüstung, wie Taschenlampe und Stöcke, im Auto verblieben waren. Nasskälte war das Schlimmste in diesen Breitengraden, vor allem im Frühjahr. Da rutschten die Temperaturen des Nachts gern mal weit nach unten. Dazu der Nebel. Ganz langsam kroch er von den Wurzeln der Bäume nach oben. Der ganze Wald wandelte sich. Die einst grünen, moosbewachsenen Bäume muteten nun als verzerrte Kreaturen mit unnatürlich gebogenen Gliedmaßen an. Ihr Gehirn fügte dem, was sie nicht mehr genau erkennen konnte, Falschinformation hinzu. So erschienen ihr knorrige Eichen im Nebel wie drohende Fratzen böser Baumgeister.

»Das sind nur Bäume!«, rief sie sich zur Ordnung.

Aufs Stichwort knackste es laut hinter ihr. Sie fuhr herum, erkannte jedoch niemanden. Ihre Hand lag schon an ihrer Dienstwaffe. Nein, Panik half nicht.

Das konnte alles Mögliche gewesen sein. Jetzt bloß nicht die Nerven verlieren.

Unweit ihrer Position erkannte sie ein Licht.

»Hallo? Ist da wer? Hundestaffel?«

Ihre Rufe verhallten. Hektisch griff sie nach ihrem Mobiltelefon, nur um festzustellen, dass die Taschenlampe aufgrund des niedrigen Akkustandes nicht funktionierte.

Das Licht tanzte durch den Nebel. Sie erkannte es deutlich, da war jemand. Was hatte sie zu verlieren? Blieb sie sitzen, würde sie sich unterkühlen. In Bewegung hatte sie vielleicht das Glück, auf die Straße zu treffen. Das Licht entfernte sich von ihr. Sie verfolgte es. Von weitem hörte sie das Rauschen der Straße. Die Richtung musste also stimmen. Doch dann erinnerte sie sich, dass im Wald gerne die Geräusche brachen. Das konnten genauso gut Schallfragmente sein, die sie in die Irre führten.

Wie lange sie so durch den Wald geirrt war, Walburga konnte es nicht sagen. Wie in Trance verfolgte sie das Licht. Unachtsam werdend stolperte sie und stürzte einen Abhang hinunter. Fluchend berappelte sie sich und stellte fest, dass sie wirklich in eine größere Sinkhöhle gefallen war. Der weitläufige Krater erinnerte sie an Granateinschläge aus dem letzten Krieg. Der Nebel stieg allmählich nach oben, am Boden klarte die Sicht langsam auf.

»Was machen Sie denn hier?«, rief eine weibliche Stimme hinter ihr. »Das ist gefährlich. Hier sind überall Dolinen! Kommen Sie! Da hinten ist die Höhle noch intakt und ein Feuer brennt!«

Die Frau griff sie barsch am Arm. »Schlimm genug, dass es jetzt so neblig ist. Aber dann noch hier draußen rummarschieren ist wirklich keine gute Idee.«

Die Kommissarin antwortete ihr nicht, sie schlotterte richtig. Es dauerte, ehe die Information an ihr Hirn gelangte. Vor ihr stand mutmaßlich die Frau, nach der sie fahndeten. Sie trug eine rote Wanderjacke.

»Was tun *Sie* denn hier?«, fragte Walburga entgeistert.

»Abwarten.« Auf dem Weg zum Unterschlupf erklärte sie: »Ich habe mich verirrt, das Wetter schlug um, es wurde neblig und dann dunkel.«

Am Feuer sitzend erzählte sie ihr Details. »Bei der Burrenkapelle wollte ich einen Rundgang machen. Der Bärlauch wächst dahinter, hatte mir der Mann vom Straßenstand erzählt. Da wollte ich hin, ich habe den Bärlauch auch gefunden. Mein Begleiter wollte nicht mit, und ich fand ihn dann nicht mehr. Er hatte die Karte. Ich bin durch den Nebel geirrt. Nach Stunden fand ich dann diese Höhle.«

Walburga blieb skeptisch. Ein Alibi war das jetzt zwar nicht, aber das war auch nicht die Situation, sich als Kommissarin zu erkennen zu geben und dieses Gespräch als Vernehmung einzustufen. Sie schaute zum

Höhleneingang. »Scheint hier immer wieder vorzukommen. So ein plötzlicher Wetterumschwung.«

»Aber vermerkt haben sie es nirgends. Ist wohl ein lokales Phänomen«, bekam sie zur Antwort. »Haben Sie ein Handy dabei?«

Die Kommissarin zog es hervor. »Ja, der miese Empfang korreliert mit dem niedrigen Akkustand.«

»Dann geht es Ihnen wie mir«, lachte die Frau. »Ein Glück, dass ich das Licht gesehen habe. Und wissen Sie was? Das Feuer hier brannte bereits. Ich hatte schon einen Landstreicher vermutet. Aber nein, es gibt nur das Feuer. Es sieht auch nicht so aus, als ob hier jemand lebt.«

»Wie lange sind Sie in dieser Höhle?«, wollte Walburga nun wissen. Ihrer Rechnung nach müssten es nun mehr als 36 Stunden gewesen sein.

»Ein paar Stunden, denke ich. Möchten Sie einen Müsliriegel? Ich habe noch einige im Rucksack.«

Die Nacht war eisig und nasskalt, doch das Feuer erwärmte die Höhle und die Frauen froren kaum. Am nächsten Morgen schien die Sonne. Nichts erinnerte mehr an den nächtlichen Nebel.

»So ein neuer Morgen ist doch immer wieder schön!«, freute sich die Frau. »Dann lassen Sie uns mal eine Straße …« Kaum, dass sie es ausgesprochen hatte, klingelte Walburgas Mobiltelefon. »Ich dachte, Sie hätten keinen Empfang wegen des leeren Akkus?«

Walburga starrte ungläubig auf ihr Handy, jetzt mit mäßigem Empfang und 50 % Akkuleistung.

»Das dachte ich auch.«

Der gerufene Rettungstrupp traf schnell ein, mit ihnen Uli. Die schenkte ihrer Chefin heißen Kaffee in ihren Thermobecher. »So schnell ändern sich die Rollen. Da wird man vom Retter zum Hilfsbedürftigen.« Walburga nahm einen Schluck.

»Wir haben den Bericht der Autopsie. Der Mann hatte wirklich einen Herzinfarkt. Allerdings ist unklar, ob nachgeholfen wurde«, flüsterte Uli ihr die neueste Information zu.

»Wie das?«

»Mageninhalt. Milch mit Bärlauchpesto. Zusammen vergoren übrigens eine Geruchssinfonie. Rexi hat beinahe den Ausguss gefüttert«, amüsierte sie sich. »Neben dem Zeug gab es noch einen wunderbaren Giftcocktail gratis obendrauf. Colchicin. Ein Kapillar- und Mitosegift. Nach einer Reihe von fiesen Symptomen wie Schwindel, Übelkeit und Schweißausbrüchen folgt schließlich Herzrasen. Hätte er die Giftnotrufzentrale kontaktiert, hätte er vielleicht noch eine Chance gehabt. Unbehandelt führt es zum Herzstillstand«, erklärte sie ihrer Chefin. »Schlussendlich multiples Organversagen nach einer gewissen Zeit. Im Bericht stand, dass das Gift gute Arbeit geleistet hat.

Ödeme in der Lunge, angegriffenes Gewebe am Herzen, …«

»Das ist doch dann aber ziemlich eindeutig«, unterbrach Walburga sie.

»Nein. Könnte auch ein Unfall gewesen sein. Das Gift stammt von der Herbstzeitlosen. Es passieren oft Verwechselungen mit Bärlauch beim Sammeln.«

»Inwiefern?«

»Du kannst die Pflanzen eigentlich schon beim Pflücken unterscheiden«, jetzt war Uli in ihrem Element. Ihre Chefin hatte nach Details gefragt. »Erstens am Knoblauchgeruch und am Standort. Bärlauch ist lieber im Schatten auf Waldböden. Die Herbstzeitlose bevorzugt Wiesen. Ihre Blätter glänzen, die vom Bärlauch sind matt. Bärlauch hat breit-ovale Blätter und je einen Blattstängel. Die Herbstzeitlose ist ungestielt und endet in einer Rosettenform.«

»Zuviel Details am Morgen«, wehrte Walburga die Informationsflut seufzend ab.

»Der Unglücksrabe hatte Milch getrunken. Das verstärkt die Giftwirkung in dem Fall. Dazu kommt: Er hatte keine Galle mehr. Die hätte noch einen Großteil vom Gift filtern können, ehe es die volle Wirkung entfaltet.«

»Gemein!«

»Ja, aber trotzdem sollte man die Herbstzeitlose nicht verteufeln. Sie hilft in der Homöopathie gegen Gicht, Rheuma, Gastritis, als Mundspülung bei Zahnschmerzen und angeblich sogar gegen Schwangerschaftsübelkeit.«

Walburga schüttelte den Kopf: »Ich werde das nicht ausprobieren!«

Es vergingen einige Tage, an denen die Ergebnisse verfeinert wurden. Walburga und Uli sichteten diese in ihrem Büro.

»Das Pesto kaufte sie also laut Aussage bei einem Hofstand. An der Straße hoch zum Denkmal. Dort haben wir unseres auch geholt«, bemerkte Uli argwöhnisch. Walburga redete für sie weiter:

»Vor Jahren gab es einen älteren Mann, der hatte wirklich dort verkauft. Alles aus eigener Herstellung, nur verstarb er. Die Erben haben den Hof längst aufgegeben. Angeblich gibt es den Stand seit Jahren nicht mehr. Die Durchsuchungen der möglichen Höfe lieferten kein verwertbares Ergebnis.« Walburga seufzte laut, sie kamen nicht weiter. »Wir können der Frau nichts nachweisen. Das Glas ist und bleibt nicht auffindbar, unseres war vollkommen harmlos. Unser männliches Opfer hatte allerdings eine hohe Lebensversicherung auf sie abgeschlossen. Zusätzlich hatte er Schulden bei einem Kredithai. Nun, wir könnten hier schon ein eindeutiges Bild spinnen, wie diese Wanderung hätte ablaufen sollen«, fasste Walburga zusammen.

»Schicksal. Oder aber … wie war das mit dem Burren-männle? Kreuzritter der Wandersleut'? Der Unter-drückten? *Ist dein Herz rein, bringt er dich heim.*« Uli zwinkerte schelmisch und vollendete den Reim: *»Und sieht es deine Flecken, lässt es dich verrecken.«*

»Schlussendlich ist der Kerl wohl eher erfroren, als dass das Gift ihn dahingerafft hat. Die Indizien reichen so nicht aus, um sie einzusperren. Sie selbst hatte definitiv keine Vergiftungserscheinungen, das wurde genau untersucht. Allerdings hatte sie eine ungesunde Dosierung an Herzmedikamenten. Details ersparen wir uns, aber es konnte nachgewiesen werden, dass ihre originalen Medikamente durch verunreinigten, überdosierten Schund aus illegalen Quellen ersetzt worden war. Möglicherweise ein lange angelegter Plan. Sie sollte geschwächt sein und beim Wandern umkippen. Aber das sind alles nur Spekulationen. Fast zwei Tage im nass-kalten Wald. Für sie waren es angeblich wenige Stunden. Könnte eine Teilamnesie sein. Ist bei Stresszustand durchaus eine mögliche Schutzreaktion, meinten die Ärzte.« Walburga lehnte sich zurück: »Tja, jetzt wird der Staatsanwalt wohl etwas daraus machen müssen.«

Die Kommissarin ließ die Begegnung mit diesem ominösen, seit Jahren nicht mehr existierenden Stand nicht los. Sie besuchte tatsächlich den hiesigen Friedhof und fand das Grab, schwäbisch vorbildlich gepflegt. Das Foto darauf erinnerte sie wirklich an den Standverkäufer.

»Da hatte ich wohl doch eine Begegnung mit dem Burrenmännle, was?«, fragte sie sich laut und erwies ihm respektvoll einen Gruß.

Des Teufels Tisch

Gabriele Steininger

Die Schweißperlen auf Inspektor Bauers Gesicht liefen in kleinen Rinnsalen in seine Augenbrauen.

»Wie, wie weit …«, er brach den Satz atemlos ab, um stehenzubleiben. Sein Kollege hielt zehn Meter weiter ebenfalls an und drehte sich zu dem Nachzügler um.

Es war das dritte Mal, seit sie sich den Trampelpfad entlang durchschlugen. Von der Forststraße führte der Weg durch dichten Wald an den mystischen Tatort, den Teufelstisch. Was für den jungen, sportlichen Michael ein straffer Spaziergang war, stellte für den dicklichen, alternden Inspektor eine Herausforderung dar, der er nicht gewachsen zu sein schien.

»Wie weit müssen wir noch?«, fragte Karl Bauer, immer noch stark schnaufend und stützte sich mit den Händen an seinen Knien ab. Michael Kern beobachtete den »Koloss von Moas«, wie ihn die Belegschaft insgeheim nannte, und sah ihm in das rot angelaufene Gesicht.

»Nur noch ein paar Meter. Fünf Minuten, höchstens.«

Karls untrainierte Muskeln protestierten gegen die ungewohnte Belastung, die ihm der Anstieg durch den Wald abverlangte. Er sah den jungen Kollegen ungläubig an. Das mit den fünf Minuten hatte er schon letztes

Mal gehört. Mühsam richtete er sich auf, um weiterzugehen.

Bauer versuchte, sich selbst von den Mühen der Wanderung abzulenken, indem er sich die spärlichen Informationen des Telefongespräches mit dem Polizeibeamten Hauser ins Gedächtnis rief: Spaziergänger, eine Leiche im Wald, eine junge Frau, blond, nicht sehr groß, eher zierlich gebaut, die eine Art historischen Dolch in der Brust stecken hatte und mit weit aufgerissenen Augen tot auf einer Steinplatte platziert liegen sollte. Der Beamte hatte es als »Abstrakt« bezeichnet und Karl konnte sich unter dem Begriff nicht viel vorstellen.

Er hielt noch einmal an, um kurz durchzuschnaufen. Der Inspektor sah seinem Kollegen hinterher, der bereits etliche Meter Vorsprung hatte. Ein Blick auf die Armbanduhr, das einzige Erbstück seines Vaters, zeigte mehr, als die versprochenen fünf Minuten an. Mit einem leichten Kopfschütteln setzte er den Weg fort. Bald darauf hörte er Stimmen. Die Spurensicherung war vor Ort beschäftigt.

»Wir sind da«, informierte ihn Michael. Am Absperrband, in lässiger Pose an einen Baum gelehnt, überließ er ihm den Vortritt auf den Schauplatz des Verbrechens. Inspektor Bauer atmete erleichtert auf.

Es war mehr, als nett von Kern, ihn nicht vor den anderen zu denunzieren, indem er Minuten vor ihm eintraf. Karl kannte die Spötteleien, die hinter seinem

Rücken kursierten. Sein Übergewicht machte ihm in letzter Zeit immer mehr zu schaffen. Das Schlimmste war jedoch, dass er nichts dagegen unternehmen konnte. Was er auch versuchte, schlug fehl und er machte mit dem JOJO-Effekt Bekanntschaft.

Vielleicht liegt es am Alter, dachte er. Dann sah er, was der Kollege Hauser mit der Beschreibung »Abstrakt« gemeint hatte. All die körperlichen Mühen des Weges, das Hadern mit dem eigenen Gewicht, waren mit einem Schlag vergessen, hatten in einer Mischung aus blankem Entsetzen und ungläubigem Staunen Platz gemacht. Auf einem der größeren Steine lag die Leiche der jungen Frau, einem widerlichen Kunstwerk gleich drapiert. Der lange Dolch ragte zwischen ihren nackten Brüsten wie ein Kreuz in die Höhe. Die Waffe war besonders mit einem Teufelskopf als zierendem Handschutz. Gewundene Hörner bildeten eine Art Parier-Stange, die normalerweise an Schwertern zu finden war. Mit nach hinten durchgebogenem Rücken, die Handgelenke nahe den Knien und die Knöchel an den Ellenbogen fixiert, mit einem Stützgerüst aus Ästen und Zweigen in diese unmögliche Pose gebunden und einem Apfel, der zwischen die Zähne geklemmt in ihrem Mund steckte, gab sie ein Bild ab, das jeden einzelnen der Beamten sprachlos hatte werden lassen, bevor sie sich zögernd an ihre Arbeit gemacht hatten. Georg Händler, der Gerichtsmediziner, schritt auf Bauer zu. Schon von weitem schüttelte er den Kopf.

»Siehst du diese Schweinerei?«, lautete sein erster Satz. Eine rhetorische Frage, auf die Karl mit einem stillen Nicken antwortete. »Man weiß gar nicht, wo man anfassen kann, ohne vielleicht ein wichtiges Detail zu vernichten, weil die ganze Konstruktion in sich zusammenfallen könnte.«

»Gibt es einen Todeszeitpunkt?«, fragte Michael.

»Nicht, solange ich die Dame nicht auf meinem Tisch liegen habe. Bislang konnte ich sie nicht richtig untersuchen. Das heißt, erst wenn die Spurensicherung fertig ist und dieser Aufbau entfernt werden kann.«

»Sie wurde heute Morgen gegen halb zehn entdeckt. Nachdem gestern Nachmittag eine geführte Wanderung hier entlang führte, können wir im Groben behaupten, es muss in der Nacht passiert sein«, schlussfolgerte Karl. Michael Kern und Georg Händler sahen ihn zweifelnd an. »Was ist? Wenn ich raten müsste, würde ich sagen Mitternacht.« Bauer schritt an ihnen vorbei, um die Tote näher zu betrachten. Der Mediziner folgte ihm.

»In ein paar Stunden kann ich dir vielleicht einen Ritualmord bestätigen.«

»Das musst du nicht.« Karl stand vor der jungen Frau.

»Wie meinst du das?« Georg verstand im Moment nicht das Geringste. Sicher, das Bild der Toten, der Tatort Teufelstisch, alles deutete auf einen Ritualmord um Mitternacht hin. Dennoch konnte es noch nicht mit Sicherheit behauptet werden.

»Es ist ein Ritualmord. Kein okkulter, mehr ein bizarrer.« Michael, der inzwischen nachgekommen war, sah seinen Kollegen fragend an. »Wenn ihr den Apfel analysiert habt, wird das Ergebnis Boskoop lauten.« Karl Bauer drehte sich um und verließ den Platz.

»Wo willst du hin?«, rief Michael ihm nach.

»Ich habe genug gesehen.« Mit dieser Antwort verschwand der Inspektor eiligen Schrittes zwischen den Bäumen.

»Ich will nicht unmenschlich klingen«, setzte Kern dem Gerichtsmediziner zugewandt an. »Aber, nach dem ersten Blick aus der Ferne musste ich an ein Spanferkel denken.«

Georg sah ihn entsetzt an. »Na, mit dem Apfel im Mund und so«, wollte er sich noch erklären. Händler drehte sich angewidert in die andere Richtung und ließ ihn stehen.

»Bestimmt hat er das Gleiche gedacht und tut dann so, als sei er besser«, murmelte Michael. Bestimmt hatte auch Bauer dieses Bild vor seinem inneren Auge und, als er sich die Szene am Teufelstisch aus der Nähe angesehen hatte, war es ihm zu viel geworden. Ein Spanferkel-Menschenopfer auf des Teufels Tisch, wie es passender nicht dargestellt werden könnte. Es wurde der Sage um den Ort gerecht, auch wenn der Teufel den Tisch gebaut hatte, so war er doch wegen des Glockengeläuts von diesem Platz vertrieben worden.

Kern warf einen letzten Blick zurück. Vielleicht auch nicht, dachte er und folgte Bauers Weg Richtung Streifenwagen.

Händlers Bericht bestätigte Karls Aussagen zum Fall. Der Todeszeitpunkt bewegte sich zwischen dreiundzwanzig und ein Uhr. Die Analyse des Apfels ergab die Sorte Boskoop und Michael Kern sah den Kollegen erstaunt an.

»Wie hast du das erraten?«, wollte er wissen.

Bauer saß an seinem Laptop und sah ihn über den Rand hinweg an. Mit einem Rutsch drehte er das Arbeitsmittel zu Kern, damit dieser das Bild sehen konnte.

»Das jungfräuliche Opfer auf des Teufels Tisch!«

Michael starrte mit offenem Mund ungläubig auf den Bildschirm. Es war nahezu die gleiche Szenerie, die sie im Wald vorgefunden hatten.

»Und der Apfel?«

»Der Maler nannte sich Renoire Boskoop.«

»Woher weißt du das? Ich meine, wie bist du darauf gekommen?« Bauers Kollege hatte sich wieder gefangen und wartete gespannt auf Karls Ausführung.

»Es ist nicht das erste Werk, das ich von ihm gesehen habe.«

»Du meinst, der Maler ist der Mörder?«

»Rede keinen Unsinn! Renoire Boskoop ist im neunzehnten Jahrhundert gestorben«, fuhr der Inspektor ihn an.

»Ich habe noch nie etwas von einem Boskoop gehört«, murmelte Michael.

»Wir haben es hier mit einem extrem gestörten Lebenden zu tun. Und der Maler war nie sehr berühmt. Genau genommen hat er nur drei Bilder in seinem Leben gemalt.« Bauers Kollege starrte wortlos weiter in sein Gesicht.

Karl musste sich überwinden, um ihm die Geschichte zu erzählen. »Vor zwanzig Jahren war ich in München und hatte damals noch nichts mit Mord zu tun.« Er machte eine kleine Pause, bevor er fortfuhr. »Wir wurden zu einem Leichenfund gerufen. Es war das erste Mal. Ich meine, die toten Menschen.« Er hielt in Gedanken erneut inne.

Michael wagte nicht, zu fragen, auch wenn er beinahe vor Ungeduld platzte. Schließlich fuhr Karl fort. »Ein abscheulicher Anblick, den ich nie mehr vergessen werde. Auch hier brachten die Recherchen eine Abbildung eines Werkes von Boskoop zum Vorschein. Der Titel war: »Die Mauer der Toten«. Verstümmelte Leichen, die an einer Mauer in Löchern lagen.« Es fiel ihm sichtlich schwer, darüber zu reden.

»Eine Mauer mit Leichen? Hat man den Mörder gefasst?«, wollte Michael wissen.

»Es muss Tage gedauert haben, das zu errichten. Damals haben wir dem Apfel keine weitere Bedeutung beigemessen, und es war purer Zufall, über das grausige Gemälde und den Maler zu stolpern. Ein weiterer Mord geschah. Es wurde auch jemand für die Verbrechen verurteilt. Ich denke nicht, ich dachte damals schon nicht … Mein Gott, sie haben tatsächlich den Falschen eingesperrt. Es war der Falsche, Michael.« Bauer war blass geworden. In seinem Kopf wechselten sich die Bilder der Toten mit dem Gesicht des Angeklagten ab.

»Ein psychisch sehr angeschlagener Mann. Es war kaum ein verständliches Wort aus ihm herauszubekommen, als man ihn beim zweiten Fundort aufspürte. Alle Bedenken wurden damals zur Seite gewischt. Ihm fehlte das Kalkül, um so organisiert zu morden, und dennoch: Er hatte gestanden. Das reichte, um ihn zu verurteilen und in eine Einrichtung einzuweisen.« Michael kratzte sich nachdenklich am Kopf.

»Aber, das war vor zwanzig Jahren. Warum sollte der Mörder so lange warten, bis er wieder mordet? Könnte es ein Nachahmer sein?«

»Boskoop hat die Serie des Todes gemalt. Eine Bildreihe mit nur drei Werken. Zwischen dem zweiten und dem letzten Bild lag eine Zeitspanne von zwanzig Jahren.«

»Warum hat man das damals nicht berücksichtigt?«

»Weil niemand daran geglaubt hatte, dass ER es genauso machen würde. Und man hatte ein Geständnis«, versuchte Bauer zu erklären.

»Und es ist kein Mord mehr passiert«, ergänzte Michael. »Keine weiteren Morde, Ursache gefunden. Zumindest bis heute.«

»Bis heute«, wiederholte der Inspektor und nickte gedankenverloren mit dem Kopf.

»Wo befinden sich eigentlich diese Gemälde des Todes?«, fragte Bauers Kollege nach einer Weile des Schweigens.

»Sie waren lange Zeit in Familienbesitz der Boskoops. Ende der neunziger Jahre wurden sie auf einer Versteigerung veräußert. Ein privater Sammler hat sie gekauft. Die Ermittlungen gingen damals schon in seine Richtung, doch der Mann hatte ein Alibi. Wir fanden es seltsam, da alle drei Bilder im Konvolut versteigert wurden.«

»Ich fände es seltsamer, sich so etwas in die Wohnung zu hängen.« Michael schüttelte verständnislos den Kopf. »Wie auch immer, heute ist er tot und hat daher das beste Alibi.«

»Wir haben eine Woche, um den Mörder zu finden und einen Unschuldigen zu entlasten«, sagte Karl plötzlich. Erstaunt sah Michael sein Gegenüber an.

»Wie kommst du auf eine Woche?«

»Boskoop wurde sieben Tage nach Vollendung seines letzten Werkes erhängt aufgefunden.«

Ein Mörder, der sich wie der Künstler, eine Woche nach seinem Abschlusswerk selbst das Leben nahm. Warum sollte dieser das tun? Wäre ein neues »Projekt« nicht wahrscheinlicher? Michael saß über den Akten der alten Fälle. Seine Gedanken schweiften ab. Die Aussagen liefen im Kreis.

»Verdammt!«, fluchte er und warf die letzte Mappe ungehalten auf den Stapel auf seinem Tisch. Karl sah kurz hoch, bevor er seinen Blick wieder in den eigenen Seiten versenkte. »Es ist zum durch die Wand laufen! Jeder könnte es getan haben und nirgends ist ein Motiv zu finden. Entweder, die Leute sind schon gestorben, in irgendeinem Altersheim oder sonst wie nicht in der Lage, die Tat auszuführen.«

»Es sind eben zwanzig Jahre. Wir müssen nach jemandem suchen, der in seinen Vierzigern oder Fünfzigern ist.« Karl legte seine Akte aus der Hand und griff nach der nächsten.

»Es sind aber nur noch drei Tage, bevor er sich selbst in die ewigen Jagdgründe schickt oder aber auch nicht. Wobei, ich fände es gar nicht so schlimm, wenn er sich den Strick um den Hals legen würde.«

»Nur noch ein Tag, wenn Karl recht hat«, erklärte Michael dem Gerichtsmediziner die Sachlage. Georg Händler blickte nachdenklich auf den Boden seiner leeren Kaffeetasse.

»Ein Tag ist nicht viel.« Im Grunde war Georg von Michael nicht begeistert. Der junge Kriminalist war ihm zu aufbrausend und ungeduldig. Angesichts der herrschenden Situation keimte allerdings so etwas wie Verständnis für ihn auf. »Was sagt denn Bauer?«, wollte er wissen.

»Nichts. Gar nichts. Er liest Berichte von vor zwanzig Jahren. Es wundert mich, dass er sie nicht schon auswendig aufsagen kann. Karl vergräbt sich in dem alten Papier wie ein Igel im Winterschlaf.«

»Er wird nach fehlenden Puzzleteilen suchen. Ich bin mir sicher, er denkt, damals etwas übersehen zu haben«, verteidigte Georg seinen Freund.

»Wenn die Spurensicherung etwas gefunden hätte, dann gäbe es einen Anhaltspunkt«, spekulierte Kern.

»Der Tag Null! Wir haben nichts! Wir sollten abwarten, wer sich aufhängt, dann wissen wir, wer es getan hat«, maulte Michael.

»Während du dich über fehlende Fortschritte beschwert hast, habe ich gearbeitet. In fünf Minuten fahren wir.« Bauer nahm einen Schluck Kaffee und ignorierte den verdutzten Blick. Er wirkte sehr ernst und in sich gekehrt.

Michael Kern saß schweigend neben ihm im Dienstfahrzeug und besah sich die Gegend, die an ihnen vorbeirauschte.

»Wohin fahren wir?«, fragte er nach einer Weile der Stille.

»Zur Lösung des Falles, hoffe ich.« Der Inspektor war angespannt.

»Das heißt, du weißt, wo sich der Mörder befindet?« Michael zog ungläubig die Augenbrauen hoch.

»Nur eine Vermutung.« Inspektor Bauer bog von der Hauptstraße in einen Seitenweg ab, der durch bewaldetes Gebiet führte und wenig später in einen Feldweg überging. Eine letzte Kurve trennte die Beamten noch von einer kleinen Lichtung, auf der eine Scheune stand. Bauer hielt an.

»Die letzten Meter müssen wir zu Fuß gehen«, sagte er, stieg aus und kontrollierte seine Dienstwaffe. Michael hatte ihn während der gesamten gemeinsamen Zeit, die sie miteinander arbeitend verbracht hatten noch nie seine SFP9 in der Hand halten sehen. Er überlegte kurz und tat es dem Inspektor gleich. Sie schlichen auf das hölzerne Gebäude zu und pressten sich an die Wand. Es war ein schäbiger, alter Bau, der den nächsten Herbststurm nur durch ein Wunder überdauern könnte. Bauer lauschte, legte warnend seinen Zeigefinger auf die Lippen und deutete dann zur Tür, die einen Spalt weit offen stand. Kern hatte das Zeichen verstanden. Er schlich in Richtung der Öffnung und spähte vorsichtig in den düsteren Raum. Bauer war dicht hinter ihm.

Michael hatte den Kopf zurückgezogen und flüsterte ihm zu: »Ich kann nichts erkennen, es ist zu dunkel.«

»Halte die Stellung. Ich werde versuchen, von der anderen Seite etwas zu sehen.« Michael Kern blieb wie befohlen mit gezückter Waffe an der Tür. Minuten vergingen ohne ein Zeichen seines Kollegen, ohne ein Laut aus der Scheune. Sein Kopf beschäftigte sich mit der Frage, wie Bauer auf die Idee gekommen war, ausgerechnet hier nach dem Mörder zu suchen. Die Zeit verstrich weiter, und er wurde unruhig. Immer noch war kein Geräusch zu hören, Karl blieb verschwunden. Er überlegte, ob er seine Position verlassen und ebenfalls auf die andere Seite des Baus gehen sollte, um zu sehen, wo sein Kollege abgeblieben war. Ein Quietschen war zu vernehmen, als sich die Tür langsam weiter nach innen öffnete. Michaels Muskeln spannten sich schlagartig an, die Pistole im Anschlag auf den Spalt gerichtet wich er einen Schritt zurück. Sein Herz schlug bis zum Hals, sein Puls raste und auf seiner Stirn bildeten sich kleine Schweißperlen vor Anstrengung.

»Michael?« Die Stimme hinter ihm ließ ihn herumwirbeln und seine Waffe zielte auf Karl.

»Verdammt! Warum erschreckst du mich so?« Michael ließ die Pistole sinken.

»Ich hatte nicht damit gerechnet, dass du in Schussposition dastehen würdest«, verteidigte sich der Inspektor.

Die Tür, schoss es Michael plötzlich durch den Kopf, und er wirbelte wieder herum.

»Es ist niemand in dem Schuppen. Zumindest niemand, der je gelebt hat.« Diese Information ließ Kern verwirrt innehalten.

»Aber die Tür, sie hat sich bewegt.«

»Die ganze Scheune ist so schief, dass sie sich jederzeit bewegen könnte. Ich war drin. Du kannst mir glauben.«

Bauer schritt an ihm vorüber und drückte den genagelten Eingang komplett auf. »Komm, aber pass auf, wo du hintrittst. Hier liegt viel Scheiß auf dem Boden.« Michael folgte dem Inspektor in das Innere. Es dauerte einige Augenblicke, bis sich seine Augen der Dunkelheit anpassten. Eine Silhouette war im Raum erkennbar. Sie gingen näher heran, und er erkannte eine menschliche Gestalt, die von den Deckenbalken baumelte.

Bauer hatte den Schrecken im Gesicht seines Kollegen gesehen. »Eine Strohpuppe«, informierte er. »Der Tod von Boskoop, wenn man so möchte.«

»Ich verstehe überhaupt nichts mehr.« Michael schüttelte den Kopf. »Warum hier? Warum in dieser Scheune? Warum eine Strohpuppe?«

»Wäre dir eine echte Leiche lieber gewesen?«, fragte Bauer.

»Ja. Nein. Nein, natürlich nicht. Aber der Mörder! Wir hätten ihn fassen können. Warum sind wir zu spät?«

»Weil Boskoop sich früher als gedacht erhängt hat. Man hat ihn eine Woche nach seinem letzten Werk gefunden. Doch da war er bereits einen ganzen Tag tot. Ich bin auf die Scheune gekommen, weil der Maler sich damals auch in einer abgelegenen Scheune umgebracht hat. Meine Hoffnung, hier fündig zu werden, lag in dem Umstand der identischen Gegebenheiten in diesem Fall.«

»Das bedeutet aber auch, dass wir ihn niemals finden werden, oder?«, vermutete Michael.

»Ich weiß es nicht«, gab Bauer zu.

* * *

Ein Jahr später …

»Bauer! Kern! Für euch ist ein Päckchen gekommen!« Die Stimme von Otto Breme hallte durch die kleine Polizeistation. Die beiden Beamten sahen sich fragend an, während Otto ihnen einen kleinen Karton auf den Tisch stelle.

»Was soll das denn sein?«, fragte Michael. Karl nahm die Schachtel und löste die Verpackung darum.

»Sehen wir gleich«, sagte er und schnitt den Klebestreifen auf.

»Äpfel? Wer schickt uns denn zwei Äpfel?«, fragte Kern überrascht.

»Es ist ein Brief dabei«, stellte Bauer fest. Er hatte den Umschlag des Notariats Heller bereits in den Händen und öffnete ihn.

… im Auftrag unseres Mandanten zur Übergabe sechs Wochen nach seinem Tod an …

Mit angespannter Mimik überflog er die Zeilen der zweiten Seite. Er legte das Blatt Papier mit einer unheimlich wirkenden Ruhe auf den Tisch und schob es seinem Kollegen zu. Michael nahm es und las das Geständnis eines Mörders. Es war unterzeichnet mit M. Boskoop, der sich als geistiger Nachfahre des unbeachteten Malers bezeichnete, dessen Werke seit dem letzten Mord um eine unglaubliche Nachfrage bereichert wurden.

»Dann war es doch dieser Sammler, der die Bilder gekauft hat?«

»Wohl eher sein Erbe und Adoptivsohn.«

»Hier steht, wir können ihn besuchen. Allerdings keine Adresse, sondern eine Reihe von Zahlen und Buchstaben.« Michael runzelte seine Stirn.

»Das ist genau so gut wie eine Adresse. Komm, wir fahren dorthin. Ich will es jetzt wissen«, sagte Karl und zog seine Jacke an. Michael Kern folgte ihm verwirrt.

Inspektor Bauer fuhr zum Deggendorfer Friedhof und stieg aus. Michael folgte ihm immer noch verwirrt. Bauer schritt durch die Reihen der Gräber, bis er gefunden hatte, wonach er suchte. Vor einer tischförmigen Steinformation blieb er stehen. M. Boskoop war mit goldenen Lettern darauf verewigt. Das Grab war noch frisch und man konnte sehen, dass dieses kunstvolle Gebilde und die Umrandung noch nicht lange standen.

»Hat er sich doch noch selbst umgebracht?«, fragte Michael ungläubig.

»Ich denke nicht. Ich vermute eher, dass er krank war.«

»Wenn ich mir das Grab ansehe, bin ich sicher, dass er krank war. Es sieht aus, wie …«

»Wie des Teufels Tisch«, ergänzte Bauer den Satz des Kollegen.

Der Vampir von Brooklyn

Rubi Stephens

Februar 1955

Detective Rick Banner parkte seinen Wagen auf dem Besucherparkplatz von Sing-Sing. Er stieg aus, nahm seine schwarze Aktentasche vom Rücksitz und ging zu dem Tor im Zaun, durch das er das eigentliche Gefängnisgelände betreten konnte.

Der Wärter kontrollierte seinen Ausweis und seine Marke, rief kurz drinnen an und öffnete ihm dann per Summer das Tor. Rick betrat den »Vorhof zur Hölle«, den Platz, der die letzten sieben Meter Freiheit vor den Gefängnismauern bildete.

Er war aufgeregt. Das Verhör heute sollte ein besonderes werden. Schon so lange feilte er an seiner Karriere, beschäftigte sich mit Serienmördern aller Art, verglich diese, sammelte Motive und Fakten, suchte Parallelen.

Für ihn waren diese Forschungen eine regelrechte Passion, fast schon eine Sucht. Sie bestimmten sein Leben, so sehr jagte er nach Informationen dazu, neben seinen übrigen Fällen. Diese Chance war so einmalig wie ein Sechser im Lotto. Und er hatte ihn gezogen! Er besuchte hier einen Mann, der zum Tode verurteilt seit mehreren Monaten einsaß, einen Mann, dem man anhand seines Äußeren und seines Auftretens die Taten, für die er hier gelandet war, nicht ansehen konnte. Das war nicht typisch, vielen Mördern konnte der Wahnsinn in den Augen abgelesen werden, nur hier nicht. Was in dessen Akte zu lesen war, ließ einem das Blut in den Adern gefrieren. Es stimmte jedes Detail.

»Guten Tag, Detective. Paul Allan. Ich bin der Leiter dieser Haftanstalt.«

Der Mann, etwa Mitte 40, reichte ihm die Hand zu einem beherzten Händedruck.

»Detective Rick Banner. Danke, dass sie mich empfangen. Ist er immer noch bereit, mit mir zu reden?«

»Oh ja, ist er. Machen Sie sich darüber keine Sorgen. Er ist richtig heiß drauf, seine Geschichte zu erzählen. Aber passen Sie auf. Was Sie zu hören bekommen werden, ist wirklich ziemlich krank. Der Mann hat so ziemlich alles an Störungen, was man sich nur vorstellen kann.«

Rick nickte. Das hatte er bereits im vorläufigen Bericht gelesen. Der Mann, der hier einsaß und auf seine Hinrichtung wartete, gab sich selbst als Albert Fish aus.

Der berühmte Serienmörder, Kannibale mit diagnostiziertem Masochismus, Pädophilie, Koprophagie und so vielen anderen Krankheiten, dass er für die Psychologenfraktion seinerzeit das gefundene Versuchsobjekt darstellte. Er wollte die Geschichte dieses Mannes aus dessen eigenem Mund hören. Die Geschichte eines Mannes, der Fan eines Mörders war, der, geschätzt, mindestens sechs Menschen getötet hatte. Die Dunkelziffer lag weitaus höher, vor allem, wenn man mit dem Maßstab an ihn heranging, dass er versuchte, Alberts Leben nachzuleben. Für einige Jahre war es diesem Menschen auch gelungen. Das Fiese daran waren die Details, wie er es hinbekommen und die vielen Menschen, die er getötet hatte.

Rick folgte dem Direktor in dessen Büro. Die hübsche Sekretärin kümmerte sich sofort um ihr Wohl und servierte einen viel zu starken Kaffee.

»Nun, Detective. Bevor ich Sie zu unserem Gast lasse: Sie wissen, dass er bereits zum Tod auf dem Stuhl verurteilt wurde, nicht wahr? Warum dann noch dieses Interview? Er hat alles gestanden, er versucht selbst hier, Fishs Leben nachzuahmen und zitiert ihn bald wortwörtlich in einzelnen Situationen. Es gab genug Ermittlungen. Der Kerl ist krank. Eigentlich heißt er Peter Meyer.« Er hielt seine Tasse in der Hand und sah Rick direkt in die Augen. »Einwanderer, der auch etwas von der großen Freiheit New Yorks abhaben wollte. Nur leider hatte er nicht das große Los gezogen.«

Rick stellte die Tasse beiseite und sah zurück.

»Ich habe die Berichte gelesen. Sehr viele geben etwas von seinen Aussagen wieder, jedoch nie vollständig. Ich möchte seine gesamte Geschichte niederschreiben, bevor es nicht mehr möglich ist. Er ist ein besonderer

Fall. Informationen, die die Nachwelt vielleicht für spätere Fälle gebrauchen kann. Mehr denn je, wenn er ihn so akribisch kopieren kann. In Fachkreisen wurde die Hinrichtung bedauert, die Psychologen hätten gerne noch ein wenig mehr aus ihm herausgeholt.«

Der Direktor seufzte. »Mir ist, als habe ich ein Déjàvu. Dieses Gespräch habe ich vor zwanzig Jahren schon einmal geführt. Mit ihrem Vorgänger. Der interviewte den richtigen Albert Fish. Nach wenigen Jahren drehte dieser Mann durch und erhängte sich in seiner Wohnung. Ich hoffe für Sie, dass sie gefestigt genug sind, dies nicht zu wiederholen.«

Banner bestätigte ihm das. Selbstmordgedanken waren ihm sehr fremd, und er sah sich selbst auch als psychisch gefestigt, das konnte er sogar über ein Attest nachweisen. Der Direktor stimmte schließlich zu. »Nun denn. Folgen Sie mir bitte. Ich bringe Sie zu unserem Gast.«

Der Direktor verabschiedete sich von Banner, als dieser den Todestrakt betrat. Nachdenklich schaute er ihm nach. Der erste Wachmann bemerkte seinen Blick.

»Haben Sie Sorge, dass es sich wiederholt, Sir?«, fragte dieser förmlich. »Es ist zu auffällig. Erst dieser Nachahmer und jetzt sogar der Detective, der sich durch dessen Geschichte profilieren möchte.«

Der Wachmann zuckte mit den Schultern. »Es passiert, wie unser Allmächtiger es in seinem Plan vorgesehen hat.«

»Wohl wahr. Rufen Sie mich, falls etwas ist.« Mit diesen Worten überließ der Direktor den Detective seinem Schicksal.

Banner betrat den Raum, der extra für sein Interview hergerichtet worden war. Gleich würde er ihm gegenüberstehen: Peter Meyer, dem angeblichen Seelen-Erbe des Albert Fish. Was konnte er über ihn sagen?

Über Fish war viel bekannt. Sie nannten ihn »den grauen Mann«, ein Mann, der aussah wie der nette Großvater von nebenan. Diese Beschreibung passte auf beide. Sie sahen sich wahrhaftig ähnlich. In den Akten bekam Meyer den Zusatz, dass er Fishs Methoden ausgeklügelt und verfeinert hätte.

Der Wachmann öffnete die Zellentür und Rick sah ihn zum ersten Mal real vor sich.

»Guten Tag, Detective. Sie sind pünktlich.«

Was Rick Banner zu sehen bekam, entsprach ziemlich genau den Fotos in den Akten. Ein älterer Herr, graue Haare, grauer Bart. Die Augen hell und der Blick wirkte intelligent. Er wirkte sympathisch, kaum vorzustellen, dass dieser Mann solche Abgründe verbarg. Und dazu diese Ähnlichkeit. Fast hätte er ihn wirklich für Fish gehalten, hätte er es nicht schon besser gewusst.

»Guten Morgen, Mr. Meyer.«

»Mein Name ist Albert Fish. Ich dachte, Sie hätten sich informiert?«, antwortete dieser sofort, lächelte ihm aber versöhnlich und gütig zu.

»Bitte verzeihen Sie. Guten Morgen, Mr. Fish.« Banner spielte das Spiel mit.

»Nennen Sie mich ruhig Albert. Mr. Fish klingt so förmlich an diesem Ort.«

Der Wachmann ließ die Zellentür geöffnet, der kurze Flur davor war zu beiden Seiten gesichert. Er blieb auf dem Gang sitzen, hatte dort Tisch und Stuhl. Banner durfte in der Zelle mit Fish sprechen, bei Gefahr wäre Hilfe sofort zur Stelle. Banner hatte hierfür extra eine Sondergenehmigung eingeholt. Er wollte nicht durch die Gitter mit diesem Mann reden. Für dieses Interview wollte er ihm von Angesicht zu Angesicht gegenübersitzen.

»Albert also. Gut, wenn Sie das möchten. Wie fühlen Sie sich heute?«

Der alte Mann lächelte.

»Bereit, meine Geschichte zu erzählen. Wollen wir gleich anfangen?«

»Gern. Ich möchte Sie bitten, erzählen Sie alles.« Banner sah ihn ruhig an.

»Das werde ich, Mr. Banner. Das werde ich.«

»Geboren wurde ich im Jahre des Herrn 1870, am 19. Mai im schönen Washington. Meine Familie lebte in einem kleinen Haus, Mutter, Vater, zwei Brüder und eine Schwester. Eine glückliche Familie möchte man meinen, nicht wahr? Nun bei uns war dem nicht so. Mein Bruder, er hieß auch Albert, starb bereits früh an Hydrocephalus, und er war irre gewesen, wie so viele aus meiner Familie. So sagen es die Mediziner. Mein Vater starb, als ich fünf Jahre alt war, meine Schwester kam ins Irrenhaus.

So ohne den Ernährer in der Familie schaffte meine Mutter mich schließlich fort in ein Heim für Knaben. Oh, das war eine lehrreiche Zeit dort. Sie können sich nicht ausmalen, wie die Wärter mit jungem Gemüse wie uns umgegangen sind. Das meiste meines späteren Handwerkszeugs habe ich dort gelernt. Aber gut, ich schweife ab. In diesem Heim lernte ich die süße Qual der Folter kennen. Körperlich durch die Angestellten, seelisch durch die anderen Kinder. Es war auch die Zeit, in der ich meinen Vornamen änderte. Eigentlich heiße ich Hamilton. Die Hänseleien der anderen Kinder konnte ich nach gewisser Zeit nicht mehr ertragen, und so wechselte ich auf den Namen meines toten Bruders. Sie nannten mich ständig Ham and Egg. Nicht sehr nett einem kleinen Jungen gegenüber.«

Banner notierte sich ab und an etwas in sein Notizbuch. Wahrhaftig, dieser Mann erzählte die Geschichte des berühmten Albert Fish, als wäre es seine eigene. Er kannte jedes Detail des Serienmörders, der vor Jahren so grausige Taten begangen hatte, grausig genug, dass niemand ihm erst Glauben schenken wollte.

Der Kerl sah nicht nur so aus wie Fish, er lebte dessen Leben regelrecht nach. Die Beziehungen zu jungen Männern, den Weggang nach New York, um dort die Freiheit zu genießen. Eine Freiheit, die für ihn fiese Spielchen mit Minderjährigen beinhaltete, gerade in einer florierenden Stadt, einem Moloch an Menschenmaterial, wo zu viele Kinder der armen Bevölkerungsschicht bei Verschwinden nicht vermisst wurden. Eine Stadt, in der die Eltern nicht die Möglichkeiten hatten, sie zu suchen, ein Paradies für diesen kranken Menschen. Das hatte sich in den zwanzig Jahren seit Fishs Hinrichtung auch leider nicht großartig verändert.

Banner hatte aufgehört, sich Dinge zu notieren. Er kannte die Akten, die Morde, die Vergewaltigungen, die kannibalischen Taten. Als Meyer sich nun über Fishs bekannteste Tat, dem Mord an einem kleinen Mädchen namens Grace, auslie2 und sich über den Coup amüsierte, der Mutter einen Brief über das grausige Ende ihrer Tochter, gespickt mit grausigen Einzelheiten, zu schreiben, tat Banner sich schwer, die Fassung zu behalten. In diesem Fall hatte Meyer dafür gesorgt, dass die arme Frau ihn tatsächlich auch zu lesen bekam. Aber er ließ ihn reden und versuchte, bei den Erzählungen keine Reaktion zu zeigen.

»Was genau ist denn ihre Bestimmung, Albert?«
»Ah. Verzeihen Sie, Detective. Ich spreche sicherlich etwas konfus. Oh, wo fange ich an? Moment.« Er über-

legte kurz, wie er diesen Teil der Geschichte nun beginnen sollte.

»Wie Sie sicherlich wissen, erzählte mir ein guter Freund von den Genüssen und Vorteilen jungen Menschenfleisches.«

Banner nickte schnell. Diesen Part der Geschichte musste er nicht noch einmal hören. Auch dieser war Teil eines Briefes aus Fishs Hinterlassenschaften gewesen. 1894 heuerte einer seiner Freunde, Kapitän John Davis, als Matrose auf dem Dampfer ›Tacoma‹ an. Das Schiff verkehrte zwischen San Francisco und Hongkong. Nach der Ankunft in China ging er mit zwei Kameraden von Bord. Sie betranken sich. Als sie zum Hafen zurückkehrten, war das Schiff verschwunden.

Zu dieser Zeit herrschte eine große Hungersnot in China. Fleisch jeglicher Art kostete ein bis drei Dollar das Pfund. Unter den Armen war der Hunger so groß, dass sie ihre Kinder unter 12 Jahren für ein paar Lebensmittel verkauften, damit die übrigen dem Hungertod entkamen. Ein kleiner Junge oder ein kleines Mädchen war in diesen Tagen seines Lebens nicht sicher. Sie konnten in jedes Geschäft gehen und nach einem Steak, Kotelett oder Ragout fragen. Was sie dann bekamen, wurde in detaillierten Einzelheiten im Brief aufgeführt. Vom ersten Schnitt bis zur Zubereitung.

Von John erfuhr Albert Fish von dessen Geschichte und hörte aufmerksam zu, als John ihm immer wieder erzählte, wie gut dieses Fleisch gewesen sei. Eine Steigerung zu den vorangegangenen Morden. Selbst diesen Part erzählte Meyer, als hätte er ihn selbst erlebt.

»John zeigte mir nicht nur die verschiedensten Arten der Zubereitung und ließ mich alles in Ruhe kosten. Er wurde so etwas wie mein Mentor. Durch ihn lernte ich die Stimme kennen. Ich hatte sie vorher nicht bemerkt. Doch sie war wohl schon immer da. Sie folgte mir, wohin auch immer es mich zog. Am stärksten jedoch war sie in meinem Viertel. Eines Abends nach der Arbeit ging ich im Dunkeln und im Regen die Straße zu meinem Heim entlang. Da hörte ich die Stimme erneut. Zum ersten Mal hatte ich sie in meiner Kindheit gehört, kurz nachdem meine werte Frau Mama mich aus dem Heim zurück in den Schoß der Familie geholt hatte. Ich hatte sie beinahe vergessen, doch nun meldete sie sich mit aller Macht zurück. Ich sei auserwählt. Auserwählt, die Sünde der Welt abzuwaschen. Durch eigene und fremde Opfer. Was ich getan habe, musste rechtens sein. Denn ansonsten hätte mir ein Engel Einhalt geboten, so wie in der Bibel ein Engel einschritt, als Abraham seinen Sohn opfern wollte. Meine Kinder haben mir dabei geholfen. Zumindest eine Zeit lang. Sie halfen mir, die Buße an mir selbst durchzuführen. Doch wichtiger war der Stimme, dass ich diese

Kinder nehme und ihr Hab und Gut in Rauch dem Herrn übergebe.«

Banner sah ihn an, als er eine Pause einlegte. Er erinnerte sich an die Akten mit den Polizeiberichten. Es war eins zu eins so wiedergegeben, wie Fish es einst getan hatte.

Banners Gedanken schweiften ab. Wirklich jedes Detail stimmte, als säße vor ihm die Reinkarnation von diesem Mörder persönlich. Selbst seine Familienstruktur passte. Wie Albert hatte er sechs Kinder, wie Albert wurde er früh von der Ehefrau verlassen und mit den Kindern allein zurückgelassen. Ebenso hatten sie ihren Vater mit einem Paddel geißeln müssen, in dem lange Nägel steckten, zur eigenen Buße. Sie hatten von ihm rohes Fleisch zu essen bekommen, das aber wohl von Tieren stammte, hofften die Ermittler zumindest.

Dieser Mann vor ihm hatte wahrhaftig das Leben von Fish so präzise nachgelebt, Banner rang mit der Fassung: Es war wirklich, als wäre Albert Fish wiedergeboren. Aus den Akten wusste Banner noch viel mehr über ihn. Die Parallelen und vor allem, dass dies so einfach funktioniert hatte, waren faszinierend und erschreckend zugleich.

»Diese Stimme trieb mich um. Ein ums andere Mal. Sie sprach immer nachts zu mir, immer auf dieser Straße. Sie kennen die Straße sicherlich, Detective. 406 West 15th Street. Mein Weg von der Arbeit nach Hause. Jeden Tag ging ich dort entlang. Früh morgens zur Arbeit hin, im Dunkeln meist wieder zurück. Immer kam ich auch an ihrem Haus vorbei. Am Haus von Grace Budd, meinem Engel, dem ersten Menschen, den ich zu mir genommen habe. Ich spüre sie noch heute in mir. Sie ist ein Teil von mir geworden. Detective, lesen Sie die Zeitung?«

Banner sah erstaunt zu ihm hin, überrascht von diesem Szenenwechsel.

»Ja, das tue ich. Was genau meinen Sie, Albert?«

»Die Artikel. Das Viertel. Sie nennen es das Vampirviertel. Ein lustiger Name. Es ist dort kein Vampir. Es ist der Engel der Buße, der Rache, der dort seine Fittiche über die Menschen ausstreckt. Er sprach zu mir. Er spricht nun zu anderen. Sie nennen mich in den Zeitungen den ›Vampir von Brooklyn‹. Das bin ich aber nicht, Detective. Ich bin kein Vampir, höchstens ein Diener. Ich tat, was der Engel mir auftrug zu tun. Nun ist meine Zeit vorüber. Doch Sie werden sehen, er ist noch immer da. Lesen Sie die Zeitungen.«

Der Mann, der sich als Albert Fish ausgab, erzählte nichts mehr. Nur noch am Tage seiner Hinrichtung ließ er ein Zitat von Fish verlauten, dass er sich darauf freue, den Tod zu kosten. Etwas, was er noch nie probiert hätte.

Wer auch immer dieser Mann einst gewesen war, er war dermaßen davon überzeugt, selbst der Serienmörder Albert Fish zu sein. Es schien kein Stück Seele des einstigen Menschen in ihm übriggeblieben zu sein.

Ob Banner an Seelenwanderungen glauben sollte? Psychologen konnten es sich nicht erklären, wie extrem er davon überzeugt war, die Reinkarnation von Fish persönlich gewesen zu sein. Sie vergaßen es bisweilen selbst und nannten ihn direkt Fish.

In der Zeit, seit Fishs Hinrichtung, waren im Umkreis von einer Meile rund um diese Straße immer wieder Menschen spurlos verschwunden. Kinder, Frauen, junge Männer aller Rassen.

Die Leute in der Gegend mieden die Straßenecke, das Haus der Familie Budd gab es noch. Es war unbewohnt und verfiel langsam. Niemand wollte das Grundstück erwerben, niemand das Haus renovieren. Es hieß, die Straße und vor allem dieses Grundstück seien verflucht. In zwei Jahren hatte man dort sechs Leichen gefunden, zerstückelt, gequält und aufs Übelste zugerichtet. Doch niemals ein Täter, nicht einmal ein Anzeichen dafür. Keine Hinweise. Nichts.

Die Menschen in der Gegend sprachen hinter vorgehaltener Hand noch immer vom ›Vampir von Brooklyn‹, der, wiedergeboren und auf Rache sinnend, hier sein Unwesen trieb und die Menschen geißelte.

Banner musste an die Worte Meyers und auch an den Interview-Mitschrieb Fishs denken, an den Vampir, der ein Engel der Buße sein sollte. Allmählich, als sich nach Jahren ein immer wiederkehrendes Muster an Leichen in diesem Gebiet abzeichnete und Banner schon längst in Rente war, begann auch der alte Detective, an den Vampir von Brooklyn zu glauben, an etwas, das die Menschen dort in ihresgleichen essende Monstren verwandelte. Er selbst sah darin das Erbe des Albert Fish.

Das Thema trieb Banner um: der Engel der Buße, gerade an dieser Adresse. Das Haus gab es selbst nach den zwanzig langen Jahren noch, auch wenn es leer stand, abgerissen hatten sie es noch nicht. Banner konnte nicht widerstehen, er musste den Weg nachgehen: Den Weg von Albert Fish, wie er von der Arbeit heimkehrte und das Haus vor sich sah. Nach ihm dieser Irre, der sich für Fish ausgab, gerade mal zwanzig Jahre später.

Der Detective ging langsam, schaute sich die Umgebung an, besah sich Häuser, die Straßen, den Unrat darauf. Er hatte es sich schlimmer vorgestellt.

Vor dem Haus von Grace blieb er stehen und wartete. Es passierte nichts. Was hatte er auch erwartet? Dass er nun die Stimmen hören würde? Dass ihm der Engel der Buße einflüstern würde, er solle nun ebenso anfangen, die Früchte des Unrats der Welt zu beseitigen?

Kopfschüttelnd ging er weiter. Hinter dem Vorhang bewegte sich etwas. Banner sah es gerade noch und blieb stehen. Sollte das Haus nicht unbewohnt sein? Das ganze Viertel stand auf der Liste der Abbruchunternehmen und sollte dem Fortschritt weichen. Seines Wissens versuchte die Stadt aktuell, die Bewohner dort auszuquartieren. Nur hinderte sie etwas daran, was sich keiner erklären konnte.

Banner drehte sich wieder weg. Sobald er das Straßenviertel hinter sich gelassen hatte, hörte er freudiges Kinderlachen. Er folgte dem Lachen zu einem Spielplatz. Jungen spielten am Klettergerüst, tollten und balgten sich um einen Ball. Ebenso sah Banner ein Mädchen auf einer Schaukel sitzen. Sie erinnerte ihn an das Bild von Grace. Freudig streckte es die Beine in die Luft, holte Schwung und lächelte, als es den Wind unter ihrem weißen Kleidchen spürte. Banner sah ihre nackten Füße und seine Speicheldrüsen begannen zu arbeiten, sein Magen knurrte und eine verführerisch klingende Stimme in seinem Kopf begann, ihn zu locken …

Monate später bekam Sing-Sing einen neuen Häftling. Der Direktor las sich betrübt immer wieder die Akten durch. Der Detective hatte zumindest darin Recht behalten, dass er keine Selbstmordgedanken gepflegt hatte. Dass er jetzt jedoch ebenso von Stimmen berichtete, die ihm diese Gräueltaten einflüsterten, und vor allem, was er getan hatte, brachte den Direktor an die Grenzen seines Verstandes. Er war sich nun sicher. Der Vampir von Brooklyn, er existierte noch immer. In den Köpfen der Menschen überdauerte sein widerliches Gedankengut die Zeit. Es setzte sich immer weiter fort …

Im Cockpit mit Urd

Andrea Storm-Eidam

Er tippt mir auf die Schulter und fragt: »Alles klar?«

Der Wind zerknautscht mein Gesicht. »Ja«, brülle ich über die Schulter nach hinten, denn ich will ihn ja, den Kunstflug im offenen Doppeldecker übers Wattenmeer von Sylt. Ich hebe meinen Arm und gebe mit meinem Daumen hoch das Ok. Wir fangen mit Looping an. Ich lächle, noch.

Ich höre, wie der Motor die Geschwindigkeit hochdreht.

Für einen Moment sehe ich nur Wasser, dann Horizont und kurze Zeit später – Himmel. Wir werden in die Sitze gepresst und fliegen für Sekunden kopfüber in einem Bogen auf die Nordsee zu. Ich spanne meinen Körper an und kneife die Augen zusammen. Eigentlich will ich alles sehen und klammere dennoch vor Angst meine Hände vorne in die Ledergriffe.

Augen auf – gucken – lächeln – Luft holen – Flug genießen.

So mein Plan …

Unter uns liegt das Wattenmeer, von Prielen und Rinnsalen durchzogen. Robben sonnen sich auf einer Sandbank und weiße Möwen schweben kreischend neben uns. Wir fliegen jetzt flach über die Nordseewellen. Ich spüre die Wärme der Sonne und der Wind trägt uns den Duft von Salzwasser und Seetang zu. Genauso habe ich es mir erträumt.

»Weiter?«, fragt Stritz, der Pilot.

Der Motor brummt und ich sehe durch die wie wahnsinnig drehenden Propellerblätter einen Fischkutter. Die Fischer stehen an Deck und ziehen das Netz mit dem silbrig glitzernden und zappelnden Fang an Bord. Ich bin zwar klein und kann kaum über die Bordkante sehen. Doch ich winke und rufe: »Huhu, huhu.«

Stritz fliegt auf den Kutter zu und winkt auch – mit dem Doppeldecker. Linken Flügel hoch, rechten Flügel hoch, linken Flügel hoch, zieht laut brummend die Maschine flach über den Fischkutter und in einer sanften Kurve nach oben. Ich sehe noch, wie die Fischer die Köpfe einziehen und lache laut auf.

»Da ist ja noch ein kleines Schiff, direkt am Kutter. Das sehe ich mir mal genauer an«, meint er und schon geht´s in eine enge Schleife. Im Schiefstand können wir alles super sehen.

»Die tauschen Pakete!« Ich sehe genau hin. »Drehen die hier ´nen Film?«

Schon sind wir vorbei.

»Na, kannst du noch?«, kommt die Frage von hinten, und ich ahne sein Lächeln.

»Nee«, murmle ich, »aber ich mache diesen Flug sicher nie wieder.« Also Daumen hoch. Ich spüre, dass der

Kampfpilot hinter mir absolut in seinem Element ist. Ich allerdings werde kreidebleich.

Steil geht´s nach oben. Wir nehmen Anlauf.

Mein Herz rast, nur mein Atem stockt.

Mein Blick ist starr durch die rotierenden Propellerblätter auf die friedlichen weißen Kumuluswolken gerichtet. Am Horizont entdecke ich im Schatten der Wolken eine Hallig und die Insel Amrum. Dann sehe ich nur noch Meer und kreische. Aber nicht, weil wir so schnell nach unten stürzen, sondern weil der Fischkutter genau in unserer Ziellinie liegt.

»Fotos machen!«, höre ich ihn von hinten rufen.

»Im Sturzflug! Bist du irre!« Meine Gedanken überschlagen sich. »Wo ist mein Handy?« Ich fingere es zitternd heraus und halte mich an dem winzigen Ding fest. Anschalten, Filmmodus antippen. Es dreht sich alles vor meinen Augen, der kleine Flieger, das Meer, mein Magen, die Schiffe.

»Die haben Gewehre«, erkenne ich mit Tränen in den Augen, »und schmeißen einen Typen über Bord!«

Wir trudelnd abwärts und das Meer kommt unendlich schnell näher. Der Wind verformt mein Gesicht, und ich gucke in drei Gewehrläufe.

»Di. di. die schie. schießen auf uns. Sind das Drogenschmuggler?«

»Ich drehe ab«, zieht Stritz die kleine Maschine senkrecht nach oben. »Hast du alles drauf?«

»Siehst du Löcher im Flieger?«, frage ich stattdessen, stecke zitternd das Outdoorhandy in die Jackentasche und halte mich fest.

Stritz fängt die Maschine ab. »Wir segeln zur Not zurück.«

»Bin ich ein Albatros vor Helgoland«, maule ich und beobachte skeptisch Männer, Meer und Maschine.

In ca. 800 m Höhe checkt er die Maschine. Es sind Einschusslöcher in der Bordwand und den Flügeln zu sehen. Tritt ins linke Seitenruder, dann ins Rechte. Ich spüre die Vibration des Motors, wie er Fahrt aufnimmt und langsamer wird.

Sein Funkspruch dringt nur in Wortfetzen, vom Wind verweht, zu mir nach vorn. »Schmuggler vor Sylt. Männer sind bewaffnet. Mann über Bord. Wahrscheinlich verletzt.«

Ich registriere alles. Aber da Unmengen von Adrenalin durch mein Blut und zum Gehirn rauschen, scheint mir das Abenteuer perfekt zu sein.

Kurz darauf tippt Stritz mir auf die Schulter und fragt: »Alles klar? Wollen wir weitermachen?«

»Waaaas! Jetzt! Nach allem was gerade passiert ist?«
»Na klar.«

Mir ist etwas schlecht. Mein Magen rebelliert. Will ich aufgeben? Auf gar keinen Fall!

»Alles nur eine Sache der Konzentration«, erinnere mich an die Worte des Fliegerarztes. Also Daumen hoch.

Stritz zieht die Maschine im Steilflug nach oben. Durch die Schwerkraft werden wir langsamer und kurz vorm Stehen kippen wir auf der Stelle um und fliegen wie ein Jagdpilot im 1. Weltkrieg senkrecht nach unten.

Meine Synapsen im Gehirn blitzen und Lichtfunken tanzen wirr vor meinen Augen, wechseln sich ab mit völliger Schwärze. Der Gegenwind kühlt angenehm, doch in meinem Kopf schwirrt es.

Wieder fliegen wir senkrecht nach oben. Nur noch Wolken und Sonne sind zu sehen, und wir werden in die Sitze gepresst.

»Ich gebe nicht auf.« Ich knirsche mit den Zähnen und fühle, wie sich die Geschwindigkeit des Doppeldeckers erhöht. Stritz zieht die Nase des Doppeldeckers hoch, bringt sie in die Waagerechte und wir drehen uns in einer Luftrolle.

Himmel – Erde – Meer – Himmel – Erde – Meer.

Ich halte mich krampfhaft an den Ledergriffen vorn im Cockpit fest.

»Puh!« Atmen. Entspannen. Doch mein Adrenalin pumpt gewaltig durch meine Adern.

»Hieß nicht einer der Jagdpiloten ´Adler von Lille`?«, rufe ich über die Schulter nach hinten.

»Das war Max Immelmann«, lacht Stritz laut.

»Was ist nur mit mir los?« Ich drehe den Kopf, erstarre und werde blass.

Neben uns fliegt eine Frau mit braunglänzenden Federn am ganzen Körper. Sie lacht mich an, und ich griene etwas blöde zurück.

»Siehst Du sie auch? Die Wikingergöttin im Falkenkleid?« Ich pule mir fusselige Federn aus dem Mund.

»Hast du vor unserem Flug was getrunken?«, höre ich ihn von hinten rufen.

Wieder fliegen wir in der Horizontalen, um kurz darauf die Maschine steil nach oben zu ziehen, bis der kleine Flieger langsamer wird. Vorsichtig schiele ich nach links. Ist die Falkenfrau noch da?

Der Motor arbeitet kaum noch. Die Maschine steht für Sekunden waagerecht in der Luft. Der Propeller kreiselt schwach. Stritz tritt gekonnt ins Seitenruder und der Flieger kippt ab.

»Er ist Tornadopilot und Vizemeister im Kunstflug«, schreie ich in den Wind. Das soll mich beruhigen. Macht es aber nicht.

Im Sturzflug trudeln wir auf die graugrüne Meeresoberfläche zu und die Falkenfrau fliegt immer geschickt parallel neben uns. Ich kneife meine Augen zusammen. »Ich werde verrückt! Das ist nur eine Fantasie.«

Eine Umdrehung, dann die zweite. Nicht nur vor meinen Augen dreht sich alles. Ganz sanft fängt er die Maschine ab, und wir fliegen sanft horizontal übers Meer.

Mein Herz rast, mein Atem nicht. Ich kreische laut. Aber nicht, weil wir eine neue Formation fliegen, sondern weil sich das merkwürdige Weib auf meinen Schoß setzen will.

»Hau ab! Ich kann nichts sehen. Außerdem bist du zu dick«, schimpft die Falkenfrau, setzt sich auf den Steuerknüppel, keilt uns ein und fordert ziemlich unverfroren: »Lass mich mal fliegen.«

»Auf keinen Fall! Verschwinde!«

Zappelnd schlägt die Falkenfrau mir ihre Flügel ins Gesicht. »Ich wollte schon immer mal in so einem Menschen-Ding sitzen.«

»Lass den Steuerknüppel los!«, flucht Stritz von hinten, der mühsam die Maschine hochreißt.

»Wieso ich!«, rufe ich empört, rupfe der Falkenfrau Federn raus und schmeiße diese triumphierend in den Wind. Daraufhin beißt sie mir ins Ohrläppchen.

»Lass das. Jetzt reicht´s!« Wütend lege ich meine Hände um ihren fedrigen Vogelhals und drücke zu.

Die Maschine trudelt.

»Steig´ aus!«, höre ich.

»WAS!«

»SPRING!«

Ich drehe mich um. Das ist ja wohl ein Witz! Doch dann gefriert mein Lächeln.

»Bist du irre!«

Mir wird eiskalt. Unbewusst taste ich zum Fallschirm. Höre Wortfetzen von hinten: »May day! Blinder Passagier an Bord. Wir fliegen vor Sylt! Trudeln, stürzen ab!«

Panisch suchen meine Hände die Gurtschnallen.

»Verdammt! Welcher Gurt war der für den Sitz und welcher für den Fallschirm?« Meine Hände zittern. »Nur ja nicht die falsche Schnalle zuerst öffnen.«

Der Wind peitscht mir ins Gesicht. Hektisch drehe ich mich um. Ich sehe ihn nicht.

Stritz ist weg. Rausgefallen!

Ich bin allein. Ohne Pilot!

Mir wird eiskalt.

Panisch suche ich seinen Fallschirm im Luftraum. Dann ein schneller Blick in die kalte Nordsee. Nix. Der kleine Flieger schaukelt unkontrolliert. Wir fliegen zu tief, viel zu wenig Zeit zum Aussteigen.

»Ich soll den Steuerknüppel vor mir nicht anfassen. Hat er gesagt. Denn dann übernimmst du den Flug. Hat er gesagt.«

Meine Handflächen sind schweißnass, doch ich lasse die müffelnde Daunenkehle der Falkenfrau los und suche nervös durchs Gefieder den Steuerknüppel.

»Miststück«, flucht sie Flügel schlagend, während mir ein Gemisch aus Vogelfedern, Kerosin und der Geruch des Meeres um die Nase weht. Der Angstschweiß rinnt mir warm die Wirbelsäule runter.

»Er war doch angeschnallt? Und wieso blitzt es andauernd vor meinen Augen?« Nun wird mir richtig schlecht.

»Verdammt! Wo ist die Kotztüte?«

Ich sitze drauf und komme nicht an das schöne laminierte weiße Papier.

Dabei sagte mir meine Freundin Romy vorher noch: »Und kotz mir nicht aufs Leder.«

Mach´ ich auch nicht. Ich stecke meinen Kopf zwischen die Federn der Wikingergöttin und würge. Ist bröckelig, der saure Kram. Nun ist sie wirklich wütend.

»Ich wusste, Menschen waren schon immer ein Fehler!«

»Miststück!«

»Ich heiße Urd und bin die verantwortliche Göttin für das menschliche Schicksal«, kreischt sie, schüttelt ihre verklebten Schwingen und verschwindet.

»Na klasse!«, schreie ich ihr hinterher. »Das hast du ja toll hingekriegt!«

Energisch packe ich das Leder des Steuers und bewege es vorsichtig nach links. Dann nach rechts.

»Jetzt geht´s leicht. Ich kann fliegen!« Ich überschätze meine Fähigkeiten. »Ich bin ein Genie!

Höhe halten. Leichte Rechtsdrehung«, coache ich meinen Verstand. Der Geschmack im Mund ist eklig.

Plötzlich ruckelt und röhrt der kleine Doppeldecker und weißer Rauch quillt aus dem Motor.

»Ohhh! Nein! Bitte nicht. Bitte halte durch.«

Was ist das nur für ein seltsamer Druck im Kopf? Eine Windbö schlägt unter einen Flügel des kleinen Flugzeuges und mein Schädel prallt gegen das Metall.

»Au!«, fasse ich zum Kopf. Aber der merkwürdige Druck ist weg. Doch plötzlich rieche ich Kerosin. Viel Kerosin …

»Boah! Das stinkt ja wie Vulkan ganz unten«, sage ich und huste.

Der Doppeldecker trudelt, die Federn der Vogelfrau, mein Blut und Erbrochenes verschmieren das Cockpit.

»Das ist also mein letzter Tag auf Erden«, jammere ich theatralisch. »Scheiß Traumflug. Nun sterbe ich im kalten, kalten Meer.«

Der Steuerknüppel vibriert in meiner Hand.

»Nicht aufgeben. Nicht aufgeben!«, manipuliere ich mich und fliege eine sanfte Kurve zur Insel. Dennoch wage ich einen letzten schnellen Blick über die Bordkante auf die silbrig glitzernden Wellen und blinzle. Das Sonnenlicht ist so grell. Skeptisch mustere ich das grün-braune Meer.

»Das wird Scheiße kalt – und – gibt es eigentlich Haie vor Sylt?«

Die Insel mit den weißen Strandstränden kommt traumhaft schön in Sicht. Über den Hindenburgdamm rattert ein Autozug zum Festland und in weiter Ferne erkenne ich weiße Windmühlen und Kühe auf den Wiesen.

»Ich hätte nicht gedacht, dass ich so sterben muss«,
bedaure ich mich und Tränen rinnen mir übers Gesicht. »Wo bleibt eigentlich mein Lebensfilm vor dem
Tod?« Ich schürze enttäuscht meine Lippen. »Wieder
nur Gefasel von irgendwelchen Nahtodbeobachtern.«
Meine Hände umkrallen immer noch den ledernen
Steuerknüppel.

»Bleib´ ganz ruhig sitzen«, höre ich Wortfetzen von
hinten, während wir landen. Langsam drehe ich mich
um und sehe Stritz grübelnd an. »Wo kommst du denn
her?«

Ich stehe mit beiden Beinen fest auf dem Boden. Stritz
steht lachend neben mir. »Was war denn mit dir los?«

»Keine Ahnung. Ich glaube, ich habe kurz das Be-
wusstsein verloren und hatte Halluzinationen.«

»Aber sonst geht´s dir gut?«, fragt er besorgt und pult
mir eine braune Falkenfeder aus dem Haar.

Epilog:

Diesen Flug im offenen Doppeldecker, an der Nord-
seeküste und über das Wattenmeer von Sylt, sowie den
darauffolgenden Kunstflug über den Hindenburgdamm mit Stritz, dem Piloten, habe ich tatsächlich erlebt. Auch Romys Aussage habe ich ernst genommen
und das Leder im Doppeldecker geschont.

Doch was mit den Schmugglern geschah und ob die Falkenfrau und Wikingergöttin Urd neben uns flog und wirklich auf meinem Schoß saß …?

Wer ihr aber spottet

Franjo Terhart

Wer ihr aber spottet, dem wird es schlimm ergehen.

Auf Korsika, in der Nähe des Hafens von Porto Vecchio, erhebt sich auf einer Klippe ein alter Leuchtturm. Mit ihm ist die Sage von einer Frau verbunden, die sich unsterblich in einen Mann verliebt hatte. Als der Mann eine andere heiratete, soll sich die Frau von der Leuchtturmklippe aus Kummer ins Meer gestürzt und dabei den Tod gefunden haben. Das Besondere an ihrem Schicksal ist, dass sich die Frau ihrem Angebeteten niemals offenbart und er folglich nichts von ihrer Liebe zu ihm gewusst hatte. Wer aber nun diese Frau leichtfertig verspottet oder einen anderen Menschen, der ein ähnliches Schicksal hat, dem soll Schlimmstes widerfahren, warnt die Sage.

* * *

1.

Es war ein Tag zum Reinbeißen: Sonne pur, blauer Himmel satt und ein türkisfarbenes Meer so weit, dass man sich wünschte, ein Delfin zu sein. Jedenfalls träumte Georg Pistorius davon.

Der Zweiunddreißigjährige, drahtig und mit leicht geröteter Haut, wälzte sich zufrieden vom Bauch auf den Rücken und richtete sich danach halb auf. Vergnügt betrachtete er die Badenden vor sich im Meer und um sich herum am Strand. Ausnahmslos alle waren nackt: junge Mädchen und Frauen, allerdings auch hoch in die Jahre gekommene ältere Damen.

Das Splitterfasernacktsein war üblich im FKK-Club La Chiappa im südlichen Korsika, nahe der alten Hafenstadt Porto Vecchio. Der bekannte Club zählte mit zu den ältesten Nudistencamps am Mittelmeer und lag eingebettet in ein großes Naturschutzreservat.

Die Menschen, die hier Urlaub machten, wohnten in kleinen Bungalows, in üppig ausgestatteten Wohnwagen, aber auch in schmucklosen Zelten inmitten von Korkeichenwäldchen, duftender Macchia und einer zum Club gehörenden Küste mit feinen Sandstränden, schroffen Felsen und weit ins Meer ragenden Felsplatten. La Chiappa war ein idealer Traum für all jene, denen saubere Luft, Sonne, Ausgelassenheit am Meer und Nacktheit rund um die Uhr wichtiger waren, als sonst etwas im Leben.

Und er, Georg Pistorius, sportlich männlich, überzeugter Single, IT-Techniker in einer kleineren Stadtverwaltung, zählte mit dazu. Georg wohnte bei Köln und machte zum ersten Mal Urlaub in La Chiappa, nachdem ihm ein Kollege von der traumhaften Anlage, wo sich »braun gebrannte, knackige Mädchenkörper nach sanften Männerhänden sehnen«, den Mund wässrig gemacht hatte. FKK war ohnehin sein Ding und wenn es dabei noch etwas Nettes aufzureißen gab, warum nicht.

Korsika oder auch »Kaliste«, »die Schöne«, war eine Insel, die anmachte. Was konnte also besser sein, als sich im Urlaub einer solchen in Menschengestalt zu nähern?

Doch ergeben hatte sich bislang noch nichts. Georg erhob sich, schlüpfte in seine hellblaue Badehose und verließ mit festem Schritt den Clubstrand. Ohne Kleidung durfte man sich hier überall bewegen. Ein absolutes Muss waren jedoch der Strand und der Poolbereich. Der Rheinländer mochte es gar nicht, nackt in den kleinen Supermarkt zu gehen. Das hielt er für schrecklich unhygienisch. Er war jetzt seit einem Tag in La Chiappa. Das französische Ehepaar mittleren Alters, das den Bungalow neben ihm bewohnte, hatte ihm in gebrochenem Deutsch davon erzählt, wie lecker die Teilchen und die Küchlein wären, die im »petit marché« angeboten würden.

»Es gibt dort diese süßen Schnecken mit Rosinen. Lecker«, sagte der Franzose und rieb sich dabei verzückt seinen nackten schwarzen Bauch. Das Paar aus Lyon war bereits seit vierzehn Tagen in der Anlage und hatte sich augenscheinlich in der Sonne gut »geröstet«.

Georg betrat den Supermarkt und war überrascht, wie gut sortiert der kleine Laden war. Es gab sogar

Schwarzbrot für die Gäste aus Deutschland. Er packte zwei der köstlich aussehenden süßen »Schnecken« in die Papiertüte, griff nach einer Flasche Rosé, einem günstigen Angebot und stellte sich danach in die Reihe von Kunden, die geduldig wartend vor der einzigen Kasse anstanden.

Sein Blick fiel auf zwei wohl geformte Arschbacken. Die gehörten der zierlichen Französin vor ihm. Unten herum war sie nackt; ihre spitzen kleinen Brüste hatte sie dagegen notdürftig mit einem fast durchsichtigen Tuch bedeckt.

›*Was für ein köstlicher Einfall?*‹, amüsierte sich Georg. Die blonde Kassiererin schien alle Zeit der Welt zu haben.

Langsam scannte sie Ware für Ware ein und plauderte dabei mit einem älteren Herrn. Dieser war zweifelsfrei Deutscher, wie sein Akzent verriet. Der etwa sechzigjährige, schlanke Mann war hochgewachsen und trug am Körper nichts anderes als eine schwarze, leicht getönte Hornbrille. Sein glattes Haar war sorgfältig braun gefärbt und im Nacken relativ lang.

Georg stutzte, denn der Kerl kam ihm irgendwie bekannt vor. Der Typ verbrachte anscheinend jedes Jahr um diese Zeit seinen Urlaub in La Chiappa, wie er dem launigen Gespräch zwischen ihm und der Kassiererin entnehmen konnte.

Georg stutzte erneut. Diese Stimme? Sie beunruhigte ihn. Er kannte diese Stimme, die schneidend sein konnte. Aber woher? Je länger er auf den Deutschen starrte, desto mehr stellte sich bei Georg ein unbehagliches Gefühl ein. Ja, gestand er sich beunruhigt ein, diese Person war ihm vertraut, aber eindeutig in einem negativen Sinne. Als dann der Typ auf die Frage der kleinen Blonden an der Kasse, woher er denn noch mal käme, antwortete »Aus Kölle, ma chère«, war es um Georgs innerer Ruhe endgültig geschehen.

Dr. Dietmar Burdick formten seine Lippen tonlos, wobei ihm das blanke Entsetzen ins leichenblasse Gesicht geschrieben stand. Eine Urlauberin, die ihn nach dem Regal für L'eau minerale gazeuse fragen wollte, wandte sich aufgrund seiner entgleisten Gesichtszüge irritiert von ihm ab. Georg Pistorius stand da wie erschlagen. Erst als die Frau hinter ihm ihn ungeduldig anstieß, weil er der Nächste an der Kasse war, erwachte er aus seiner Starre. Wortlos legte er seinen Einkauf auf das Band vor der Kassiererin. Danach rannte er fluchtartig aus dem Laden.

2.

Mitunter versetzt einem das Leben Fußtritte zu Zeitpunkten, an denen man sie nicht erwartet. Dr. Dietmar Burdick war so ein heftiger Fußtritt, einer, der einen halb zerschmettert zurückließ.

Warum ausgerechnet hier? Warum ich wieder, jammerte Georg, nachdem er sich in seinen Bungalow zurückgezogen hatte. Dr. Burdick hatte er seit mehr als zehn Jahren nicht mehr gesehen. Aber der Anblick des nackten Mannes hatte genügt, ihm den Boden unter den Füßen wegzuziehen.

Dr. Burdick war sein Todesurteil gewesen, sein »Schlächter« in der Schule. Georg Pistorius hätte gar nicht vermocht aufzuzählen, wie viel unendliches Leid er seinem ehemaligen Mathe- und Chemielehrer zu verdanken hatte. Dr. Burdick hatte Fünfen und Sechsen, Hohn und Spott, Verachtung und Niederlagen auf ihn herabprasseln lassen.

Dieser Pauker hatte ihn immer wieder gedemütigt; hatte ihn fühlen lassen, dass er ein Versager war. Obwohl er am Ende sein Abitur mit Mühe und Not doch noch bestanden hatte, war er »nur« als Angestellter bei einer kleinen Stadtverwaltung gelandet.

Dabei hatte er ursprünglich mal Medizin studieren wollen, wollte Chefarzt an einem Krankenhaus werden. Doch dieser Wunsch war ihm, nachdem Dr. Burdick in sein Leben getreten war, gründlich versaut worden. Dr. Dietmar Burdick war das Grundübel seines verkorksten Lebens und nun musste er gezwungenermaßen die besten Wochen des Jahres mit diesem Dreckskerl verbringen. Das war doch nicht fair! Georg Pistorius hätte am liebsten vor Wut losgeheult. Aber seine Nachbarn, die etwas aufdringlichen Franzosen, standen plötzlich in der Tür. Sie fragten ihn, ob er am Abend auf ein Gläschen Wein zu Ihnen kommen würde.

»Non, non, non!«, brüllte Georg los. »Au revoir! Lasst mich alle in Ruhe.«

Während die beiden Franzosen zusahen, dass sie Land gewannen, flossen bei Georg die Tränen so heftig, als hätte er eben erfahren, Vater von Sechslingen der »Ziege« von der Stadtkasse geworden zu sein.

3.

Irgendwann im Laufe des darauffolgenden Tages hatte sich Georg wieder beruhigt. Allerdings hatte er mit grimmiger Entschlossenheit einen verzweifelten Plan gefasst: Er würde sich von seinem Albtraum entbinden. Er würde sich selbst beweisen, dass dieser Burdick nichts weiter als ein unwichtiges Arschloch war, allerdings mit einer dunklen Macht im Bunde, die ihn, Georg Pistorius, in ihren Bann geschlagen hatte. Diesen »magischen Bann« würde er endgültig brechen. Entweder, indem er es in den nächsten Tagen schaffte, den unheimlichen Strick, der ihn an seinem ehemaligen Lehrer kettete, im Herzen durchzuschneiden oder aber …

Georg hatte noch keine durchschlagende Idee, wie das geschehen könnte, aber er würde alles daransetzen, es möglich zu machen. Andernfalls würde er seine Selbstachtung verlieren und sich nie mehr in die Augen schauen können. *Ich muss mich von diesem Miststück abtrennen*, schwor er sich. *Er ist ein Teufel aus meiner Vergangenheit. Er darf keine Gewalt mehr über mich haben. Ich muss ihn töten!* Das mit dem Töten war zu diesem Zeitpunkt nicht wörtlich zu nehmen. Es stellte nur den brutalen Akt der Abnabelung von seinem ehemaligen »Schlächter« da. Georg lief es kalt den Rücken herunter. Der Ausdruck »Schlächter« stammte von Dr. Burdick selbst. Nicht die Schüler hatten ihn einstmals so bezeichnet. Es war Dr. Burdick selbst gewesen, der sich vor allen als »Schlächter von Nippes« bezeichnet hatte, weil er es als seine pädagogische Aufgabe betrachtete, »alle Schlechten erbarmungslos auszumerzen und die Guten zu fördern.«

4.

Georg beobachtete. Er verfolgte Burdick die ganzen nächsten Tage. Der schien ihn überhaupt nicht zu bemerken. Ja, Georg musste sich verblüfft eingestehen, dass Burdick ihn gar nicht wiedererkannte. So konnte er seinen ehemaligen Lehrer unbemerkt observieren und dabei langsam einen Plan reifen lassen, wie die »endgültige Abnabelung von seinem Peiniger« wirkungsvoll vollzogen werden könnte. Rache für alles Erlittene, Rache für die unendliche Schmach, Rache für alle Erniedrigungen, Rache für ein Berufsleben, in das er gar nicht hatte stecken wollen, waren selbstverständlich mit im Spiel.

Georg belauerte Burdick wie ein Raubtier sein Opfer. Er fühlte sich gut dabei. Je länger es andauerte, desto selbstsicherer wurde er. Akribisch notierte er alles, was der alte Mann in La Chiappa machte: *8.00 Uhr aufstehen, Frühstück mit Baguette und etwas Frischkäse, ein Glas warmen O-Saft und Kaffee so schwarz wie die Nacht. Danach zum Pool, schwimmen und sich sonnen bis kurz vor 12.00 Uhr. Kleiner Imbiss im Restaurant Le Cerbicale; Crepes oder einen Salade Nicoise mit »fett Sardellen drauf«, wie Burdick der halbnackten Bedienung breitgrinsend erklärte. Um 13.00 Uhr zurück in seinen Bungalow, Ausruhen bis gegen 14.00 Uhr. Nackt an den Strand, schwimmen, sonnen, plaudern, gegen 17.00 Uhr zurück in den Bungalow, dann rasch zum Internet-Café, E-Mails checken oder schreiben, alles zusammen ca. 20 Minuten, zurück ins Nest, fertigmachen für den Abend. Essen im zweiten Restaurant am Tauchplatz: Moules frites oder Pizza. Spaziergang durch die Anlage, um 22.00 Uhr zurück zum Bungalow, wo meistens eine halbe Stunde später das Licht für die Nachtruhe gelöscht wurde. Gelegentlich kleinere Einkäufe im Supermarkt, ein Ausflug zum nahen und hochgelegenen Leuchtturm, ein zweistündiger Besuch von Porto Vecchio. Langweiliger Typ,* dachte Georg.

Doch ihm war bei seiner Observation etwas Entscheidendes aufgefallen. Dr. Dietmar Burdick beobachtete selbst auch. Und zwar heimlich. Den Scheiß-Pauker hatte offenbar ein heißes Interesse zu einer bestimmten Dame im Club erfasst. Wo auch immer sich diese zierliche Mittfünfzigerin hinbegab, Burdick blieb sehnsüchtig in ihrer Nähe. Aber er sprach sie niemals an. Eher schüchtern verfolgte er alles, was sie tat. *Was für ein Feigling! Was für ein elender Blödmann! Schafft es nicht,*

5.

Dass Burdick verheiratet war, wusste Georg nicht. Seine Frau Ricarda war ein wahrer Drachen. Burdick liebte sie nicht, und sie liebte vor allem die Sicherheit als Beamtengattin.

Ricarda ahnte, warum es ihren braungefärbten Dietmar jedes Jahr ins korsische La Chiappa zog. Es war eine andere Frau im Spiel. Ricarda selbst ließ ihren Göttergatten in dem Glauben, er dürfe sich liebend gerne eine Auszeit in dem FKK-Club gönnen. Nur eine winzige E-Mail forderte sie dafür tagtäglich von ihm ein. Immer um 17.15 Uhr. Wie es ihm so ginge ohne sein Weib? Was er so machte ohne sein Weib?

Burdick schrieb ihr deshalb einmal täglich. Immer um 17.15 Uhr vom clubeigenen Internet-Café aus. Dass sie ihm einen Detektiv mit scharfem Teleobjektiv hinterhergeschickt hatte, ahnte er nicht. Sie wollte kompromittierende Bilder eingefangen wissen, wollte ihren Gatten, den lüsternen Sack, in flagranti darauf festgehalten haben.

Leider hatte der Detektiv bislang nichts Brauchbares liefern können. Aber das würde noch kommen. Da war sich Ricarda ganz sicher.

Während Georg darum kämpfte, wie er seine Pestbeule »Burdick« loswerden könnte, litt dieser schlimme Höllenqualen. Seit drei Jahren beobachtete er nun Sommer für Sommer, jedenfalls in seinen drei Wochen in La Chiappa, seine Angebetete Frauke Dallmann aus Aurich. Nur hier konnte er ihr nahe sein. Nur hier konnte er sich an ihrer Anmut weiden.

Aber sie anzusprechen, brachte er nicht fertig. Einmal hatte er es versucht. Seine Stimme versagte im entscheidenden Moment. Sie hatte ihn angelächelt und offenbar gedacht, er sei nicht ganz richtig im Kopf.

Danach hatte er es niemals mehr versucht. Dabei liebte er sie wie keine Zweite auf der Welt. Ob er es jemals schaffen würde, sich ihr zu offenbaren?

Georgs Plan nahm endlich konkrete Formen an: Im Internet-Café würde er seiner Pestbeule ein für alle Mal den Garaus machen.

Seinen Hass auf Dr. Burdick hatte er in den letzten sieben Tagen noch stärker kultiviert. Burdick musste sterben! Die alte Ratte würde ihr Leben am Computer aushauchen. Damit kannte Georg sich aus. Denn der Platz, an dem Burdick seine E-Mails las oder welche schrieb, hatte eine abnorme Besonderheit, wie sie Georg noch nicht gesehen hatte. Die Maus lag auf einer silbernen Eisenplatte. Diese ließ sich geradezu simpel unter Strom setzen, weil es einige lose Kabel in der Nähe des Rechners gab, warum auch immer.

Im Club war längst nicht alles auf dem neuesten Stand oder repariert. Das mit den losen Stromkabeln war ein Skandal. Immerhin hatte sie jemand mehr schlecht als recht mit einer Klemme an der Wand hinter dem Computer befestigt. Das unsichere Kabel wäre einfach zu lösen und mit der Platte zu verbinden …

Niemand würde Georg jemals verdächtigen. Ein böser Unfall. Etwas schade für den Club, aber es ging nun mal nicht anders. Er müsste es nur so timen, dass es Burdick um genau 17.15 Uhr erwischte. Das war leicht, denn jeder Platz konnte vorab reserviert werden.

Georg hatte festgestellt, dass es zwischen Burdick und einer Person, die vor ihm das Netz nutzte, immer eine Pause von knapp zehn Minuten gab. Das würde genügen, sich unbemerkt an dem Platz zu schaffen zu machen. Er lag so, dass man ihn schlecht einsehen konnte, ein Kinderspiel.

Genauso lief es ab. Die silberne Todesfläche war bereit, ihr Werk zu vollenden. Das Opfer kam wie gewohnt pünktlich. Doch genau in dem Moment, als sich Dr. Burdick schon auf seinen Stuhl setzen wollte, wurde er von einer Frau angesprochen: Frauke Dallmann. Sie hätte einen klitzekleinen Wunsch an ihn. Ob sie wohl eine E-Mail an ihre Schwester daheim schicken könnte, die heute Geburtstag hatte?

Alles ging schneller als erwartet. Georg Pistorius hätte das Entsetzliche gar nicht verhindern können. Selbstverständlich bot ihr Dr. Dietmar Burdick mit seligem

Blick seinen gebuchten Platz am Computer an, Das war gar keine Frage für ihn.

Georg verließ fluchtartig den Raum. Wenig später vernahm er die spitzen Schreie entsetzter Menschen. Er machte, dass er so rasch wie möglich zu seinem Bungalow kam.

Alles aus und vorbei. Schlechter hätte es nicht laufen können. Georg hockte deprimiert in seinem Bungalow auf dem Bett und rieb sich immer wieder durchs Gesicht. Was jetzt? Wie hatte das passieren können?

Seine französischen Nachbarn hatten bei ihm angeklopft und gefragt, ob er schon von dem grauenhaften Unfall gehört hätte. *Ja*, hatte er stumm geantwortet, *ich habe ihn selbst verursacht.* Weil er nicht reagierte, war er von da an für das Paar ein durchgeknallter Sonderling. Am zweiten Abend nach dem Todesfall traute sich Georg wieder aus dem Haus. Am anderen Tag würde es mit dem Flieger zurück nach Köln gehen. Georg Pistorius verließ den Club La Chiappa und schlenderte tief in Gedanken versunken den Hügel hoch zum alten Leuchtturm.

Von hier oben aus hatte man einen wunderbaren Blick auf den Hafen von Porto Vecchio, einer dahinterliegenden schroffen Bergkette und das weite türkisfarbene Meer.

Georg spazierte zu einer Felskante, wo es sicherlich zwanzig Meter steil hinunter ins Meer ging. Auf einmal stand Dr. Burdick vor ihm. Georg hatte ihn vorher gar nicht bemerkt. Burdicks Gesicht war gerötet, mit verweinten Augen.

Der Typ ist vollkommen fertig, stellte Georg verwundert fest. Als müsse er es sich von der Seele reden, fing sein alter Lehrer an: »Ich habe sie so sehr geliebt. Ich habe sie seit Jahren begehrt wie keine andere, sie war mein ein und alles. Warum nur bin ich nicht an dem Stromschlag gestorben? Was für ein Unglück für mich! Ich wäre an ihrer Stelle aus dem Leben geschieden, wenn es hätte sein müssen.«

Georg sah ihn fassungslos an. Sie standen jetzt beide dicht am Abgrund. Er vor Burdick, so nah wie nie im Leben. Nur ein falscher Schritt … Doch als er Burdick so völlig fertig erlebte, so niedergeschlagen und verheult, fühlte er auf einmal Mitleid mit dem Alten. Der Schuft hatte diese Frau wirklich geliebt. Nun war sie tot und Burdick hatte ihr seine Gefühle niemals mitteilen können. Vielleicht hatte sie was von seiner Liebe geahnt und mit der Bitte, ihr den Computer zu überlassen, einen ersten Schritt gewagt.

»Ich will am liebsten nicht mehr leben«, gestand Burdick Georg ein und dabei liefen ihm die Tränen nur so über die Wangen. Er machte unvorsichtig einen Schritt zurück, einen entscheidenden Schritt zu viel. Offenbar hatte er den gähnenden Abgrund hinter sich gar nicht auf der Platte.

Georg erkannte die Gefahr und seine Arme schnellten vor, den alten Lehrer noch im letzten Moment festzuhalten. Ihre Fingerspitzen, ihre Handflächen berührten sich. Es sah aus wie … Es war zu spät. Burdick stürzte haltlos die Klippe hinunter in den Tod.

Im selben Augenblick drückte der Detektiv erneut auf den Auslöser. Er hatte eine Reihe hochinteressanter Fotos geschossen. Diese belegten später zweifelsfrei die Ermittlungen der örtlichen Polizei: Georg Pistorius hatte Dr. Dietmar Burdick von der Klippe des alten Leuchtturms in den Tod hinuntergestürzt.

Der wahre Kern im Laboer Berg

Katinka Weisenheimer

»Alles begann mit diesem dämlichen Buch. Ich saß zum dritten Mal wegen Diebstahls im Knast. Ich werd mich jetzt hier nich rechtfertigen, so bin ich nu mal. In wenigen Wochen sollt ich entlassen werden, also hatt ich nich viel zu tun und spazier durch die Bücherei. Ich sah dat Buch, ›Sagen und Märchen aus Kiel‹. Da ich ja aus Kiel komm, dacht ich, dat is ganz interessant, und las es.

Eine Geschichte ging mir nich mehr aus'm Kopf. Ein Berg in Laboe voller Goldschätze. Er is nur zu Ostern offen. Aber wenn man wat im Berg isst, dann geht der zu und man is gefangen, bis der nächste kommt und einen befreit. Und man krepiert, wenn einen die Sonne trifft. Irgendwie so.

Ich konnt die Geschichte nich vergessen. Es gab früher Piraten in Kiel. Warum sollten die nich ihre Schätze dort vergraben ha'm? Und es heißt doch: Ein wahrer Kern steckt in jeder Sage. Nachschauen konnt nich schaden, dacht ich mir. Sicherheitshalber ess ich da drin nix.

Mein Kumpel und Zellengenosse Robbie kriegt dat mit. Wir ha'm schon ein paar Brüche zusammen ge-macht, da wollt ich diesen Schatz nich für mich behalten. Zwei Männer schleppen mehr als einer. Nur von dem Fluch erzählte ich nix. Er war ein Schisser, ging lieber auf Nummer Sicher. Robbie hatte zwar gelacht und glaubte die Geschichte nich. Doch er meinte, dat wird'n großer Spaß für ihn, wenn ich Ostern um den Berg hüpf und nix find.

Zu Ostern waren wir längst wieder draußen. Ich wusst, wo der Berg is und so waren wir am Ostersonntag an der richtigen Stelle. Dacht ich.

›Biste dir sicher, Alder?‹, fragte Robbie. Ich war auch unsicher, aber zugeben war nich.

›Ja! Oder siehste hier noch'n Berg?‹

›Naja, wat man hier so Berg nennt.‹ Robbies Lachen hatte wat vom Meckern 'ner Ziege und ging mir richtig auf den Wecker.

›Alder, dat gibt's ja gar nich! Du hattest recht. Schau mal.‹ Robbie zeigte auf eine Stelle. Ich war tausend Prozent sicher, an der war eben noch nix. Und nu schien ein goldenes Licht aus'm Berg heraus. Unglaublich. Wie weggeblasen meine Zweifel.

Wir gingen in die Höhle und sahen uns staunend um.

›Dat muss tatsächlich ein Piratenschatz sein‹, sagte Robbie. Er hob 'ne Münze auf und drehte sie in seiner Hand hin und her.

›Is doch egal, woher das kommt. Hier!‹ Ich machte unsere Reisetaschen auf, die wir mitgebracht hatten auf.

›Dann machen wir uns mal ans Einpacken.‹

Schnell waren die Taschen voll. Ich schnapp meine und bin schon auf dem Weg nach draußen, als ich Robbie sagen hör: ›Guck mal, die Äpfel hier. Die seh'n aber gut aus. Ich hab solchen Hunger.‹ In dem Moment fällt mir dat Ende von der Geschichte wieder ein.

›Nein! Du darfst …‹, ich dreh mich um und brüll ›… nix essen!‹. Doch es war zu spät. Die Öffnung war wech. Als wär sie nie da gewesen. Sogar dat Gras war wieder da.

Ich konnt nix machen. Wo auch immer Robbie war, ich konnt ihm nich helfen. Also schleppte ich den Schatz nach Hause. Wat hätt' ich auch anderes machen soll'n? Und teilen musst ich dann auch nix.

Doch als ich so in die Tasche guck, krieg ich 'nen Riesen-Schreck. Dat ganze Gold war weg! Ich durch-wühl die Gegenstände. Alle Münzen, die Becher, die Kerzenständer, einfach alles war nich mehr aus Gold, sondern wertloser Plunder aus Messing und Blech.

Meine Gedanken rasten. Wie ging dat an? Ich war mir sicher, es war alles in der Höhle golden gewesen. Und nu? Alles umsonst!

In den nächsten Wochen und Monaten hab ich einiges davon trotzdem verkaufen können. 'N bisschen Mes-sing is ja auch wat wert. Aber es hat nich gelangt. Ein paar Jobs hier und da, aber ich musste noch mal zum Berg. Mit der Zeit hab ich mir gesagt, dass ich wohl aus Aufregung die falschen Sachen eingepackt hab. Diesmal wollt ich die wirklich goldenen Schätze mitnehmen. Nur vor Robbies Leiche fürchtete ich mich ein wenig, aber dat war nich zu ändern.

Endlich war wieder Ostern. Und meine zweite Chance. Mein Gewissen war rein. Schließlich war Robbie so dumm gewesen, die Geschichte nie zu lesen. Er hätt nix essen dürfen, dann wäre er auch nich in der Höhle gefangen worden.

Wieder öffnete sich der Berg, und ich trat ein.

›Mann, Alder, dieser Apfel ist wirklich klasse.‹

Ich trau meinen Augen kaum. Robbie war quicklebendig und hielt mir den angebissenen Apfel hin. ›Los, probier mal.‹

›Äh … nee, lass mal.‹ Ich kann meine Überraschung kaum verbergen. So 'ne Mischung aus Erleichterung und Enttäuschung. ›Nu komm schon.‹

Ich füll nochmal die Tasche und schieb Robbie vor mir her aus der Höhle raus. Die Sonne scheint. Robbie sackt wie von einem Schlag getroffen zusammen und fällt mit dem Gesicht auf den Boden. Ich beug mich über ihn und will ihm helfen, doch dann seh ich dat ganze Blut am Hinterkopf.

Ich kapier es bis heute nich. Ich hab ihn nich angefasst, es ist nix auf ihn gefallen oder sonst wat. Er ist einfach so umgekippt und hatte dieses Riesen-Loch am Kopf.

Dann kam auch noch diese Olle vorbei und machte da richtig Krawall mit Schreien und so. Voll hysterisch wurde die. Ich bin dann weg.

Zwei Wochen später stehen dann die Bullen bei mir vor der Tür und ham mir mal wieder die Acht angelegt. Nur diesmal nich wegen Klauen oder Hehlerei oder so. Nee, diesmal wegen Mord! Ich soll Robbie totgeschlagen haben! Ich? Meinen besten Kumpel? Ich war dat nich. Dat war der Fluch. Oder der Teufel. Wat weiß ich? Aber ich bin unschuldig!

Aber sie ha'm meine Fingerabdrücke auf einem Kerzenständer gefunden, der zur Wunde am Kopf passte. Wat'n Wunder, schließlich hab ich den Kerzenständer ja in die Tasche gepackt. Aber trotzdem hab ich Robbie nich totgemacht!«

* * *

Die ermittelnden Kriminalhauptkommissare hören sich das Band wieder und wieder an. Immer wieder stiehlt sich ein Schmunzeln auf ihre Gesichter.

»Ich habe ja schon viele Geschichten gehört«, sagt Saskia grinsend, »aber die Ausrede toppt alles. Glaubt er wirklich, was er da von sich gibt?« Erik zuckt mit den Schultern.

»Er kann erzählen, was er möchte. Die Beweise sprechen gegen ihn. Nicht nur das Diebesgut, das wir bei ihm gefunden haben, oder die Zeugin, die ihn über seinen Kumpan gebeugt gesehen hat, sondern eben auch der Kerzenständer mit seinen Abdrücken drauf. Er ist überführt.«

»Das Einzige, was mich irritiert, ist der Bericht des Labors.« Saskia runzelt die Stirn. »Die Goldspuren in der Wunde sind doch seltsam. Der Kerzenständer war aber aus Messing.« Sie winkt ab. »Ach was, das wird der Staatsanwalt sicher gut erklären.«

Und doch, ein mulmiges Gefühl blieb. Ist doch ein Fluch im Spiel? Ein wahrer Kern steckt schließlich in jeder Sage.

Engel des Todes

Stephanie Zibell

Schauplatz: Erbach/Rheingau
Erbach/Rheingau, Kellerweinprobe, letztes Oktoberwochenende

* * *

»Ach«, sagte die junge Frau am Ende der Weinprobe zu dem Winzer, »bei Ihnen war es so schön, und Ihr Wein schmeckt so köstlich. Wäre es möglich, dass wir mit einer Gruppe von Weinfreunden, rund 15 bis 20 Personen, am ersten Weihnachtsfeiertag zu Ihnen zu einer Festweinprobe kommen dürfen? Wir wären auch gerne bereit, einen angemessenen Feiertagsaufschlag zu bezahlen. Es ist schließlich Weihnachten.«

Sie lächelte. In ihren Augen spiegelte sich das Licht der Kerzen, mit denen der romantische Holzfasskeller erleuchtet war. Der Winzer, ein kleiner, gemütlicher Mann mit einem Bäuchlein, das beinah so rund war wie die Bäuche seiner Fässer, lächelte plötzlich nicht mehr.

»Am 25. Dezember?«, fragte er beinahe drohend und fuhr in schroffem Tonfall fort: »Das geht nicht! Auf gar keinen Fall!«

Die junge Frau war ebenso überrascht wie ratlos. Hatte sie den Winzer mit irgendwas beleidigt?

»Hören Sie«, sagte der Winzer, nun wieder etwas verbindlicher, »bei uns in Erbach geht am 25. Dezember niemand auf die Straße, und keiner empfängt Besuch. Wir bleiben zu Hause und rühren uns nicht vom Fleck, bis die Glocken von Sankt Markus Mitternacht schlagen!«

»Warum das denn?«, erkundigte sich die Frau. »Das habe ich ja noch nie gehört.«

»Wenn ich Ihnen einen guten Rat geben darf, meine Dame, dann diesen«, sagte der Winzer mit eindringlicher Stimme, »Halten Sie sich am 25. Dezember, dem ersten Weihnachtsfeiertag, von Erbach fern! Erst recht, wenn es dunkel ist!«

Die junge Frau schüttelte verwirrt den Kopf.

Während der Winzer den Wein, den sie gekauft hatte, in ihrem Auto verstaute, beglich sie bei seiner Frau die Rechnung. Als sie fertig war und sich verabschieden wollte, öffnete sich eine Tür zu den gegenüberliegenden Räumen, und das Gesicht einer uralten Frau erschien im Türspalt.

»Nehmen Sie sich in Acht!«, zischte sie, »Nehmen Sie sich in Acht vor dem Weihnachtsengel von Erbach …«

»Verschwinde, Mutter!«, giftete die Winzersfrau.

»Der weiße Engel des Todes …«, raunte die alte Frau noch, ehe sie die Tür wieder schloss.

»Vielen Dank für Ihren Besuch und Ihren Einkauf«, sagte die Frau des Winzers, »Wir würden uns freuen, wenn Sie uns im Neuen Jahr wieder beehren. Bis dahin: Machen Sie es gut!«

Natürlich ließ der »Weiße Engel des Todes« oder der »Weihnachtsengel von Erbach« die junge Frau nicht los. Sie wollte unbedingt herausbekommen, was es mit dem Erbacher Weihnachtsgeheimnis auf sich hatte.

***

Erbach/Rheingau, 25. Dezember (1. Weihnachtsfeiertag), Abend und Nacht

Zusammen mit ihrem Verlobten, einem Naturwissenschaftler, der für Aberglauben überhaupt nichts übrighatte, fand sie sich am ersten Weihnachtsfeiertag, pünktlich zum Einbruch der Dunkelheit, in Erbach ein.

Der Ort war tatsächlich wie ausgestorben. Kein Mensch auf der Straße.

Mehrere Stunden wanderten die beiden quer durch Erbach. Von hinten nach vorne, von vorne nach hinten, von oben nach unten, von unten nach oben, von nach längs nach quer, von quer nach längs. Nichts. Keine Spur von diesem geheimnisvollen Weihnachtsengel. Dafür taten ihnen die Füße und die Beine weh und eiskalt war ihnen auch.

»Wir werden uns hier noch den Tod holen«, nörgelte der Verlobte. »Und das ganz ohne den Erbacher Weihnachtsengel, dafür aber dank einer fetten Grippe. Wir können uns da oben, auf dem Friedhof hinter der Kirche, schon mal ein Plätzchen für unsere letzte Ruhestätte aussuchen.«

»Gute Idee«, meinte die junge Frau. »Auf dem Friedhof waren wir noch gar nicht.«

»Der ist aber abgesperrt. Friedhöfe sind nachts immer abgeschlossen.«

»Na und?«, entgegnete die junge Frau. »Hast wohl Muffensausen, wie?«

»Oh ja«, erwiderte der Verlobte mit triefendem Sarkasmus in der Stimme, »Ganz besonders fürchte ich mich vor dem Weihnachtsengel.«

Lachend gingen sie zum Friedhof. Kaum, dass sie die Mauer überstiegen hatten und sich in der Finsternis zu orientieren versuchten, konnten sie sich des Eindrucks nicht erwehren, dass eine Art Nebelwand auf sie zukam. Der Nebel kroch ganz langsam auf sie zu. Meter für Meter näherte er sich ihnen. Unwillkürlich gingen sie ein paar Schritte rückwärts. Doch das schien den Nebel nur zu beschleunigen. Mit einem Mal stand er wie eine Wand vor ihnen, und schon in der nächsten Sekunde hatte er sie vollständig eingehüllt.

Die Kälte, die von dem Nebel ausging, kroch in ihre Glieder und biss ihnen ins Gesicht.

Und dann stand er auf einmal, von plötzlich aufgeflammtem, gleißendem Licht umgeben, vor ihnen: Der Weihnachtsengel von Erbach!

Es war eine Frau. Sie trug ein knöchellanges, weißes Kleid und war von so makelloser Schönheit, wie es nur ein Engel sein konnte. Sie lächelte, und auch ihr Lächeln erschien engelhaft strahlend. Doch ihre Worte waren furchteinflößend.

»Willkommen in der Nacht des Todes«, hauchte sie mit so eisigem Atem, dass den beiden jungen Leuten das Blut in den Adern gefror. Dann breitete sie ihre Arme aus, trat auf sie zu und zog sie an sich. Die junge Frau und ihr Verlobter fühlten, wie die Kälte, die von der engelhaften Gestalt ausging, ihre Körper nach und nach zu Eis erstarren ließ, bis schließlich kein bisschen Wärme und kein Leben mehr in ihnen war.

Als die Glocken der Sankt Markus-Kirche Mitternacht schlugen, verschwand der Nebel genauso schnell wieder, wie er gekommen war, und mit ihm der wunderschöne »Weihnachtsengel von Erbach«.

Zurück blieben, auf dem Erbacher Friedhof, zwei tote junge Leute, die, wie der Leichenbeschauer später feststellte, an Unterkühlung gestorben waren. Für einen Tod durch Fremdeinwirkung gab es keine Hinweise.

Erbach/Rheingau, 26. Dezember (2. Weihnachtsfeiertag), Nachmittag

»Das kommt davon«, sagte die Winzersfrau zu ihrem
Mann, als sie am zweiten Weihnachtsfeiertag nach dem
Mittagessen einen Verdauungsspaziergang durch Er-
bach unternahmen, »dass heute niemand mehr an
Engel glaubt. Nicht einmal an den Weihnachts-
engel ...«

»Wir hatten sie gewarnt«, ergänzte der Winzer. »Aber
sie wollte ja nicht hören ...«

Nachdem die Leichen der beiden jungen Leute abgeholt worden waren und die Polizei den Friedhof
wieder freigegeben hatte, machte sich die uralte Frau,
die Mutter des Winzers, auf den Weg zu einem Grab.
Es war das mit einer auf einem Sockel stehenden, über-
lebensgroßen Christusfigur aus weißem Marmor. Hier
ruhte, seit dem 29. Mai 1883, »in der Erwartung einer
fröhlichen Auferstehung«, Wilhelmine Friederike Luise
Charlotte Marianne von Nassau-Oranien, Herrin auf
Schloss Reinhartshausen und Erbauerin der Erbacher
Johanneskirche.

»Lass gut sein, Marianne, lass es bitte endlich gut
sein«, sagte die uralte Frau. »Fürwahr die Schmä-
hungen, die dir die Erbacher haben zuteilwerden
lassen, weil du nach der Trennung von deinem hoch-
wohlgeborenen Gemahl eine Liaison mit deinem
Privatsekretär und Bibliothekar hattest, waren ebenso
schändlich wie schmerzlich. Aber die Erbacher haben
deinem Sohn, dem Kind aus dieser liederlichen Verbindung, nichts getan. Sie können wirklich nichts dafür,

dass der Knabe an jenem ersten Weihnachtsfeiertag des Jahres 1861 starb. Du kannst also den Rachefeldzug an den Erbachern, den du seit über 150 Jahren führst, einstellen.«

Sie zog ein völlig zerknittertes Papier aus ihrer Handtasche, das jeden Moment auseinanderzufallen drohte.

»Diesen Brief hier«, sie hielt ihn in die Höhe, »habe ich letzte Nacht zufällig gefunden, als ich in dem alten Koffer, in dem ich mein bisschen Hab und Gut aufbewahre, nach dem Gesangbuch meiner Urgroßmutter suchte. Die alte Frau hat es mir auf dem Sterbebett geschenkt. Da war ich noch ein ganz kleines Mädchen. Ich hatte das Buch immer bewundert, weil es darin so viele schöne, handgemalte Bilder gab. Um die nicht kaputt zu machen, habe ich das Buch eigentlich nie benutzt. Aber jetzt, wo ich täglich merke, wie ich dem Tod näher und näher rücke, wollte ich es noch einmal in den Händen halten. Und als ich es aufschlug, fand ich das.«

Sie stand, mit dem Brief in der Hand, direkt neben dem Grab. Und dann glaubte sie, eine Hand zu sehen ... Eine schlanke, feingliedrige Frauenhand, die sich langsam aus der Grabplatte herauswand, und dann, als sie bis zum Handgelenk aus dem finsteren Grab herausragte, mit dem Zeigefinger wackelte, um der uralten Frau zu signalisieren: Gib her!

Die uralte Frau schluckte, tat dann aber, wie ihr geheißen: Sie trat näher und legte schließlich den aufgeklappten Brief, ganz vorsichtig und mit der Schrift nach unten, auf Mariannes Grab.

»Ja, Marianne, bitte überzeug dich selbst. Meine Urgroßmutter hat alles genau festgehalten. Wenn du gelesen hast, was auf dem Papier geschrieben steht, wirst du wissen, dass es an der Zeit ist, die Verwünschung, mit der du die Erbacher am Todestag deines Sohnes belegt hast, endlich aufzuheben. Bitte hör damit auf, jeden ersten Weihnachtstag in Erbach Angst und Schrecken zu verbreiten und wahllos Menschen aus dem Leben zu reißen. Bitte, Marianne, ich flehe dich an: Lass ab von deinem Tun, denn du bist im Unrecht!«

Ein eisiger Wind schlug der uralten Frau ins Gesicht. So kalt, dass er ihr schier den Atem raubte und sie in die Knie zwang.

»Marianne … Der Junge hatte Scharlach. Er war krank! Und weil er krank war, hast du den Arzt rufen lassen, einen, der studiert hat. An der Universität. Aber der hat die falsche Diagnose gestellt! Der hat nicht erkannt, dass dein Sohn unter Scharlach litt! Er hat ihn falsch behandelt. Ihm ganz verkehrte Medikamente gegeben. Deshalb musste das Kind sterben! Nicht, weil ihm die Erbacher Böses angetan hatten!«

Ein Wirbel aus Schnee ließ die uralte Frau mit dem Kopf auf die Grabplatte stürzen. Mit vor Kälte zitternden Lippen flüsterte sie: »Meine Urgroßmutter war die weise Frau von Erbach. Wer sich keinen Arzt leisten konnte, ging zu ihr, und sie mischte den Menschen Tränke und Tinkturen zusammen, um ihre Leiden zu kurieren. In jener Zeit, da dein damals dreizehnjähriger Sohn erkrankte, zeigten auch viele andere Kinder im Ort die gleichen Symptome wie dein Kind. Sie bekamen sehr schnell hohes Fieber, litten unter einer schweren Halsentzündung und bekamen einen fürchterlichen Ausschlag, der sich über den ganzen Körper erstreckte. Ihre Zungen verfärbten sich von Weiß zu Rot, und ihre Gesichter wurden blass, blasser und schließlich leichenblass. Weil die meisten Erbacher arm waren und kein Geld für einen Arzt und richtige Medizin hatten, gingen sie zu meiner Urgroßmutter und baten sie um Hilfe. Sie gab ihnen Rot-Öl, gewonnen aus dem Johanniskraut, gegen den schrecklich juckenden Ausschlag, und Tropfen, in die unter anderem gestampfte Bienenwaben hineingemischt waren. Das hat das Fieber senken helfen. Dank der Medizin meiner Urgroßmutter haben die meisten Erbacher Kinder die schlimme Krankheit überstanden. Wenn dein Sohn, statt zu diesem Arzt zu gehen, zu meiner Ahnin gekommen wäre, hätte er gewiss überlebt!«

Der uralten Frau war, als umklammere eine Hand ihren Nacken und hindere sie daran, sich von der kalten Grabplatte, die ihrem Körper auch noch die letzte Wärme zu rauben schien, zu erheben. Und dann meinte sie, eine Stimme zu hören. Es musste Mariannes Stimme sein ... Ganz bestimmt war es Mariannes Stimme ...

»Die Erbacher, Sie haben ihn vergiftet! Erst haben sie ihm im Wald aufgelauert und ihn dann gezwungen, irgendeinen abscheulichen, bitteren und ekligen Trank zu sich zu nehmen, der ihn krank gemacht hat. Er wusste auch, wer die Burschen waren, die ihm aufgelauert haben! Er konnte mir ihre Namen nennen!«

»Aber warum hätten sie das tun sollen?« fragte die uralte Frau.

»Weil sie keinen Bastard im Ort haben wollten, und erst recht keinen, der auch noch evangelisch war anstatt katholisch wie fast alle Erbacher«, flüsterte die Stimme.

»Vielleicht wollten sie wirklich keinen Bastard in ihrem Ort«, wisperte die uralte Frau. »Und womöglich mochten sie auch keine Evangelischen. Aber deshalb haben sie ihm doch nichts angetan! Marianne, glaub mir, als der Junge dir diese üble Geschichte erzählte, war er schon schrecklich krank. Er litt unter hohem Fieber und phantasierte! Das ist bei dieser Krankheit und in diesem Zustand ganz normal. Lies doch, was meine Ahnin, die weise Frau von Erbach, in ihrem Brief geschrieben hat! Sie sagt die Wahrheit. Warum sollte sie lügen? Sie hatte nichts gegen dich und auch nichts gegen deinen Geliebten und euren gemeinsamen Sohn.«

In den Ohren der uralten Frau rauschte es. Auf ihrem Gesicht und ihrem Haar bildeten sich feine Eiskristalle.

»Deshalb, Marianne«, flehte die uralte Frau, »bitte ich dich: Schluss mit der Rache. Jetzt ist es an der Zeit, an eine fröhliche Auferstehung zu denken. Und wenn du etwas Gutes tun willst, dann lass mich daran teilhaben. Ich habe es hier unten auf Erden nämlich satt. Das Leben macht mir schon lange keinen Spaß mehr.«

Erbach/Rheingau, 26. Dezember (2. Weihnachtsfeiertag), spät am Nachmittag

Als der Friedhofswärter am späten Nachmittag den Friedhof, wie immer vor Einbruch der Dunkelheit, abschließen wollte, entdeckte er neben dem Grab der Marianne von Nassau-Oranien eine zusammengesackte Gestalt. Beim Näherkommen stellte er fest, dass es sich um die uralte Frau handelte. Sie war tot.

Und der »Weihnachtsengel von Erbach«?

Nun, trauen Sie sich, besuchen Sie Erbach am 1. Weihnachtsfeiertag, und sehen Sie selbst …

Ankündigung

Liebe Leser,

Ich hoffe, wir konnten Sie angenehm und kurzweilig unterhalten – denn das ist unser wichtigstes Anliegen. Wir freuen uns natürlich riesig, wenn Sie uns im Internet (wo immer Sie wollen) eine Bewertung oder auch einen Kommentar hinterlassen.

Wenn Sie Gefallen am 5. Band unserer kurzen Krimis gefunden haben, und eventuell auch an den bisherigen vier Bänden – oder an weiteren spannenden Romanen interessiert sind, möchten wir Sie auf unsere Verlagsseite im Internet **www.fehnland-verlag.de** einladen. Sie finden dort das Gesamtprogramm des Verlages und können – wenn Sie wollen – auch direkt Ihre Bücher bestellen.

In diesem Sinne: Bis bald – Wir lesen uns.